郑振铎诗文集

ZHENG ZHENDUO SHIWEN JI

郑振铎 / 著

北方联合出版传媒（集团）股份有限公司
万卷出版公司

图书在版编目（CIP）数据

郑振铎诗文集 / 郑振铎著. — 沈阳：万卷出版公司, 2014.10（2022.1重印）
（典藏 / 吴昊主编）
ISBN 978-7-5470-3178-0

Ⅰ. ①郑… Ⅱ. ①郑… Ⅲ. ①诗集－中国－现代②散文集－中国－现代③杂文集－中国－现代 Ⅳ. ① I216.2

中国版本图书馆 CIP 数据核字 (2014) 第 196275 号

出版发行：北方联合出版传媒（集团）股份有限公司
万卷出版公司
（地址：沈阳市和平区十一纬路25号 邮编：110003）
印 刷 者：北京一鑫印务有限责任公司
经 销 者：全国新华书店
幅面尺寸：178mm × 254mm
字　　数：300千字
印　　张：17
出版时间：2014年10月第1次出版
印刷时间：2022年1月第2次印刷
责任编辑：张洋洋
封面设计：任展志
版式设计：鄂姿羽
责任校对：高　辉
ISBN 978-7-5470-3178-0
定　　价：65.00元

联系电话：024-23284090
邮购热线：024-23284050
传　　真：024-23284521

经典之藏，心灵之旅

读书是一件辛苦的事，读书又是一件愉悦的事。读书是求知的理性选择，同时，读书又是人们内在自发的精神需求。不同的读书者总会有不同的读书体验，但对经典之藏，对精品之选的渴求却永远存在。

传统上，读书是求学的手段，千百年来，人类知识的传承，最重要的总是通过书籍的记载与传述。因为有了书，人类才可以文脉延续，薪火相传。西哲说：书籍是人类进步的阶梯，因而，先贤们都把读书当作高尚而庄重的事情，赋予读书神圣、光荣的使命感。故此，韦编三绝、悬梁刺股，以及凿壁、囊萤、映雪等等，就成了刻苦求学的典型，千百年来成为人们效法的楷模。于是，寒门学子挑灯夜读，富家子弟潜心求学，或诚心拜师，或自学成才，诸如此类的事例，就成了激励学子上进求学的传说故事而广泛流传。

书籍除了自身寓含的教化功能外，还能让人感到身心的愉悦和快乐。在文化生活极度匮乏的年代，人们极力去寻找各种承载文明的载体，来填塞文化需求的饥渴。一本残破小书，可以在上百人的手中传递和阅读，看完后仍意犹未尽，不忍释卷。彼时，人们读书如饥似渴，却并无黄金屋、颜如玉一类的功利目的，有的只是内心的精神需求，读书的愉悦与快乐正在于此。仲春季节，读书间隙，推窗而立，鸟语花香扑面而来，内心深处则有禾苗拔节的哔剥之声回响；炎炎夏日，一卷在手，品茗读书，摇扇驱蚊，自然能感受到心灵的清凉和愉悦；秋风瑟瑟，听窗外传来淅淅沥沥的雨声，啜一口酽茶，想起“风声雨声读书声”的名联，便会发出会心的微笑；数九严冬，寒意砭骨，围炉夜读或雪夜捧卷，书香入腹，情暖人心，又能体验到视通万里、思接千载的悠悠遐思。

无论是求学求知还是寻求精神上的愉悦，读书都是我们的一种心灵之旅，是接受自我内心的召唤和灵魂的导引上路，让自己再次起飞得到新生的力量。变换的风景，奇异的遭遇，萍逢的客人，这一切旅途中可能发生的事件，都会在我们读过的书籍中出现，它们强烈地超出了我们已知的范畴，以一种陌生和挑战的姿态，敦促我们警醒，唤起我们好奇。在我们被琐碎磨损的生命里，张扬起绿色的旗帜；在我们刻板疲惫的生活中，注入新鲜的活力。

正因为读书之益，读书之趣，我们才对书籍本身挑剔起来。试想，灵魂之伴侣如何可以等闲视之呢？一本书的好坏，总会有无数人来品评，既有芸芸众者即兴点评，又有专家学者细心解析，然而，书籍最终的裁定者是历史而不是某一种潮流。随着时光的淘汰，留下来的经典之作渐渐走进更多人的视野，留在人们的案头，成为经典之藏。

“典藏”之作正如伴随我们的益友，多闻、博大、精彩而有趣，这样的益友，需要人们用心地品读，细心地筛选，最终把最好的“朋友”留在自己的身边。我们的“典藏”正是帮助读者挑“益友”的一种尝试，希望能把经典的、有价值的或者有趣的书籍放在读者的案头，让它们像朋友一样陪伴每一位读者走上自己的心灵之旅。

当我们打开书本，走进属于自己的心灵世界，自然能够体验那种君临一切的奇特感觉。此时心如止水，宁静安然，恰如室外无言的星月，美文佳句不期而至时，或击案称绝，或吟哦出声，甘之如饴。愿这“典藏”之作能给我们的心灵留下一块绿荫，助大家在自己的漫漫行旅中搭起一座可供休憩的风雨亭，对抗庞大、芜杂、纷繁的外界侵扰。

前言

郑振铎，字西谛，书斋用“玄览堂”的名号，1898 年 12 月 19 日出生于浙江温州。郑振铎是我国现代杰出的爱国主义者和社会活动家，也是著名作家、学者、文学评论家、文学史家、翻译家、艺术史家，也是国内外闻名的收藏家、训诂家。曾创办《儿童世界》《民主周刊》《小说月报》等刊物，并曾先后担任清华大学、燕京大学、辅仁大学教授与暨南大学文学院院长。中华人民共和国成立后，郑振铎曾担任中央文化部文物局局长等。1955 年当选为中国社会科学院院士及学部委员。1958 年 10 月 17 日率领中国文化代表团出国访问途中，因飞机突然失事遇难殉职。

郑振铎在学术研究方面造诣匪浅，代表专著有《文学大纲》《中国文学论集》《中国俗文学史》《近百年古城古墓发掘史》《中国历史参考图谱》《中国版画史图录》等，他治学严谨、博古通今，对中国文学、考古等方面具有开拓性贡献。

在大众文学方面，郑振铎的文字平淡而有新意，章法于轻松之中严谨，既歌颂真善美，也不乏深广学识，深受大众读者喜爱，译著《纸船》，散文《海燕》《离别》《鹈鹕与鱼》《蝴蝶的文学》等作品，散见于自新中国以来的各版本中小学语文教材中。

他的散文作品张力十足，展现出一种强大的生命力。作品题材广泛，包括日常生活中的所见所闻，亦包括对历史事件的感想。无论是生活景致，还是爱国情绪，无不与时代背景相连。《"野有饿殍"》《从"轧"米到"踏"米》《鹈鹕与鱼》《我的邻居们》等文，仿佛为一幅抗战沦陷区的全景图。在莫干山避暑期间的散文体现出浓浓的故乡情，赴欧途中所创作的作品则抒发了浪迹天涯的游子对祖国和故乡魂牵梦萦的思念之情。

郑振铎乘新文化运动的清风，在推进白话文和新诗发展的实践过程中，以优美的现代诗风格，陆续翻译、发表了泰戈尔的诗篇。他翻译的《飞鸟集》，是泰诗的第一版中文诗集。作为"最早卓有成效地给中国读者介绍泰戈尔的人"，他赋予了泰诗平易而微妙的中国风，或童真的喜悦、或明媚的盎然、或清婉的惆怅、或睿智的深沉，这不仅让泰戈尔家喻户晓，并且为泰诗翻译的研究领域提供了一个优秀范本。

本书秉承"典藏"系列的大众普及阅读编辑方针，力争在一本书中，尽展郑振铎一生中最经典的大众文学作品。书中完整收录郑振铎诗歌译著《飞鸟集》《新月集》，并根据作品的重要程度、感情色彩，精选和归纳散文、杂文类作品中最脍炙人口的经典内容（包括所有入选中小学语文教材的文章），在脉络清晰的篇章中，带领读者深切走进郑振铎的感性世界，使读者在阅赏美文的同时，感受郑振铎在温柔与刚毅、痴迷与洒脱的变幻中展露出的无限才情和丰富人生。

需要特别说明的是：

其一，在新文化运动的背景下，文体分类并未完备，且郑振铎的很多作品有体裁杂糅的现象，例如，《唯一的听众》和《猫》两篇，有人认为是小说，有人认为是散文，也有人认为是散文小说，《六月一日》和《迂缓与麻木》两篇，有人认为是散文，有人认为是杂文。本书参考《郑振铎全集》的分类方法，秉承大众阅读的原则，将前两篇归为散文类，后两篇归为杂文类。

其二，本书中由于作品的时间跨度较大——不同历史时期对文稿的核定标准不同，为了使读者在文字上感受时代气息，本书保留了原文的部分文法和字词用法，例如，“么”作为语气词出现在句尾。然而，对严重影响阅读理解的文法，本书一一做了订正或注释。

此外，对于文中提到的较冷僻的历史人物和事件，本书也进行了注释。希望通过阅读这本书，读者能够收获一番时代感与愉悦感并存的阅读体验。

目　录

诗　歌

散　文

杂　文

郑振铎诗文集

诗 歌

夜来了，我的脸埋在手臂里，梦见我的纸船在子夜的星光下缓缓地浮泛前去。

睡仙坐在船里，带着满载着梦的篮子。

——《纸船》

作为新文化运动的先驱，郑振铎不仅是新诗的开拓者，还将很多外国优秀作品引入国内。在诸多译著中，泰戈尔的诗篇被读者们津津乐道，至今都是读泰诗必选的经典译本。本章完整收录《飞鸟集》《新月集》，读者可以通过品读这些著名诗篇，一窥郑振铎对中外文化交融的巧妙把控和对近代新诗斟词酌句的深厚功力。

20 世纪 20 年代初，郑振铎与泰戈尔的诗不期而遇。一刹那间，他被诗中展现的爱与和平之花园所深深吸引，忘我地流连在泰戈尔用异国语言编织的，却是人类心灵所共同向往的，那个充满生机与智慧的美妙国度。

二战时期的中华大地，饱受战火凌虐，人心在生离死别中渐渐迷茫而枯竭。就在此时，大量的泰戈尔诗篇陆续经由《小说月报》《文学旬刊》传递到读者身边，借由浅显易懂的白话文、自由灵动的新诗体，泰诗犹如一阵春风，让几近枯竭的人心萌生春芽，让希望的力量生如夏花。

“他是给我们以爱与光与安慰与幸福的，是提了灯指导我们在黑暗的旅路中向前走的，是我们一个最友爱的兄弟，一个灵魂上的最密切的同路的伴侣。”郑振铎在《欢迎太戈尔》中这样说道。然而，有些人却故意夸大泰诗的空灵、玄妙，针对所谓的“消极意义”诋毁它。抛开极端观点不论，鲁迅、瞿秋白、茅盾等人都发表过对于泰诗的较为客观的评论。其中，茅盾根据时代背景，认为当时的青年人思想过于脆弱，“鼓励爱国精神激起印度青年反抗英国帝国主义的诗人泰戈尔”是我们的朋友，应赞颂“那悲壮的‘跟随着光明’”,而不能沉醉在“神幻的‘生之实现’”“空灵的‘迦棱吉利’”。郑振铎也曾郑重表示，研究泰诗思想的着眼点，应该落在其与青年思想和中国新文学的关系上，他承认泰诗中的“迷梦”危险，但瑕不掩瑜。今天看来，他对泰戈尔的推崇是基于客观论断的。

在逃离战火的今天，我们同样应以端正的视角来欣赏泰戈尔的诗。《纸船》《对岸》《职业》三首诗入选中小学语文教材，泰诗的真善美无疑是对童心最好的启蒙。这种启蒙，不分长幼，它向所有向往美好的心灵提供一处审美启蒙课堂，向所有在人生中迷茫、无助、孤独的心灵提供一个疗伤的港湾。它不是避世的伊甸园，而是希望的加油站，读罢诗篇，你会笑看沧海桑田，人生的纸船将航行得更远，更远……

飞鸟集

一

夏天的飞鸟，飞到我的窗前唱歌，又飞去了。

秋天的黄叶，它们没有什么可唱，只叹息一声，飞落在那里。

二

世界上的一队小小的漂泊者呀，请留下你们的足印在我的文字里。

三

世界对着它的爱人，把它浩瀚的面具揭下了。

它变小了，小如一首歌，小如一回永恒的接吻。

四

是大地的泪点，使她的微笑保持着青春不谢。

五

无垠的沙漠热烈追求一叶绿草的爱，她摇摇头笑着飞开了。

六

如果你因失去了太阳而流泪，那么你也将失去群星了。

七

跳舞着的流水呀，在你途中的泥沙，要求你的歌声，你的流动呢。

你肯挟跛足的泥沙而俱下么?

八

她的热切的脸，如夜雨似的，搅扰着我的梦魂。

九

有一次，我们梦见大家都是不相识的。

我们醒了，却知道我们原是相亲相爱的。

一〇

忧思在我的心里平静下去，正如暮色降临在寂静的山林中。

一一

有些看不见的手，如懒懒的微飔似的，

正在我的心上奏着潺湲的乐声。

一二

“海水呀，你说的是什么?”

“是永恒的疑问。”

“天空呀，你回答的话是什么?”

“是永恒的沉默。”

一三

静静地听，我的心呀，听那世界的低语，这是它对你求爱的表示呀。

一四

创造的神秘，有如夜间的黑暗——是伟大的。而知识的幻影却不过如晨间之雾。

一五

不要因为峭壁是高的，便让你的爱情坐在峭壁上。

一六

我今晨坐在窗前，世界如一个路人似的，停留了一会儿，向我点点头又走过去了。

一七

这些微飔，是树叶的簌簌之声呀；它们在我的心里欢悦地微语着。

一八

你看不见你自己，你所看见的只是你的影子。

一九

神呀，我的那些愿望真是愚傻呀，它们杂在你的歌声中喧叫着呢。

让我只是静听着吧。

二〇

我不能选择那最好的。

是那最好的选择我。

二一

那些把灯背在背上的人，把他们的影子投到了自己前面。

二二

我的存在，对我是一个永久的神奇，这就是生活。

二三

“我们萧萧的树叶都有声响回答那风和雨。你是谁呢，那样地沉默着？”

“我不过是一朵花。”

二四

休息与工作的关系，正如眼睑与眼睛的关系。

二五

人是一个初生的孩子，他的力量，就是生长的力量。

二六

神希望我们酬答他，在于他送给我们的花朵，而不在于太阳和土地。

二七

光明如一个裸体的孩子，快快活活地在绿叶当中游戏，它不知道人是会欺诈的。

二八

啊，美呀，在爱中找你自己吧，不要到你镜子的谄谀中去找寻。

二九

我的心把她的波浪在世界的海岸上冲激着，以热泪在上边写着她的题记："我爱你。"

三〇

"月儿呀，你在等候什么呢？"

"向我将让位给他的太阳致敬。"

三一

绿树长到了我的窗前，仿佛是喑哑的大地发出的渴望的声音。

三二

神自己的清晨，在他自己看来也是新奇的。

三三

生命从世界得到资产，爱情使它得到价值。

三四

枯竭的河床，并不感谢它的过去。

三五

鸟儿愿为一朵云。

云儿愿为一只鸟。

三六

瀑布歌唱道："我得到自由时便有了歌声了。"

三七

我说不出这心为什么那样默默地颓丧着。

是为了它那不曾要求，不曾知道，不曾记得的小小的需要。

三八

妇人，你在料理家务的时候，你的手足歌唱着，正如山间的溪水歌唱着在小石中流过。

三九

当太阳横过西方的海面时，对着东方留下他的最后的敬礼。

四〇

不要因为你自己没有胃口而去责备你的食物。

四一

群树如表示大地的愿望似的，踮起脚来向天空窥望。

四二

你微微地笑着，不同我说什么话。而我觉得，为了这个，我已等待得久了。

四三

水里的游鱼是沉默的，陆地上的兽类是喧闹的，空中的飞鸟是歌唱着的。

但是，人类却兼有海里的沉默、地上的喧闹与空中的音乐。

四四

世界在踌躇之心的琴弦上跑过去，奏出忧郁的乐声。

四五

他把他的刀剑当作他的上帝。

当他的刀剑胜利的时候他自己却失败了。

四六

神从创造中找到他自己。

四七

阴影戴上她的面幕，秘密地，温顺地，用她的沉默的爱的脚步，跟在“光”后边。

四八

群星不怕显得像萤火那样。

四九

谢谢神，我不是一个权力的轮子，而是被压在这轮子下的活人之一。

五〇

心是尖锐的，不是宽博的，它执着在每一点上，却并不活动。

五一

你的偶像委散在尘土中了，这可证明神的尘土比你的偶像还伟大。

五二

人不能在他的历史中表现出他自己，他在历史中奋斗着露出头角。

五三

玻璃灯因为瓦灯叫它作表兄而责备瓦灯。但当明月出来时，玻璃灯却温和地微笑着，叫明月为——“我亲爱的，亲爱的姐姐。”

五四

我们如海鸥之与波涛相遇似的，遇见了，走近了。

海鸥飞去，波涛滚滚地流开，我们也分别了。

五五

我的白昼已经完了，我像一只泊在海滩上的小船，谛听着晚潮跳舞的乐声。

五六

我们的生命是天赋的，我们唯有献出生命，才能得到生命。

五七

当我们是大为谦卑的时候，便是我们最接近伟大的时候。

五八

麻雀看见孔雀负担着它的翎尾，替它担忧。

五九

决不要害怕刹那——永恒之声这样唱着。

六〇

飓风于无路之中寻求最短之路，又突然地在“无何有之国”终止了它的追求。

六一

在我自己的杯中，饮了我的酒吧，朋友。

一倒在别人的杯里，这酒的腾跳的泡沫便要消失了。

六二

“完全”为了对“不全”的爱，把自己装饰得美丽。

六三

神对人说：“我医治你所以伤害你，爱你所以惩罚你。”

六四

谢谢火焰给你光明，但是不要忘了那执灯的人，他是坚忍地站在黑暗当中呢。

六五

小草呀，你的足步虽小，但是你拥有你足下的土地。

六六

幼花的蓓蕾开放了，它叫道：“亲爱的世界呀，请不要萎谢了。”

六七

神对于那些大帝国会感到厌恶，却绝不会厌恶那些小小的花朵。

六八

错误经不起失败，但是真理却不怕失败。

六九

瀑布歌唱道："虽然渴者只要少许的水便够了，我却很快活地给予了我的全部的水。"

七〇

把那些花朵抛掷上去的那一阵子无休无止的狂欢大喜的劲儿，其源泉是在哪里呢？

七一

樵夫的斧头，问树要斧柄。
树便给了他。

七二

这寡独的黄昏，幕着雾与雨，我在我心的孤寂里，感觉到它的叹息。

七三

贞操是从丰富的爱情中生出来的财富。

七四

雾，像爱情一样，在山峰的心上游戏，生出种种美丽的变幻。

七五

我们把世界看错了，反说它欺骗我们。

七六

诗人——飙风，正出经海洋和森林，追求它自己的歌声。

七七

每一个孩子出生时都带来信息说：神对人并未灰心失望。

七八

绿草求她地上的伴侣。

树木求他天空的寂寞。

七九

人对他自己建筑起堤防来。

八〇

我的朋友，你的语声飘荡在我的心里，像那海水的低吟声绕缭在静听着的松林之间。

八一

这个不可见的黑暗之火焰，以繁星为其火花的，到底是什么呢?

八二

使生如夏花之绚烂，死如秋叶之静美。

八三

那想做好人的，在门外敲着门；那爱人的，看见门敞开着。

八四

在死的时候，众多和而为一；在生的时候，一化为众多。

神死了的时候，宗教便将合而为一。

八五

艺术家是自然的情人，所以他是自然的奴隶，也是自然的主人。

八六

"你离我有多远呢，果实呀？"

"我藏在你心里呢，花呀。"

八七

这个渴望是为了那个在黑夜里感觉得到，在大白天里却看不见的人。

八八

露珠对湖水说道："你是在荷叶下面的大露珠，我是在荷叶上面的较小的露珠。"

八九

刀鞘保护刀的锋利，它自己则满足于它的迟钝。

九〇

在黑暗中，“一”视如一体；在光亮中，“一”便视如众多。

九一

大地借助于绿草，显出她自己的殷勤好客。

九二

绿叶的生与死乃是旋风的急骤的旋转，它的更广大的旋转的圈子乃是在天上繁星之间徐缓的转动。

九三

权势对世界说道：“你是我的。”
世界便把权势囚禁在她的宝座下面。
爱情对世界说道：“我是你的。”
世界便给予爱情以在它屋内来往的自由。

九四

浓雾仿佛是大地的愿望。
它藏起了太阳，而太阳原是她所呼求的。

九五

安静些吧，我的心，这些大树都是祈祷者呀。

九六

瞬刻的喧声，讥笑着永恒的音乐。

九七

我想起了浮泛在生与爱与死的川流上的许多别的时代，以及这些时代之被遗忘，我便感觉到离开尘世的自由了。

九八

我灵魂里的忧郁就是她的新婚的面纱。

这面纱等候着在夜间卸去。

九九

死之印记给生的钱币以价值，使它能够用生命来购买那真正的宝物。

一〇〇

白云谦逊地站在天之一隅。

晨光给它戴上霞彩。

一〇一

尘土受到损辱，却以她的花朵来报答。

一〇二

只管走过去，不必逗留着采了花朵来保存，因为一路上花朵自会继续开放的。

一〇三

根是地下的枝。

枝是空中的根。

一〇四

远远去了的夏之音乐，翱翔于秋间，寻求它的旧垒。

一〇五

不要从你自己的袋里掏出勋绩借给你的朋友，这是污辱他的。

一〇六

无名的日子的感触，攀缘在我的心上，正像那绿色的苔藓，攀缘在老树的周身。

一〇七

回声嘲笑她的原声，以证明她是原声。

一〇八

当富贵利达的人夸说他得到神的特别恩惠时，上帝却羞了。

一〇九

我投射我自己的影子在我的路上，因为我有一盏还没有燃点起来的明灯。

一一〇

人走进喧哗的群众里去，为的是要淹没他自己的沉默的呼号。

一一一

终止于衰竭是“死亡”，但“圆满”却终止于无穷。

一一二

太阳只穿一件朴素的光衣，白云却披了灿烂的裙裾。

一一三

山峰如群儿之喧嚷，举起他们的双臂，想去捉天上的星星。

一一四

道路虽然拥挤，却是寂寞的，因为它是不被爱的。

一一五

权势以它的恶行自夸，落下的黄叶与浮游的云片却在笑它。

一一六

今天大地在太阳光里向我嘤嘤哼鸣，像一个织着布的妇人，用一种已经被忘却的语言，哼着一些古代的歌曲。

一一七

绿草是无愧于它所生长的伟大世界的。

一一八

梦是一个一定要谈话的妻子，
睡眠是一个默默忍受的丈夫。

一一九

夜与逝去的日子接吻，轻轻地在他耳旁说道："我是死，是你的母亲。我就要给你以新的生命。"

一二〇

黑夜呀，我感觉到你的美了。你的美如一个可爱的妇人，当她把灯灭了的时候。

一二一

我把在那些已逝去的世界上的繁荣带到我的世界上来。

一二二

亲爱的朋友呀，当我静听着海涛时，我好几次在暮色深沉的黄昏里，在这个海岸上，感到你的伟大思想的沉默了。

一二三

鸟以为把鱼举在空中是一种慈善的举动。

一二四

夜对太阳说道：“在月亮中，你送了你的情书给我。”

“我已在绿草上留下了我的流着泪点的回答了。”

一二五

伟人是一个天生的孩子，当他死时，他把他的伟大的孩提时代给了世界。

一二六

不是槌的打击，乃是水的载歌载舞，使鹅卵石臻于完美。

一二七

蜜蜂从花中啜蜜，离开时嘤嘤地道谢。

浮华的蝴蝶却相信花是应该向它道谢的。

一二八

如果你不等待着要说出完全的真理，那么把真话说出来是很容易的。

一二九

“可能”问“不可能”道：

“你住在什么地方呢？”

它回答道：“在那无能为力者的梦境里。”

一三〇

如果你把所有的错误都关在门外，真理也要被关在门外面了。

一三一

我听见有些东西在我心的忧闷后面萧萧作响——我不能看见它们。

一三二

闲暇在动作时便是工作。

静止的海水荡动时便成波涛。

一三三

绿叶恋爱时便成了花。

花崇拜时便成了果实。

一三四

埋在地下的树根使树枝产生果实，却不要什么报酬。

一三五

阴雨的黄昏，风无休止地吹着。

我看着摇曳的树枝，想念万物的伟大。

一三六

子夜的风雨，如一个巨大的孩子，在不合时宜的黑夜里醒来，开始游戏和喧闹。

一三七

海呀，你这暴风雨的孤寂的新妇呀，你虽掀起波浪追随你的情人，但是无用呀。

一三八

文字对工作说道：“我惭愧我的空虚。”

工作对文字说道：“当我看见你时，我便知道我是怎样地贫乏了。”

一三九

时间是变化的财富。时钟模仿它，却只有变化而无财富。

一四〇

真理穿了衣裳，觉得事实太拘束了。

在想象中，她却转动得很舒畅。

一四一

当我到这里那里旅行着时，路呀，我厌倦你了；但是现在，当你引导我到各处去时，我便爱上你，与你结婚了。

一四二

让我设想，在群星之中，有一颗星是指导着我的生命通过不可知的黑暗的。

一四三

妇人，你用了你美丽的手指，触着我的什物，秩序便如音乐似的生出来了。

一四四

一个忧郁的声音，筑巢于逝水似的年华中。
它在夜里向我唱道："我爱你。"

一四五

燃着的火，以它熊熊的光焰警告我不要走近它。
把我从潜藏在灰中的余烬里救出来吧。

一四六

我有群星在天上，
但是，唉，我屋里的小灯却没有点亮。

一四七

死文字的尘土沾着你。
用沉默去洗净你的灵魂吧。

一四八

生命里留了许多罅隙，从中送来了死之忧郁的音乐。

一四九

世界已在早晨敞开了它的光明之心。

出来吧，我的心，带着你的爱去与它相会。

一五〇

我的思想随着这些闪耀的绿叶而闪耀；我的心灵因了这日光的抚触而歌唱；我的生命因为偕了万物一同浮泛在空间的蔚蓝、时间的墨黑中而感到欢快。

一五一

神的巨大的威权是在柔和的微飔里，而不在狂风暴雨之中。

一五二

在梦中，一切事都散漫着，都压着我，但这不过是一个梦呀。但我醒来时，我便将觉得这些事都已聚集在你那里，我也便将自由了。

一五三

落日问道："有谁继续我的职务呢？"

瓦灯说道："我要尽我所能地做去，我的主人。"

一五四

采着花瓣时，得不到花的美丽。

一五五

沉默蕴蓄着语声，正如鸟巢拥围着睡鸟。

一五六

大的不怕与小的同游。
居中的却远而避之。

一五七

夜秘密地把花开放了，却让白日去领受谢词。

一五八

权势认为牺牲者的痛苦是忘恩负义。

一五九

当我们以我们的充实为乐时，那么，我们便能很快乐地跟我们的果实分手了。

一六〇

雨点吻着大地，微语道："我们是你的思家的孩子，母亲，现在从天上回到你这里来了。"

一六一

蛛网好像要捉露点，却捉住了苍蝇。

一六二

爱情呀，当你手里拿着点亮了的痛苦之灯走来时，我能够看见你的脸，而且以你为幸福。

一六三

萤火对天上的星说道："学者说你的光明，总有一天会消灭的。"

天上的星不回答它。

一六四

在黄昏的微光里，有那清晨的鸟儿来到我的沉默的鸟巢里。

一六五

思想掠过我的心上，如一群野鸭飞过天空。

我听见它们鼓翼之声了。

一六六

沟洫总喜欢想：河流的存在，是专为它供给水流的。

一六七

世界以它的痛苦同我接吻，而要求歌声做报酬。

一六八

压迫着我的，到底是我的想要外出的灵魂呢，还是那世界的灵魂，敲着我心的门，想要进来呢？

一六九

思想以他自己的语言喂养它自己而成长起来了。

一七〇

我把我心之碗轻轻浸入这沉默之时刻中，它盛满了爱了。

一七一

或者你在工作，或者你没有。

当你不得不说“让我们做些事吧”时，那么就要开始胡闹了。

一七二

向日葵羞于把无名的花朵看作它的同胞。

太阳升上来了，向它微笑，说道：“你好么，我的宝贝儿？”

一七三

“谁如命运似的催着我向前走呢？”

“那是我自己，在身背后大跨步走着。”

一七四

云把水倒在河的水杯里，它们自己却藏在远山之中。

一七五

我一路走去，从我的水瓶中漏出水来。

只剩下极少极少的水供我回家使用了。

一七六

杯中的水是光辉的；海中的水却是黑色的。

小理可以用文字来说清楚；大理却只有沉默。

一七七

你的微笑是你自己田园里的花，你的谈吐是你自己山上的松林的萧萧；但是你的心呀，却是那个女人，那个我们全都认识的女人。

一七八

我把小小的礼物留给我所爱的人——大的礼物却留给一切的人。

一七九

妇人呀，你用泪海包绕着世界的心，正如大海包绕着大地。

一八〇

太阳以微笑向我问候。

雨，他的忧闷的姐姐，向我的心谈话。

一八一

我的昼间之花，落下它那被遗忘的花瓣。

在黄昏中，这花成熟为一颗记忆的金果。

一八二

我像那夜间之路，正静悄悄地谛听着记忆的足音。

一八三

黄昏的天空，在我看来，像一扇窗户，一盏灯火，灯火背后的一次等待。

一八四

太急于做好事的人，反而找不到时间去做好人。

一八五

我是秋云，空空地不载着雨水，但在成熟的稻田中，可以看见我的充实。

一八六

他们嫉妒，他们残杀，人反而称赞他们。

然而上帝却害了羞，匆匆地把他的记忆埋藏在绿草下面。

一八七

脚趾乃是舍弃了其过去的手指。

一八八

黑暗向光明旅行，但是盲者却向死亡旅行。

一八九

小狗疑心大宇宙阴谋篡夺它的位置。

一九〇

静静地坐着吧，我的心，不要扬起你的尘土。

让世界自己寻路向你走来。

一九一

弓在箭要射出之前，低声对箭说道："你的自由就是我的自由。"

一九二

妇人，在你的笑声里有着生命之泉的音乐。

一九三

全是理智的心，恰如一柄全是锋刃的刀。

它叫使用它的人手上流血。

一九四

神爱人间的灯光甚于他自己的大星。

一九五

这世界乃是为美之音乐所驯服了的狂风骤雨的世界。

一九六

晚霞向太阳说道："我的心经了你的接吻，便似金的宝箱了。"

一九七

接触着，你许会杀害；远离着，你许会占有。

一九八

蟋蟀的唧唧，夜雨的淅沥，从黑暗中传到我的耳边，好似我已逝的少年时代沙沙地来到我的梦境中。

一九九

花朵向星辰落尽了的曙天叫道："我的露点全失落了。"

二〇〇

燃烧着的木块，熊熊地生出火光，叫道："这是我的花朵，我的死亡。"

二〇一

黄蜂认为邻蜂储蜜之巢太小。

他的邻人要他去建筑一个更小的。

二〇二

河岸向河流说道："我不能留住你的波浪。

"让我保存你的足印在我的心里吧。"

二〇三

白日以这小小的地球的喧扰，淹没了整个宇宙的沉默。

二〇四

歌声在天空中感到无限，图画在地上感到无限，诗呢，无论在空中、在地上都是如此。

因为诗的词句含有能走动的意义与能飞翔的音乐。

二〇五

太阳在西方落下时，他的早晨的东方已静悄悄地站在他面前。

二〇六

让我不要错误地把自己放在我的世界里而使它反对我。

二〇七

荣誉使我感到惭愧，因为我暗地里求着它。

二〇八

当我没有什么事做时，便让我不做什么事，不受骚扰地沉入安静深处吧，

一如海水沉默时海边的暮色。

二〇九

少女呀，你的纯朴，如湖水之碧，表现出你的真理之深邃。

二一〇

最好的东西不是独来的，
它伴了所有的东西同来。

二一一

神的右手是慈爱的，但是他的左手却可怕。

二一二

我的晚色从陌生的树木中走来，它用我的晓星所不懂得的语言说话。

二一三

夜之黑暗是一只口袋，迸出黎明的金光。

二一四

我们的欲望把彩虹的颜色借给那只不过是云雾的人生。

二一五

神等待着，要从人的手上把他自己的花朵作为礼物赢得回去。

二一六

我的忧思缠绕着我，要问我它自己的名字。

二一七

果实的事业是尊贵的，花的事业是甜美的；但是让我做叶的事业吧，叶是谦逊地、专心地垂着绿荫的。

二一八

我的心向着阑珊的风张了帆，要到无论何处的阴凉之岛去。

二一九

独夫们是凶暴的，但人民是善良的。

二二〇

把我当作你的杯吧，让我为了你，而且为了你的人而盛满水吧。

二二一

狂风暴雨像是在痛苦中的某个天神的哭声，因为他的爱情被大地所拒绝。

二二二

世界不会流失，因为死亡并不是一个罅隙。

二二三

生命因为付出了的爱情而更为富足。

二二四

我的朋友，你伟大的心闪射出东方朝阳的光芒，正如黎明中的一个积雪的孤峰。

二二五

死之流泉，使生的止水跳跃。

二二六

那些有一切东西而没有您的人，我的上帝，在讥笑着那些没有别的东西而只有您的人呢。

二二七

生命的运动在它自己的音乐里得到它的休息。

二二八

踢足只能从地上扬起尘土而不能得到收获。

二二九

我们的名字，便是夜里海波上发出的光，痕迹也不留就泯灭了。

二三〇

让睁眼看着玫瑰花的人也看看它的刺。

二三一

鸟翼上系上了黄金，这鸟便永不能再在天上翱翔了。

二三二

我们地方的荷花又在这陌生的水上开了花，放出同样的清香，只是名字换了。

二三三

在心的远景里，那相隔的距离显得更广阔了。

二三四

月儿把她的光明遍照在天上，却留着她的黑斑给她自己。

二三五

不要说“这是早晨”，别用一个“昨天”的名词把它打发掉。你第一次看到它，把它当作还没有名字的新生孩子吧。

二三六

青烟对天空夸口，灰烬对大地夸口，都以为它们是火的兄弟。

二三七

雨点向茉莉花微语道：“把我永久地留在你的心里吧。”

茉莉花叹息了一声，落在地上了。

二三八

怏怯的思想呀，不要怕我。

我是一个诗人。

二三九

我的心在朦胧的沉默里，似乎充满了蟋蟀的鸣声——声音的灰暗的暮色。

二四〇

爆竹呀，你对群星的侮蔑，又跟着你自己回到地上来了。

二四一

您曾经带领着我，穿过我的白天的拥挤不堪的旅程，而到达了我的黄昏的孤寂之境。

在通宵的寂静里，我等待着它的意义。

二四二

我们的生命就似渡过一个大海，我们都相聚在这个狭小的舟中。

死时，我们便到了岸，各往各的世界去了。

二四三

真理之川从它的错误之沟渠中流过。

二四四

今天我的心是在想家了，在想着那跨过时间之海的那一个甜蜜的时候。

二四五

鸟的歌声是曙光从大地反响过去的回声。

二四六

晨光问毛茛道："你是骄傲得不肯和我接吻么？"

二四七

小花问道："我要怎样地对你唱，怎样地崇拜你呢？太阳呀！"

太阳答道："只要用你的纯洁的素朴的沉默。"

二四八

当人是兽时，他比兽还坏。

二四九

黑云受光的接吻时便变成天上的花朵。

二五〇

不要让刀锋讥笑它柄子的拙钝。

二五一

夜的沉默，如一个深深的灯盏，银河便是它燃着的灯光。

二五二

死像大海的无限的歌声，日夜冲击着生命的光明岛的四周。

二五三

花瓣似的山峰在饮着日光，这山岂不像一朵花么？

二五四

“真实”的含义被误解，轻重被倒置，那就成了“不真实”。

二五五

我的心呀，从世界的流动中找你的美吧，正如那小船得到风与水的优美似的。

二五六

眼不能以视力来骄人，却以它们的眼镜来骄人。

二五七

我住在我的这个小小的世界里，生怕使它再缩小一丁点儿。把我抬举到您的世界里去吧，让我高高兴兴地失去我的一切的自由。

二五八

虚伪永远不能凭借它生长在权力中而变成真实。

二五九

我的心，同着它的歌的拍拍舐岸的波浪，渴望着要抚爱这个阳光熙和的绿色世界。

二六〇

道旁的草，爱那天上的星吧，你的梦境便可在花朵里实现了。

二六一

让你的音乐如一柄利刃，直刺入市井喧扰的心中吧。

二六二

这树的颤动之叶，触动着我的心，像一个婴儿的手指。

二六三

小花睡在尘土里。

它寻求蛱蝶走的道路。

二六四

我是在道路纵横的世界上。

夜来了。打开您的门吧，家之世界啊！

二六五

我已经唱过了您的白天的歌。

在黄昏的时候，让我拿着您的灯走过风雨飘摇的道路吧。

二六六

我不要求你进我的屋里。

你到我无量的孤寂里来吧，我的爱人！

二六七

死亡隶属于生命，正与生一样。

举足是走路，正如落足也是走路。

二六八

我已经学会了你在花与阳光里微语的意义。——再教我明白你在苦与死中所说的话吧。

二六九

夜的花朵来晚了，当早晨吻着她时，她战栗着，叹息了一声，萎落在地上了。

二七〇

从万物的愁苦中，我听见了“永恒母亲”的呻吟。

二七一

大地呀，我到你岸上时是一个陌生人，住在你屋内时是一个宾客，离开你的门时是一个朋友。

二七二

当我去时，让我的思想到你那里来，如那夕阳的余光，映在沉默的星天的边上。

二七三

在我的心头燃点起那休憩的黄昏星吧，然后让黑夜向我微语着爱情。

二七四

我是一个在黑暗中的孩子。

我从夜的被单里向您伸出我的双手，母亲。

二七五

白天的工作完了。把我的脸掩藏在您的臂间吧，母亲。让我入梦吧。

二七六

集会时的灯光，点了很久，会散时，灯便立刻灭了。

二七七

当我死时，世界呀，请在你的沉默中，替我留着“我已经爱过了”这句话吧。

二七八

我们在热爱世界时便生活在这世界上。

二七九

让死者有那不朽的名，但让生者有那不朽的爱。

二八〇

我看见你，像那半醒的婴孩在黎明的微光里看见他的母亲，于是微笑而又睡去了。

二八一

我将死了又死，以明白生是无穷无尽的。

二八二

当我和拥挤的人群一同在路上走过时，我看见您从阳台上送过来的微笑，我歌唱着，忘却了所有的喧哗。

二八三

爱就是充实了的生命，正如盛满了酒的酒杯。

二八四

他们点了他们自己的灯，在他们的寺院内，吟唱他们自己的话语。

但是小鸟们却在你的晨光中，唱着你的名字——因为你的名字便是快乐。

二八五

领我到您的沉寂的中心，使我的心充满了歌吧。

二八六

让那些选择了他们自己的焰火嗞嗞的世界的，就生活在那里吧。

我的心渴望着您的繁星，我的上帝。

二八七

爱的痛苦环绕着我的一生，像汹涌的大海似的唱着；而爱的快乐却像鸟儿们在花林里似的唱着。

二八八

假如您愿意，您就熄了灯吧。

我将明白您的黑暗，而且将喜爱它。

二八九

当我在那日子的终了，站在您的面前时，您将看见我的伤疤，而知道我有我的许多创伤，但也有我的医治的法儿。

二九〇

总有一天，我要在别的世界的晨光里对你唱道："我以前在地球的光里，在人的爱里，已经见过你了。"

二九一

从别的日子里飘浮到我的生命里的云，不再落下雨点或引起风暴了，却只给予我的夕阳的天空以色彩。

二九二

真理引起了反对它自己的狂风骤雨，那场风雨吹散了真理的广播的种子。

二九三

昨夜的风雨给今日的早晨戴上了金色的和平。

二九四

真理仿佛带了它的结论而来；而那结论却产生了它的第二个。

二九五

他是有福的，因为他的名望并没有比他的真实更光亮。

二九六

您的名字的甜蜜充溢着我的心，而我忘掉了我自己的——就像您的早晨的太阳升起时，那大雾便消失了。

二九七

静悄悄的黑夜具有母亲的美丽，而吵闹的白天具有孩子的美丽。

二九八

当人微笑时，世界爱了他；当他大笑时，世界便怕他了。

二九九

神等待着人在智慧中重新获得童年。

三〇〇

让我感到这个世界乃是您的爱的成形吧，那么，我的爱也将帮助着它。

三〇一

您的阳光对着我的心头的冬天微笑，从来不怀疑它的春天的花朵。

三〇二

神在他的爱里吻着“有涯”，而人却吻着“无涯”。

三〇三

您越过不毛之年的沙漠而到达了圆满的时刻。

三〇四

神的静默使人的思想成熟而为语言。

三〇五

“永恒的旅客”呀，你可以在我的歌中找到你的足迹。

三〇六

让我不至羞辱您吧，父亲，您在您的孩子们身上显出您的光荣。

三〇七

这一天是不快活的。光在蹙额的云下，如一个被责打的儿童，灰白的脸上留着泪痕；风又号叫着，似一个受伤的世界的哭声。但是我知道，我正跋涉着去会我的朋友。

三〇八

今天晚上棕榈叶在嚓嚓地作响，海上有大浪，满月呵，就像世界在心脉悸跳。从什么不可知的天空，您在您的沉默里带来了爱的痛苦的秘密？

三〇九

我梦见一颗星，一个光明岛屿，我将在那里出生。在它快速的闲暇深处，我的生命将成熟它的事业，像秋天阳光下的稻田。

三一〇

雨中的湿土的气息，就像从渺小的无声的群众那里来的一阵巨大的赞美歌声。

三一一

说爱情会失去的那句话，乃是我们不能够当作真理来接受的一个事实。

三一二

我们将有一天会明白，死永远不能够夺去我们的灵魂所获得的东西。因为她所获得的，和她自己是一体。

三一三

神在我的黄昏的微光中，带着花到我这里来。这些花都是我过去的，在他的花篮中还保存得很新鲜。

三一四

主呀，当我的生之琴弦都已调得谐和时，你的手的一弹一奏，都可以发出爱的乐声来。

三一五

让我真真实实地活着吧，我的上帝。这样，死对于我也就成了真实的了。

三一六

人类的历史在很忍耐地等待着被侮辱者的胜利。

三一七

我这一刻感到你的眼光正落在我的心上，像那早晨阳光中的沉默落在已收获的孤寂的田野上一样。

三一八

在这喧哗的波涛起伏的海中，我渴望着咏歌之鸟。

三一九

夜的序曲是开始于夕阳西下的音乐，开始于它对难以形容的黑暗所作的庄严的赞歌。

三二〇

我攀登上高峰，发现在名誉的荒芜不毛的高处，简直找不到一个遮身之地。我的引导者呵，领导着我在光明逝去之前，进到沉静的山谷里去吧。在那里，一生的收获将会成熟为黄金的智慧。

三二一

在这个黄昏的朦胧里，好些东西看来都仿佛是幻象一般——尖塔的底层在黑暗里消失了，树顶像是墨水的模糊的斑点似的。我将等待着黎明，而当我醒来的时候，就会看到在光明里的您的城市。

三二二

我曾经受苦过，曾经失望过，曾经体会过“死亡”，于是我以我在这伟大的世界里为乐。

三二三

在我的一生里，也有贫乏和沉默的地域；它们是我忙碌的日子得到日光与空气的几片空旷之地。

三二四

我的未完成的过去，从后边缠绕到我身上，使我难于死去。请从它那里释放了我吧。

三二五

“我相信你的爱。”让这句话做我的最后的话。

新月集

家　庭

我独自在横跨过田地的路上走着，夕阳像一个守财奴似的，正藏起它的最后的金子。

白昼更加深沉地投入黑暗之中，那已经收割了的孤寂的田地，默默地躺在那里。

天空里突然升起了一个男孩子的尖锐的歌声。他穿过看不见的黑暗，留下他的歌声的辙痕跨过黄昏的静谧。

他的乡村的家坐落在荒凉的边上，在甘蔗田的后面，躲藏在香蕉树、瘦长的槟榔树、椰子树和深绿色的贾克果树的阴影里。

我在星光下独自走着的路上停留了一会儿，我看见黑沉沉的大地展开在我的面前，用她的手臂拥抱着无量数的家庭。在那些家庭里有着摇篮和床铺，母亲们的心和夜晚的灯，还有年轻轻的生命，他们满心欢乐，却浑然不知这样的欢乐对于世界的价值。

孩童之道

只要孩子愿意，他此刻便可飞上天去。
他所以不离开我们，并不是没有缘故。
他爱把他的头倚在妈妈的胸间，他即使是一刻不见她，也是不行的。

孩子知道各式各样的聪明话，虽然世间的人很少懂得这些话的意义。
他所以永不想说，并不是没有缘故。
他所要做的一件事，就是要学习从妈妈的嘴唇里说出来的话。
那就是他所以看来这样天真的缘故。

孩子有成堆的黄金与珠子，但他到这个世界上来，却像一个乞丐。
他所以这样假装了来，并不是没有缘故。
这个可爱的小小的裸着身体的乞丐，所以假装着完全无助的样子，便是想要乞求妈妈的爱的财富。

孩子在纤小的新月的世界里，是一切束缚都没有的。
他所以放弃了他的自由，并不是没有缘故。
他知道有无穷的快乐藏在妈妈的心的小小一隅里，被妈妈亲爱的手臂所拥抱，其甜美远胜过自由。

孩子永不知道如何哭泣。他所住的是完全的乐土。
他所以要流泪，并不是没有缘故。
虽然他用了可爱的脸儿上的微笑，引逗得他妈妈的热切的心向着他，然而他的因为细故而发的小小的哭声，却编成了怜与爱的双重约束的带子。

不被注意的花饰

啊，谁给那件小外衫染上颜色的，我的孩子，谁使你的温软的肢体穿上那件红的小外衫的？

你在早晨就跑出来到天井里玩儿，你，跑着就像摇摇欲跌似的。

但是谁给那件小外衫染上颜色的，我的孩子？

什么事叫你大笑起来的，我的小小的命芽儿？

妈妈站在门边，微笑地望着你。

她拍着她的双手，她的手镯叮当地响着，你手里拿着你的竹竿儿在跳舞，活像一个小小的牧童。

但是什么事叫你大笑起来的，我的小小的命芽儿？

喔，乞丐，你双手攀搂住妈妈的头颈，要乞讨些什么？

喔，贪得无厌的心，要我把整个世界从天上摘下来，像摘一个果子似的，把它放在你的一双小小的玫瑰色的手掌上么？

喔，乞丐，你要乞讨些什么？

风高兴地带走了你踝铃的叮当。

太阳微笑着，望着你的打扮。

当你睡在你妈妈的臂弯里时，天空在上面望着你，而早晨蹑手蹑脚地走到你的床跟前，吻着你的双眼。

风高兴地带走了你踝铃的叮当。

仙乡里的梦婆飞过朦胧的天空，向你飞来。

在你妈妈的心头上，那世界母亲，正和你坐在一块儿。

他，向星星奏乐的人，正拿着他的横笛，站在你的窗边。

仙乡里的梦婆飞过朦胧的天空，向你飞来。

偷睡眠者

谁从孩子的眼里把睡眠偷了去呢？我一定要知道。

妈妈把她的水罐挟在腰间，走到近村汲水去了。

这是正午的时候，孩子们游戏的时间已经过去了；池中的鸭子沉默无声。

牧童躺在榕树的荫下睡着了。

白鹤庄重而安静地立在檬果树边的泥泽里。

就在这个时候，偷睡眠者跑来从孩子的两眼里捉住睡眠，便飞去了。

当妈妈回来时，她看见孩子四肢着地地在屋里爬着。

谁从孩子的眼里把睡眠偷了去呢？我一定要知道。我一定要找到她，把她锁起来。

我一定要向那个黑洞里张望，在这个洞里，有一道小泉从圆的有皱纹的石上滴下来。

我一定要到醉花林中的沉寂的树影里搜寻，在这林中，鸽子在它们住的地方咕咕地叫着，仙女的脚环在繁星满天的静夜里叮当地响着。

我要在黄昏时，向静静的萧萧的竹林里窥望，在这林中，萤火虫闪闪地耗费它们的光明，只要遇见一个人，我便要问他：“谁能告诉我偷睡眠者住在什么地方？”

谁从孩子的眼里把睡眠偷了去呢？我一定要知道。

只要我能捉住她，怕不会给她一顿好教训！

我要闯入她的巢穴，看她把所有偷来的睡眠藏在什么地方。

我要把它都夺来，带回家去。

我要把她的双翼缚得紧紧的，把她放在河边，然后叫她拿一根芦苇在灯芯草和睡莲间钓鱼为戏。

黄昏，街上已经收了市，村里的孩子们都坐在妈妈的膝上时，夜鸟便会讥笑地在她耳边说：

“你现在还想偷谁的睡眠呢？”

开　始

“我是从哪儿来的，你，在哪儿把我捡起来的？”孩子问他的妈妈说。她把孩子紧紧地搂在胸前，半哭半笑地答道——

“你曾被我当作心愿藏在我的心里，我的宝贝。

“你曾存在于我孩童时代玩的泥娃娃身上；每天早晨我用泥土塑造我的神像，那时我反复地塑了又捏碎了的就是你。

“你曾和我们的家庭守护神一同受到祀奉，我崇拜家神时也就崇拜了你。

“你曾活在我所有的希望和爱情里，活在我的生命里，我母亲的生命里。

“在主宰着我们家庭的不死的精灵的膝上，你已经被抚育了好多代了。

“当我做女孩子的时候，我的心的花瓣儿张开，你就像一股花香似的散发出来。

“你的软软的温柔，在我青春的肢体上开花了，像太阳出来之前的天空上的一片曙光。

“上天的第一宠儿，晨曦的孪生兄弟，你从世界的生命的溪流浮泛而下，终于停泊在我的心头。

“当我凝视你的脸蛋儿的时候，神秘之感淹没了我；你这属于一切人的，竟成了我的。

“为了怕失掉你，我把你紧紧地搂在胸前。是什么魔术把这世界的宝贝引到我这双纤小的手臂里来的呢？”

孩子的世界

我愿我能在我孩子的自己的世界的中心，占一角清净地。

我知道有星星同他说话，天空也在他面前垂下，用它傻傻的云朵和彩虹来娱悦他。

那些大家以为他是哑的人，那些看去像是永不会走动的人，都带了他们的故事，捧了满装着五颜六色的玩具的盘子，匍匐地来到他的窗前。

我愿我能在横过孩子心中的道路上游行，解脱了一切的束缚；

在那儿，使者奉了无所谓的使命奔走于无史的诸王的王国间；

在那儿，理智以她的法律造为纸鸢而飞放，真理也使事实从桎梏中自由了。

海　边

孩子们在无边的世界的海滨聚会。头上是静止的无垠的天空，不宁的海波奔腾喧闹。在无边的世界的海滨，孩子们欢呼跳跃地聚会着。

他们用沙子盖起房屋，用空贝壳来游戏。他们把枯叶编成小船，微笑着把它们漂浮在深远的海上。孩子在世界的海滨做着游戏。

他们不会凫水，他们也不会撒网。采珠的人潜水寻珠，商人们奔波航行，孩子们收集了石子儿却又把它们丢弃了。他们不搜求宝藏，他们也不会撒网。

大海涌起了喧笑，海岸闪烁着苍白的微笑。致人死命的波涛，像一个母亲在摇着婴儿的摇篮一样，对孩子们唱着无意义的谣歌。大海在同孩子们游戏，海岸闪烁着苍白的微笑。

孩子们在无边的世界的海滨聚会。风暴在无路的天空中飘游，船舶在无轨的海上破碎，死亡在猖狂，孩子们却在游戏。在无边的世界的海滨，孩子们盛大地聚会着。

来　源

这掠过婴儿眼上的睡眠——有谁知道它是从哪里来的么？是的，有谣传说它住在林荫中，萤火朦胧照着的仙村里，那里挂着两颗甜柔迷人的花蕊。它从那里来吻着婴儿的眼睛。

在婴儿睡梦中唇上闪现的微笑——有谁知道它是从哪里生出来的么？是的，有谣传说一线新月的微光，触到了消散的秋云的边缘，微笑就在被朝雾洗净的晨梦中，第一次生出来了——这就是那婴儿睡梦中唇上闪现的微笑。

在婴儿的四肢上，花朵般地喷发的甜柔清新的生气，有谁知道它是在哪里藏了这么许久么？是的，当母亲还是一个少女，它就在温柔安静的爱的神秘中，充塞在她的心里了——这就是那婴儿四肢上喷发的甜柔新鲜的生气。

时候与原因

当我送你彩色玩具的时候，我的孩子，我明白了为什么云中水上会幻弄出这许多颜色,为什么花朵都用颜色染起——当我送你彩色玩具的时候,我的孩子。

当我唱歌使你跳舞的时候，我彻底地知道为什么树叶上响出音乐，为什么波浪把它们的合唱送进静听的大地的心头——当我唱歌使你跳舞的时候。

当我把糖果递到你贪婪的手中的时候，我懂得为什么花心里有蜜，为什么水果里隐藏着甜汁——当我把糖果递到你贪婪的手中的时候。

当我吻你的脸使你微笑的时候，我的宝贝，我的确了解晨光从天空流下时是怎样的高兴，暑天的凉风吹到我身上时是怎样的愉快——当我吻你的脸使你微笑的时候。

责　备

为什么你眼里有了眼泪，我的孩子?
他们真是可怕，常常无谓地责备你!
你写字时墨水玷污了你的手和脸——这就是他们所以骂你龌龊的缘故么?
呵，呸!他们也敢因为圆圆的月儿用墨水涂了脸，便骂它龌龊么?

他们总要为了每一件小事去责备你，我的孩子，他们总是无谓地寻人错处。
你游戏时扯破了你的衣服——这就是他们说你不整洁的缘故么?
呵，呸!秋之晨从它的破碎的云衣中露出微笑。那么，他们要叫它什么呢?

他们对你说什么话，尽管可以不去理睬他，我的孩子。
他们把你做错的事长长地记了一笔账。
谁都知道你是十分喜欢糖果的——这就是他们所以称你作贪婪的缘故么?
呵，呸!我们是喜欢你的，那么，他们要叫我们什么呢?

审判官

你想说他什么尽管说吧，但是我知道我孩子的短处。
我爱他并不因为他好，只是因为他是我的小小的孩子。
你如果把他的好处与坏处两两相权一下，恐怕你就会知道他是如何的可爱吧?
当我必须责罚他的时候，他更成为我的生命的一部分了。
当我使他眼泪流出时，我的心也和他同哭了。
只有我才有权去骂他，去责罚他，因为只有热爱人的才可以惩戒人。

玩 具

孩子，你真是快活呀，一早晨坐在泥土里，耍着折下来的小树枝儿。

我微笑地看你在那里耍着那根折下来的小树枝儿。

我正忙着算账，一小时一小时在那里加叠数字。

也许你在看我，想道：这种好没趣的游戏，竟把你的一早晨的好时间浪费掉了！

孩子，我忘了聚精会神玩耍树枝与泥饼的方法了。

我寻求贵重的玩具，收集金块与银块。

你呢，无论找到什么便去做你的快乐的游戏；我呢，却把我的时间与力气都浪费在那些我永不能得到的东西上。

我在我的脆薄的独木船里挣扎着要航过欲望之海，竟忘了我也是在那里做游戏了。

天文家

我不过说："当傍晚圆圆的满月挂在迦昙波[①]的枝头时，有人能去捉住它么？"

哥哥却对我笑道："孩子呀，你真是我所见到的顶顶傻的孩子。月亮离我们这样远，谁能去捉住它呢？"

我说："哥哥，你真傻！当妈妈向窗外探望，微笑着往下看我们游戏时，你也能说她远么？"

哥哥还是说："你这个傻孩子！但是，孩子，你到哪里去找一个大得能逮住月亮的网呢？"

---

①迦昙波：原名Kadam，亦作Kadamba，学名Namlea Cadamba，意译"白花"，即昙花。

我说："你自然可以用双手去捉住它呀。"

但是哥哥还是笑着说："你真是我所见到的顶顶傻的孩子！如果月亮走近了，你便知道它是多么大了。"

我说："哥哥，你们学校里所教的，真是没有用呀！当妈妈低下脸儿跟我们亲嘴时，她的脸看来也是很大的么？"

但是哥哥还是说："你真是一个傻孩子。"

云与波

妈妈，住在云端的人对我唤道——

"我们从醒的时候游戏到白日终止。

"我们与黄金色的曙光游戏，我们与银白色的月亮游戏。"

我问道："但是，我怎么能够上你那里去呢？"

他们答道："你到地球的边上来，举手向天，就可以被接到云端里来了。"

"我妈妈在家里等我呢，"我说，"我怎么能离开她而来呢？"

于是他们微笑着浮游而去。

但是我知道一件比这个更好的游戏，妈妈。

我做云，你做月亮。

我用两只手遮盖你，我们的屋顶就是青碧的天空。

住在波浪上的人对我唤道——

"我们从早晨唱歌到晚上；我们前进又前进地旅行，也不知我们所经过的是什么地方。"

我问道："但是，我怎么能加入你们队伍里去呢？"

他们告诉我说："来到岸旁，站在那里，紧闭你的两眼，你就被带到波浪上来了。"

我说："傍晚的时候，我妈妈常要我在家里——我怎么能离开她而去呢！"

于是他们微笑着，跳舞着奔流过去。

但是我知道一件比这个更好的游戏。

我是波浪，你是陌生的岸。

我奔流而进，进，进，笑哈哈地撞碎在你的膝上。

世界上就没有一个人会知道我们俩在什么地方。

金色花

假如我变了一朵金色花[①]，只是为了好玩，长在那棵树的高枝上，笑哈哈地在风中摇摆，又在新生的树叶上跳舞，妈妈，你会认识我么?

你要是叫道："孩子，你在哪里呀?"我暗暗地在那里匿笑，却一声儿不响。

我要悄悄地开放花瓣儿，看着你工作。

当你沐浴后，湿发披在两肩，穿过金色花的林荫，走到你做祷告的小庭院时，你会嗅到这花的香气，却不知道这香气是从我身上来的。

当你吃过中饭，坐在窗前读《罗摩衍那》[②]，

那棵树的阴影落在你的头发与膝上时，我便要投我的小小的影子在你的书页上，正投在你所读的地方。

但是你会猜得出这就是你的小孩子的小影子么?

当你黄昏时拿了灯到牛棚里去，我便要突然地再落到地上来，又成了你的孩子，求你讲个故事给我听。

"你到哪里去了，你这坏孩子?"

"我不告诉你，妈妈。"这就是你同我那时所要说的话了。

---

①金色花：印度圣树，木兰花属植物，开金黄色碎花。译名亦作"瞻波伽"或"占博伽"。

②《罗摩衍那》：印度叙事诗，皆系叙述罗摩生平之作。罗摩即罗摩犍陀罗，十车王之子，悉多之夫。印度人视他为英雄，甚至崇拜他如神。

仙人世界

如果人们知道了我的国王的宫殿在哪里，它就会消失在空气中的。

墙壁是白色的银，屋顶是耀眼的黄金。

皇后住在有七个庭院的宫苑里；她戴的一串珠宝，值得整整七个王国的全部财富。

不过，让我悄悄地告诉你，妈妈，我的国王的宫殿究竟在哪里。

它就在我们阳台的角上，在那栽着杜尔茜花的花盆放着的地方。

公主躺在远远的隔着七个不可逾越的重洋的那一岸沉睡着。

除了我自己，世界上便没有人能够找到她。

她臂上有镯子，她耳上挂着珍珠；她的头发拖到地板上。

当我用我的魔杖点触她的时候，她就会醒过来，而当她微笑时，珠玉将会从她唇边落下来。

不过，让我在我的耳朵边悄悄地告诉你，妈妈；她就住在我们阳台的角上，在那栽着杜尔茜花的花盆放着的地方。

当你要到河里洗澡的时候，你走上屋顶的那座阳台来吧。

我就坐在墙的阴影所聚会的一个角落里。

我只让小猫儿跟我在一起，因为它知道那故事里的理发匠住的地方。

不过，让我在你的耳朵边悄悄地告诉你，那故事里的理发匠到底住在哪里。

他住的地方，就在阳台的角上，在那栽着杜尔茜花的花盆放着的地方。

流放的地方

妈妈，天空上的光成了灰色了；我不知道是什么时候了。

我玩得怪没劲儿的，所以到你这里来了。这是星期六，是我们的休息日。

放下你的活计，妈妈；坐在靠窗的一边，告诉我童话里的特潘塔沙漠在什么地方。

雨的影子遮掩了整个白天。

凶猛的电光用它的爪子抓着天空。

当乌云在轰轰地响着，天打着雷的时候，我总爱心里带着恐惧爬伏到你的身上。

当大雨倾泻在竹叶子上好几个钟头，而我们的窗户为狂风震得格格发响的时候，我就爱独自和你坐在屋里，妈妈，听你讲童话里的特潘塔沙漠的故事。

它在哪里，妈妈，在哪一个海洋的岸上？在哪些个山峰的脚下？

在哪一个国王的国土里？

田地上没有此疆彼壤的界石，也没有村人在黄昏时走回家的，或妇人在树林里捡拾枯枝而捆载到市场上去的道路。沙地上只有一小块一小块的黄色草地，只有一株树，就是那一对聪明的老鸟儿在那里做窝的，那个地方就是特潘塔沙漠。

我能够想象得到，就在这样一个乌云密布的日子，国王的年轻的儿子，怎样地独自骑着一匹灰色马，走过这个沙漠，去寻找那被囚禁在不可知的重洋之外的巨人宫里的公主。

当雨雾在遥远的天空下降，电光像一阵突然发作的痛楚的痉挛似的闪射的时候，他可记得他的不幸的母亲，为国王所弃，正在扫除牛棚，眼里流着眼泪，当他骑马走过童话里的特潘塔沙漠的时候？

看，妈妈，一天还没有完，天色就差不多黑了，那边村庄的路上没有什么旅客了。

牧童早就从牧场上回家了，人们都已从田地里回来，坐在他们草屋的檐下的草席上，眼望着阴沉的云块。

妈妈，我把我所有的书本都放在书架上了——不要叫我现在做功课。

当我长大了，大得像爸爸一样的时候，我将会学到必须学的东西的。

但是，今天你可得告诉我，妈妈，童话里的特潘塔沙漠在什么地方?

雨　天

乌云很快地集拢在森林的黝黑的边缘上。

孩上，不要出去呀!

湖边的一行棕树，向暝暗的天空撞着头；羽毛零乱的乌鸦，静悄悄地栖在罗望子的枝上，河的东岸正被乌沉沉的暝色所侵袭。

我们的牛系在篱上，高声鸣叫。

孩子，在这里等着，等我先把牛牵进牛棚里去。

许多人都挤在池水泛溢的田间，捉那从泛溢的池中逃出来的鱼儿。雨水成了小河，流过狭街，好像一个嬉笑的孩子从他妈妈那里跑开，故意要恼她一样。

听呀，有人在浅滩上喊船夫呢。

孩子，天色暝暗了，渡头的摆渡船已经停了。

天空好像是在滂沱的雨上快跑着；河里的水喧叫而且暴躁；妇人们早已拿着汲满了水的水罐，从恒河畔匆匆地回家了。

夜里用的灯，一定要预备好。

孩子，不要出去呀!

到市场去的大道已没有人走，到河边去的小路又很滑。风在竹林里咆哮着，挣扎着，好像一只落在网中的野兽。

纸　船

我每天把纸船一个个放在急流的溪中。

我用大黑字写我的名字和我住的村名在纸船上。

我希望住在异地的人会得到这纸船，知道我是谁。

我把园中长的秀利花载在我的小船上，希望这些黎明开的花能在夜里被平平安安地带到岸上。

我投我的纸船到水里，仰望天空，看见小朵的云正张着满鼓着风的白帆。

我不知道天上有我的什么游伴把这些船放下来同我的船比赛！

夜来了，我的脸埋在手臂里，梦见我的纸船在子夜的星光下缓缓地浮泛前去。

睡仙坐在船里，带着满载着梦的篮子。

水　手

船夫曼特胡的船只停泊在拉琪根琪码头。

这只船无用地装载着黄麻，无所事事地停泊在那里已经好久了。

只要他肯把他的船借给我，我就给它安装一百支桨，扬起五个或六个或七个布帆来。

我决不把它驾驶到愚蠢的市场上去。

我将航行遍仙人世界里的七个大海和十三条河道。

但是，妈妈，你不要躲在角落里为我哭泣。

我不会像罗摩犍陀罗[①]似的，到森林中去，一去十四年才回来。

---

① 罗摩犍陀罗：即罗摩。他是印度叙事诗《罗摩衍那》中的主角。为了尊重父亲的诺言和维持弟兄间的友爱，他抛弃了继承王位的权利，和妻子悉多在森林中被放逐了十四年。

我将成为故事中的王子，把我的船装满了我所喜欢的东西。

我将带我的朋友阿细和我做伴，我们要快快乐乐地航行于仙人世界里的七个大海和十三条河道。

我将在绝早的晨光里张帆航行。

中午，你正在池塘里洗澡的时候，我们将在一个陌生的国王的国土上上了。

我们将经过特浦尼浅滩，把特潘塔沙漠抛落在我们的后边。

当我们回来的时候，天色快黑了，我将告诉你我们所见到的一切。

我将越过仙人世界里的七个大海和十三条河道。

对　岸

我渴想到河的对岸去。

在那边，好些船只一行儿系在竹竿上；

人们在早晨乘船渡过那边去，肩上扛着犁头，去耕耘他们的远处的田；

在那边，牧人使他们鸣叫着的牛游泳到河旁的牧场去；

黄昏的时候，他们都回家了，只留下豺狼在这满长着野草的岛上哀叫。

妈妈，如果你不在意，我长大的时候，要做这渡船的船夫。

据说有好些古怪的池塘藏在这个高岸之后。

雨过去了，一群一群的野鹜飞到那里去，茂盛的芦苇在岸边四围生长，水鸟在那里生蛋；

竹鸡带着跳舞的尾巴，将它们细小的足印印在洁净的软泥上；

黄昏的时候，长草顶着白花，邀月光在长草的波浪上浮游。

妈妈，如果你不在意，我长大的时候，要做这渡船的船夫。

我要自此岸至彼岸，渡过来，渡过去，所有村中正在那儿沐浴的男孩女孩，都要诧异地望着我。

太阳升到中天，早晨变为正午了，我将跑到你那里去，说道：“妈妈，我饿了！”

一天完了，影子俯伏在树底下，我便要在黄昏中回家来。

我将永不同爸爸那样，离开你到城里去做事。

妈妈，如果你不在意，我长大的时候，要做这渡船的船夫。

花的学校

当雷云在天上轰响，六月的阵雨落下的时候，润湿的东风走过荒野，在竹林中吹着口笛。

于是一群一群的花从无人知道的地方突然跑出来，在绿草上狂欢地跳着舞。

妈妈，我真的觉得那群花朵是在地下的学校里上学。

他们关了门做功课，如果他们想在散学以前出来游戏，他们的老师是要罚他们站壁角的。

雨一来，他们便放假了。

树枝在林中互相碰触着，绿叶在狂风里萧萧地响着，雷云拍着大手，花孩子们便在那时候穿了紫的、黄的、白的衣裳，冲了出来。

你可知道，妈妈，他们的家是在天上，在星星所住的地方。

你没有看见他们怎样地急着要到那儿去么？你不知道他们为什么那样急急忙忙么？

我自然能够猜得出他们是对谁扬起双臂来：他们也有他们的妈妈，就像我有我自己的妈妈一样。

商　人

妈妈，让我们想象，你待在家里，我到异邦去旅行。

再想象，我的船已经装得满满地在码头上等候启碇了。

现在，妈妈，好生想一想再告诉我，回来的时候我要带些什么给你。

妈妈，你要一堆一堆的黄金么?

在金河的两岸，田野里全是金色的稻实。

在林荫的路上，金色花也一朵一朵地落在地上。

我要为你把它们全都收拾起来，放在好几百个篮子里。

妈妈，你要秋天的雨点一般大的珍珠么?

我要渡海到珍珠岛的岸上去。

那个地方，在清晨的曙光里，珠子在草地的野花上颤动，珠子落在绿草上，珠子被汹狂的海浪一大把一大把地撒在沙滩上。

我的哥哥呢，我要送他一对有翼的马，会在云端飞翔的。

爸爸呢，我要带一支有魔力的笔给他，他还没有觉得，笔就写出字来了。

你呢，妈妈，我一定要把那个值七个王国的首饰箱和珠宝送给你。

同　情

如果我只是一只小狗，而不是你的小孩，亲爱的妈妈，当我想吃你的盘里的东西时，你要向我说“不”么?

你要赶开我，对我说道“滚开，你这淘气的小狗”么?

那么，走吧，妈妈，走吧！当你叫唤我的时候，我就永不到你那里去，也永不要你再喂我吃东西了。

如果我只是一只绿色的小鹦鹉，而不是你的小孩，亲爱的妈妈，你要把我紧紧地锁住，怕我飞走么？

你要对我摇你的手，说道“怎样的一个不知感恩的贱鸟呀！整夜地尽在咬它的链子”么？

那么，走吧，妈妈，走吧！我要跑到树林里去，我就永不再让你抱我在你的臂里了。

职　业

早晨，钟敲十下的时候，我沿着我们的小巷到学校去。

每天我都遇见那个小贩，他叫道：“镯子呀，亮晶晶的镯子！”

他没有什么事情急着要做，他没有哪条街一定要走，他没有什么地方一定要去，他没有什么时间一定要回家。

我愿意我是一个小贩，在街上过日子，叫着：“镯子呀，亮晶晶的镯子！”

下午四点，我从学校里回家。

从一家门口，我看得见一个园丁在那里掘地。

他用他的锄子，要怎么掘，便怎么掘，他被尘土污了衣裳，如果他被太阳晒黑了或是身上被打湿了，都没有人骂他。

我愿意我是一个园丁，在花园里掘地，谁也不来阻止我。

天色刚黑，妈妈就送我上床。

从开着的窗口，我看得见更夫走来走去。

小巷又黑又冷清，路灯立在那里，像一个头上生着一只红眼睛的巨人。

更夫摇着他的提灯，跟他身边的影子一起走着，他一生一次都没有上床去过。

我愿意我是一个更夫，整夜在街上走，提了灯去追逐影子。

长　者

妈妈，你的孩子真傻！她是那么可笑地不懂事！

她不知道路灯和星星的分别。

当我们玩着把小石子儿当食物的游戏时，她便以为它们真是吃的东西，竟想放进嘴里去。

当我翻开一本书，放在她面前，要她读 a、b、c 时，她却用手把书页撕了，无端快活地叫起来，你的孩子就是这样做功课的。

当我生气地对她摇头，骂她，说她顽皮时，她却哈哈大笑，以为很有趣。

谁都知道爸爸不在家，但是，如果我在游戏时高声叫一声“爸爸”，她便要高兴地四面张望，以为爸爸真是近在身边。

当我把洗衣人带来载衣服回去的驴子当作学生，并且警告她说，

我是老师，她却无缘无故地乱叫起我哥哥来。

你的孩子要捉月亮。

她是这样的可笑；她把格尼许①唤作琪奴许。

妈妈，你的孩子真傻，她是那么可笑地不懂事！

小大人

我人很小，因为我是一个小孩子，到了我像爸爸一样年纪时，便要变大了。

我的先生要是走来说道：“时候晚了，把你的石板、你的书拿来。”

我便要告诉他道：“你不知道我已经同爸爸一样大了么？我决不再学什么功课了。”

① 格尼许：印度的一个普通名字，同时也是象头神的名字。

我的老师便将惊异地说道："他读书不读书可以随便，因为他是大人了。"

我将自己穿了衣裳，走到人群拥挤的市场里去。

我的叔叔要是跑过来说道："你要迷路了，我的孩子，让我领着你吧。"

我便要回答道："你没有看见么，叔叔，我已经同爸爸一样大了？我决定要独自一个人到市场里去。"

叔叔便将说道："是的，他随便到哪里去都可以，因为他是大人了。"

当我正拿钱给我保姆时，妈妈便要从浴室中出来，因为我是知道怎样用我的钥匙去开银箱的。

妈妈要是说道："你在做什么呀，顽皮的孩子？"

我便要告诉她道："妈妈，你不知道我已经同爸爸一样大了么？

我必须拿钱给保姆。"

妈妈便将自言自语道："他可以随便把钱给他所喜欢的人，因为他是大人了。"

当十月里放假的时候，爸爸将要回家，他会以为我还是一个小孩子，为我从城里带了小鞋子和小绸衫来。

我便要说道："爸爸，把这些东西给哥哥吧，因为我已经同你一样大了。"

爸爸便将想了一想，说道："他可以随便去买他自己穿的衣裳，因为他是大人了。"

十二点钟

妈妈，我真想现在不做功课了。我整个早晨都在念书呢。

你说，现在还不过是十二点钟。假定不会晚过十二点吧，难道你不能把不过是十二点钟想象成下午么？

我能够容容易易地想象：现在太阳已经到了那片稻田的边缘上了，老态龙钟的渔婆正在池边采撷香草做她的晚餐。

我闭上了眼就能够想到，马塔尔树下的阴影是更深黑了，池塘里的水看来黑得发亮。

假如十二点钟能够在黑夜里来到，为什么黑夜不能在十二点钟的时候来到呢？

著作家

你说爸爸写了许多书，但我却不懂得他所写的东西。

他整个黄昏读书给你听，但是你真懂得他的意思么？

妈妈，你给我们讲的故事，真是好听呀！我很奇怪，爸爸为什么不能写那样的书呢？

难道他从来没有从他自己的妈妈那里听见过巨人和神仙和公主的故事么？

还是已经完全忘记了？

他常常耽误了沐浴，你不得不走去叫他一百多次。

你总要等候着，把他的菜温着等他，但他忘了，还尽管写下去。

爸爸老是以著书为游戏。

如果我一走进爸爸房里去游戏，你就要走来叫道："真是一个顽皮的孩子！"

如果我稍微出一点儿声音，你就要说："你没有看见你爸爸正在工作么？"

老是写了又写，有什么趣味呢？

当我拿起爸爸的钢笔或铅笔，像他一模一样地在他的书上写着a、b、c、d、e、f、g、h、i，那时，你为什么跟我生气呢，妈妈？

爸爸写时，你却从来不说一句话。

当我爸爸耗费了那么一大堆纸时，妈妈，你似乎全不在乎。

但是，如果我只取了一张纸去做一只船，你却要说："孩子，你真讨厌！"

你对于爸爸拿黑点子涂满了纸的两面，污损了许多许多张纸，你心里以为怎样呢？

恶邮差

你为什么坐在那边地板上不言不动的，告诉我呀，亲爱的妈妈？
雨从开着的窗口打进来了，把你身上全打湿了，你却不管。
你听见钟已打四下了么？正是哥哥从学校里回家的时候了。
到底发生了什么事，你的神色这样不对？
你今天没有接到爸爸的信么？
我看见邮差在他的袋里带了许多信来，几乎镇里的每个人都分送到了。
只有爸爸的信，他留起来给他自己看。我确信这个邮差是个坏人。
但是不要因此不乐呀，亲爱的妈妈。
明天是邻村市集的日子。你叫女仆去买些笔和纸来。
我自己会写爸爸所写的一切信，使你找不出一点儿错处来。
我要从 a 字一直写到 k 字。
但是，妈妈，你为什么笑呢？
你不相信我能写得同爸爸一样好？
但是我将用心画格子，把所有的字母都写得又大又美。
当我写好了时，你以为我也像爸爸那样傻，把它投入可怕的邮差的袋中么？
我立刻就自己送来给你，而且一个字母，一个字母地帮助你读。
我知道那邮差是不肯把真正的好信送给你的。

英　雄

妈妈，让我们想象我们正在旅行，经过一个陌生而危险的国土。

你坐在一顶轿子里，我骑着一匹红马，在你旁边跑着。

是黄昏的时候，太阳已经下山了。约拉地希的荒地疲乏而灰暗地展开在我们面前，大地是凄凉而荒芜的。

你害怕了，想道——“我不知道我们到了什么地方了。”

我对你说道：“妈妈，不要害怕。”

草地上刺蓬蓬地长着针尖似的草，一条狭而崎岖的小道通过这块草地。

在这片广大的地面上看不见一只牛，它们已经回到它们村里的牛棚去了。

天色黑了下来，大地和天空都显得朦朦胧胧的，而我们不能说出我们正走向什么所在。

突然间，你叫我，悄悄地问我道：“靠近河岸的是什么火光呀？”

正在那个时候，一阵可怕的呐喊声爆发了，好些人影子向我们跑过来。

你蹲坐在你的轿子里，嘴里反复地祷念着神的名字。

轿夫们怕得发抖，躲藏在荆棘丛中。

我向你喊道：“不要害怕，妈妈，有我在这里。”

他们手里执着长棒，头发披散着，越走越近了。

我喊道：“要当心！你们这些坏蛋！再向前走一步，你们就要送命了。”

他们又发出一阵可怕的呐喊声，向前冲过来。

你抓住我的手，说道：“好孩子，看在上天面上，躲开他们吧。”

我说道：“妈妈，你瞧我的。”

于是我刺策着我的马匹，猛奔过去，我的剑和盾彼此碰着作响。

这一场战斗是那么激烈，妈妈，如果你从轿子里看得见的话，你一定会发冷战的。

他们之中，许多人逃走了，还有好些人被砍杀了。

我知道你那时独自坐在那里，心里正在想着，你的孩子这时候一定已经死了。

但是我跑到你的跟前，浑身溅满了鲜血，说道：“妈妈，现在战争已经结束了。”

你从轿子里走出来，吻着我，把我搂在你的心头，你自言自语地说道：

“如果我没有我的孩子护送我，我简直不知道怎么办才好。”

一千件无聊的事天天在发生，为什么这样一件事不能够偶然实现呢?

这很像一本书里的一个故事。

我的哥哥要说道：“这是可能的事么？我老是在想，他是那么嫩弱呢！”

我们村里的人们都要惊讶地说道：“这孩子正和他妈妈在一起，这不是很幸运么？”

告　别

是我走的时候了，妈妈，我走了。

当清寂的黎明，你在暗中伸出双臂，要抱你睡在床上的孩子时，我要说道：“孩子不在那里呀！”——妈妈，我走了。

我要变成一股清风抚摸着你；我要变成水的涟漪，当你浴时，把你吻了又吻。

大风之夜，当雨点在树叶中淅沥时，你在床上，会听见我的微语；当电光从开着的窗口闪进你的屋里时，我的笑声也偕了它一同闪进了。

如果你醒着躺在床上，想你的孩子到深夜，我便要从星空向你唱道：“睡呀！妈妈，睡呀！”

我要坐在各处游荡的月光上，偷偷地来到你的床上，乘你睡着时，躺在你的胸上。

我要变成一个梦儿，从你的眼皮的微缝中，钻到你睡眠的深处。

当你醒来吃惊地四望时，我便如闪耀的萤火似的熠熠地向暗中飞去了。

当杜尔迦节[①]，邻舍家的孩子们来屋里游玩时，我便要融化在笛声里，整日价在你心头震荡。

亲爱的阿姨带了杜尔迦节礼物来，问道："我们的孩子在哪里，姊姊？" 妈妈，你将要柔声地告诉她："他呀，他现在是在我的瞳仁里，他现在是在我的身体里，在我的灵魂里。"

召　唤

她走的时候，夜间黑漆漆的，他们都睡了。

现在，夜间也是黑漆漆的，我唤她道："回来，我的宝贝。世界都在沉睡，当星星互相凝视的时候，你来一会儿是没有人会知道的。"

她走的时候，树木正在萌芽，春光刚刚来到。

现在花已盛开，我唤道："回来，我的宝贝。孩子们漫不经心地在游戏，把花聚在一起，又把它们散开。你如走来，拿一朵小花去，没有人会发觉的。"

那些常常在游戏的人，仍然还在那里游戏，生命总是如此地浪费。

我静听他们的空谈，便唤道："回来，我的宝贝。妈妈的心里充满着爱，你如走来，仅仅从她那里接一个小小的吻，没有人会妒忌的。"

---

①杜尔迦节：也作普耶节，指印度十月间的"难近母祭日"。这一天亲友要互相馈送礼物。

第一次的茉莉

呵，这些茉莉花，这些白的茉莉花！
我仿佛记得我第一次双手满捧着这些茉莉花，这些白的茉莉花的时候。
我喜爱那日光，那天空，那绿色的大地；
我听见那河水淙淙的流声，在黑漆的午夜里传过来；
秋天的夕阳，在荒原上大路转角处迎我，如新妇揭起她的面纱迎接她的爱人。
但我想起孩提时第一次捧在手里的白茉莉，心里充满着甜蜜的回忆。

我生平有过许多快活的日子，在节日宴会的晚上，我曾跟着说笑话的人大笑。
在灰暗的雨天的早晨，我吟哦过许多飘逸的诗篇。
我颈上戴过爱人手织的醉花的花圈，作为晚装。
但我想起孩提时第一次捧在手里的白茉莉，心里充满着甜蜜的回忆。

榕　树

喂，站在池边的蓬头的榕树，你可会忘记了那小小的孩子，就像那在你的枝上筑巢又离开了你的鸟儿似的孩子？

你不记得是他怎样坐在窗内，诧异地望着你深入地下的纠缠的树根么？

妇人们常到池边，汲了满罐的水去，你的大黑影便在水面上摇动，好像睡着的人挣扎着要醒来似的。

日光在微波上跳舞，好像不停不息的小梭在织着金色的花毡。

两只鸭子挨着芦苇，在芦苇影子上游来游去，孩子静静地坐在那里想着。

他想做风，吹过你的萧萧的枝杈；想做你的影子，在水面上，随了日光而俱长；想做一只鸟儿，栖息在你的最高枝上；还想做那两只鸭，在芦苇与阴影中间游来游去。

祝　福

祝福这个小心灵，这个洁白的灵魂，他为我们的大地，赢得了天的接吻。

他爱日光，他爱见他妈妈的脸。

他没有学会厌恶尘土而渴求黄金。

紧抱他在你的心里，并且祝福他。

他已来到这个歧路百出的大地上了。

我不知道他怎么从群众中选出你来，来到你的门前抓住你的手问路。

他笑着，谈着，跟着你走，心里没有一点儿疑惑。

不要辜负他的信任，引导他到正路，并且祝福他。

把你的手按在他的头上，祈求着：底下的波涛虽然险恶，然而从上面来的风，会鼓起他的船帆，送他到和平的港口的。

不要在忙碌中把他忘了，让他来到你的心里，并且祝福他。

赠　品

我要送些东西给你，我的孩子，因为我们同是漂泊在世界的溪流中的。

我们的生命将被分开，我们的爱也将被忘记。

但我却没有那样傻，希望能用我的赠品来买你的心。

你的生命正是青青，你的道路也长着呢，你一口气饮尽了我们带给你的爱，便回身离开我们跑了。

你有你的游戏，有你的游伴。如果你没有时间同我们在一起，如果你想不到我们，那有什么害处呢?

我们呢，自然的，在老年时，会有许多闲暇的时间，去计算那过去的日子，把我们手里永久失了的东西，在心里爱抚着。

河流唱着歌很快地流去，冲破所有的堤防。但是山峰却留在那里，忆念着，满怀依依之情。

我的歌

我的孩子，我这一支歌将扬起它的乐声围绕你的身旁，好像那爱情的热恋的手臂一样。

我这一支歌将触着你的前额，好像那祝福的接吻一样。

当你只是一个人的时候，它将坐在你的身旁，在你耳边微语着；当你在人群中的时候，它将围住你，使你超然物外。

我的歌将成为你的梦的翼翅，它将把你的心移送到不可知的岸边。

当黑夜覆盖在你路上的时候，它又将成为那照临在你头上的忠实的星光。

我的歌又将坐在你眼睛的瞳仁里，将你的视线带入万物的心里。

当我的声音因死亡而沉寂时，我的歌仍将在我活泼泼的心中唱着。

孩子天使

他们喧哗争斗，他们怀疑失望，他们辩论而没有结果。

我的孩子，让你的生命到他们当中去，如一线镇定而纯洁的光，使他们愉悦而沉默。

他们的贪心和妒忌是残忍的；他们的话，好像暗藏的刀，渴欲饮血。

我的孩子，去，去站在他们愤懑的心中，把你的和善的眼光落在它们上面，好像那傍晚的宽宏大量的和平，覆盖着日间的骚扰一样。

我的孩子，让他们望着你的脸，因此能够知道一切事物的意义；让他们爱你，因此他们能够相爱。

来，坐在无垠的胸膛上，我的孩子。朝阳出来时，开放而且抬起你的心，像一朵盛开的花；夕阳落下时，低下你的头，默默地做完这一天的礼拜。

最后的买卖

早晨，我在石铺的路上走时，我叫道："谁来雇用我呀？"
皇帝坐着马车，手里拿着剑走来。
他拉着我的手，说道："我要用权力来雇用你。"
但是他的权力算不了什么，他坐着马车走了。

正午炎热的时候，家家户户的门都闭着。
我沿着屈曲的小巷走去。
一个老人带着一袋金钱走出来。
他斟酌了一下，说道："我要用金钱来雇用你。"
他一个一个地数着他的钱，但我却转身离去了。

黄昏了，花园的篱上满开着花。
美人走出来，说道："我要用微笑来雇用你。"
她的微笑黯淡了，化成泪容了，她孤寂地回身走进黑暗里去。

太阳照耀在沙地上，海波任性地浪花四溅。
一个小孩坐在那里玩贝壳。
他抬起头来，好像认识我似的，说道："我雇你不用什么东西。"
从此以后，在这个小孩的游戏中做成的买卖，使我成了一个自由的人。

郑振铎诗文集

散文

小燕子在海面上斜掠着，浮憩着。它们果是我们故乡的小燕子么？

啊，乡愁呀，如轻烟似的乡愁呀！

——《海燕》

郑振铎的散文虽然不是中国文坛最顶尖的作品，但它以率真、博识、深情、清净的风格独树一帜，为读者呈现出文字的朴质之美。

“文学是人生的自然的呼声。人类情绪的流泄于文学中的，不是以传道为目的，更不是以娱乐为目的，而是以真挚的情感来引起读者的同情的。”郑振铎在《新文学观的建设》一文中明确阐述了为文的目的。他的散文作品，与其说是他自己的“孩子”，不如说是所有拥有类似经验之人的共同情感回忆。没有华丽的辞藻，没有特别的修饰，单纯地线描式叙述，更容易带动每个平凡人的心境。就拿《海燕》一文来说，有人说那是“一曲语妙情真的游子吟”。在编者看来，“情真语妙”似乎更恰当一些。因为，正是情到真切处，才字字成玑珠。这是郑振铎散文写作的血脉。

本章将郑振铎的近 50 篇代表作，按照重要程度、情感脉络，以寄情于物、寄情于事、寄情于景、寄情于人的顺序进行归类编排。所选文章，分别来自《海燕》《山中杂记》《蛰居散记》《西行书简》《欧游日记》等文集，以及《小说月报》《文学周报》《文学月刊》等报刊杂志。

在这些文章里，作者的情感主要集中于爱国之情和思乡之情，这与作者的早年经历密切相关。

郑振铎从青年时代起便积极投身与五四运动，五卅惨案发生后，他以朴质的文笔发表了《街血洗去后》，控诉英日帝国的罪行。1927 年，蒋介石发动“四一二”反革命政变，郑振铎被迫流亡欧洲。临别前，他深情地写下了《离别》；在旅途中，他创作了《海燕》《同舟者》《阿刺伯人》《大佛寺》等文章，在游历和做学问的同时，抒发着对家乡的思念，以及对战火中的人民与民族的悲痛之情，这种悲痛在《西行书简》关于古迹游览的文章中也可窥见；游历欧洲期间，他记述了《欧行日记》，展现他每天的体悟、对西方国家的思考和读书生活。归国后，他继续支持抗战，在上海“孤岛”时期抢救大量文献、古籍，创作了《暮影笼罩了一切》《“野有饿殍”》《最后一课》等愤怒抗争散文。此外，郑振铎与许地山、鲁迅、朱自清、邹韬奋等人为文坛师友，他在友人身故后挥文悼念，情深肺腑；这些文章有助于我们侧面了解当时的社会。

海　燕

乌黑的一身羽毛，光滑漂亮，积伶积俐，加上一双剪刀似的尾巴，一对劲俊轻快的翅膀，凑成了那样可爱的活泼的一只小燕子。当春间二三月，轻飔微微地吹拂着，如毛的细雨无因的由天上洒落着，千条万条的柔柳，齐舒了它们的黄绿的眼，红的白的黄的花，绿的草，绿的树叶，皆如赶赴市集者似的奔聚而来，形成了烂漫无比的春天时，那些小燕子，那么伶俐可爱的小燕子，便也由南方飞来，加入了这个隽妙无比的春景的图画中，为春光平添了许多的生趣。小燕子带了它的双剪似的尾，在微风细雨中，或在阳光满地时，斜飞于旷亮无比的天空之上，叽的一声，已由这里稻田上，飞到了那边的高柳之下了。再几只却隽逸地在粼粼如縠纹的湖面横掠着，小燕子的剪尾或翼尖，偶沾了水面一下，那小圆晕便一圈一圈地荡漾了开去。那边还有飞倦了的几对，闲散地憩息于纤细的电线上，——嫩蓝的春天，几支木杆，几痕细线连于杆与杆间，线上是停着几个粗而有致的小黑点，那便是燕子，是多么有趣的一幅图画呀！还有一家家的快乐家庭，他们还特为我们的小燕子备了一个两个小巢，放在厅梁的最高处，假如这家有了一个匾额，那匾后便是小燕子最好的安巢之所。第一年，小燕子来住了，第二年，我们的小燕子，就是去年的一对，它们还要来住。

“燕子归来寻旧垒。”

还是去年的主，还是去年的宾，他们宾主间是如何地融融泄泄呀！偶然地有几家，小燕子却不来光顾，那便很使主人忧戚，他们邀召不到那么隽逸的嘉宾，每以为自己运命的蹇劣呢。

这便是我们故乡的小燕子，可爱的活泼的小燕子，曾使几多的孩子们欢呼着，注意着，沉醉着，曾使几多的农人们市民们忧戚着，或舒怀地指点着，且曾平添了几多的春色，几多的生趣于我们的春天的小燕子！

如今，离家是几千里！离国是几千里！托身于浮宅之上，奔驰于万顷海涛之间，不料却见着我们的小燕子。

这小燕子，便是我们故乡的那一对，两对么？便是我们今春在故乡所见的那一对，两对么?

见了它们，游子们能不引起了，至少是轻烟似的，一缕两缕的乡愁么?

海水是皎洁无比的蔚蓝色，海波是平稳得如春晨的西湖一样，偶有微风，只吹起了绝细绝细的千万个粼粼的小皱纹，这更使照晒于初夏之太阳光之下的、金光烂灿的水面显得温秀可喜。我没有见过那么美的海！天上也是皎洁无比的蔚蓝色，只有几片薄纱似的轻云，平贴于空中，就如一个女郎，穿了绝美的蓝色夏衣，而颈间却围绕了一段绝细绝轻的白纱巾。我没有见过那么美的天空！我们倚在青色的船栏上，默默地望着这绝美的海天；我们一点儿杂念也没有，我们是被沉醉了，我们是被带入晶天中了。

就在这时，我们的小燕子，二只，三只，四只，在海上出现了。它们仍是隽逸地从容地在海面上斜掠着，如在小湖面上一样；海水被它的似剪的尾与翼尖一打，也仍是连漾了好几圈圆晕。小小的燕子，浩莽的大海，飞着飞着，不会觉得倦么？不会遇着暴风疾雨么？我们真替它们担心呢！

小燕子却从容地憩着了。它们展开了双翼，身子一落，落在海面上了，双翼如浮圈似的支持着体重，活是一只乌黑的小水禽，在随波上下地浮着，又安闲，又舒适。海是它们那么安好的家，我们真是想不到。

在故乡，我们还会想象得到我们的小燕子是这样的一个海上英雄么?

海水仍是平贴无波，许多绝小绝小的海鱼，为我们的船所惊动，群向远处窜去；随了它们飞窜着，水面起了一条条的长痕，正如我们当孩子时之用瓦片打水漂在水面所划起的长痕。这小鱼是我们小燕子的粮食么?

小燕子在海面上斜掠着，浮憩着。它们果是我们故乡的小燕子么?

啊，乡愁呀，如轻烟似的乡愁呀！

猫

我家养了好几次的猫，却总是失踪或死亡。三妹是最喜欢猫的，她常在课后回家时，逗着猫玩。有一次，从隔壁要了一只新生的猫来。花白的毛，很活泼，常如带着泥土的白雪球似的，在廊前太阳光里滚来滚去。三妹常常的，取了一条红带，或一根绳子，在它面前来回地拖摇着，它便扑过来抢，又扑过去抢。我坐在藤椅上看着他们，可以微笑着消耗过一两小时的光阴，那时太阳光暖暖地照着，心上感着生命的新鲜与快乐。后来这只猫不知怎地忽然消瘦了，也不肯吃东西，光泽的毛也污涩了，终日躺在厅上的椅下，不肯出来。三妹想着种种方法去逗它，它都不理会。我们都很替它忧郁。三妹特地买了一个很小很小的铜铃，用红绫带穿了，挂在它颈下，但只觉得不相称，它只是毫无生意地、懒惰地、郁闷地躺着。有一天中午，我从编译所回来，三妹很难过地说道："哥哥，小猫死了！"

我心里也感着一缕的酸辛，可怜这两个来相伴的小侣！当时只得安慰着三妹道："不要紧，我再向别处要一只来给你。"

隔了几天，二妹从虹口舅舅家里回来，她道，舅舅那里有三四只小猫，很有趣，正要送给人家。三妹便怂恿着她去拿一只来。礼拜天，母亲回来了，却带了一只浑身黄色的小猫同来。立刻三妹一部分的注意，又被这只黄色小猫吸引去了。这只小猫较第一只更有趣，更活泼。它在园中乱跑，又会爬树，有时蝴蝶安详地飞过时，它也会扑过去捉。它似乎太活泼了，一点儿也不怕生人，有时由树上跃到墙上，又跑到街上，在那里晒太阳。我们都很为它提心吊胆，一天都要"小猫呢？小猫呢？"地查问得好几次。每次总要寻找了一回，方才寻到。三妹常指它笑着骂道："你这小猫呀，要被乞丐捉去后才不会乱跑呢！"我回家吃午饭，总看见它坐在铁门外边，一见我进门，便飞也似的跑进去了。饭后的娱乐，是看它在爬树，隐身在阳光隐约里的绿叶中，好像在等待着要捉捕什么似的。把它捉了下来，又极快地爬上去了。过了两三个月，它会捉鼠了。有一次，居然捉到一只很肥大的鼠，自此，夜间便不再听见讨厌的吱吱的声了。

某一日清晨，我起床来，披了衣下楼，没有看见小猫，在小园里找了一遍，也不见。心里便有些亡失的预警。

“三妹，小猫呢？”

她慌忙地跑下楼来，答道：“我刚才也寻了一遍，没有看见。”

家里的人都忙乱地在寻找，但终于不见。

李妈道：“我一早起来开门，还见它在厅上。烧饭时，才不见了它。”

大家都不高兴，好像亡失了一个亲爱的同伴，连向来不大喜欢它的张妈也说：“可惜，可惜，这样好的一只小猫。”我心里还有一线希望，以为它偶然跑到远处去，也许会认得归途的。

午饭时，张妈诉说道：“刚才遇到隔壁周家的丫头，她说，早上看见我家的小猫在门外，被一个过路的人捉去了。”

于是这个亡失证实了。三妹很不高兴地，咕噜着道：“他们看见了，为什么不出来阻止？他们明晓得它是我家的！”

我也怅然地，愤然地，在诅骂着那个不知名的夺去我们所爱的东西的人。

自此，我家好久不养猫。

冬天的早晨，门口蜷伏着一只很可怜的小猫，毛色是花白的，但并不好看，又很瘦。它伏着不去。我们如不取来留养，至少也要为冬寒与饥饿所杀。张妈把它拾了进来，每天给它饭吃。但大家都不大喜欢它，它不活泼，也不像别的小猫之喜欢顽游，好像是具着天生的忧郁性似的，连三妹那样爱猫的，对于它，也不加注意。如此地，过了几个月，它在我家仍是一只若有若无的动物，它渐渐地肥胖了，但仍不活泼。大家在廊前晒太阳闲谈着时，它也常来蜷伏在母亲或三妹的足下。三妹有时也逗着它玩，但并没有对于前几只小猫那样感兴趣。有一天，它因夜里冷，钻到火炉底下去，毛被烧脱好几块，更觉得难看了。

春天来了，它成了一只壮猫了，却仍不改它的忧郁性，也不去捉鼠，终日懒惰地伏着，吃得胖胖的。

这时，妻买了一对黄色的芙蓉鸟来，挂在廊前，叫得很好听。妻常常叮嘱着张妈换水，加鸟粮，洗刷笼子。那只花白猫对于这一对黄鸟，似乎也特别注意，常常跳在桌上，对鸟笼凝望着。

妻道：“张妈，留心猫，它会吃鸟呢。”

张妈便跑来把猫捉了去，隔一会儿，它又跳上桌子对鸟笼凝望着了。

一天，我下楼时，听见张妈在叫道：“鸟死了一只，一条腿没有了，笼板上都是血。是什么东西把它咬死的？”

我匆匆跑下去看，果然一只鸟是死了，羽毛松散着，好像它曾与它的敌人挣扎了许久。

我很愤怒，叫道：“一定是猫，一定是猫！”于是立刻便去找它。

妻听见了，也匆匆的跑下来，看了死鸟，很难过，便道；“不是这猫咬死的还有谁？它常常对鸟笼望着，我早就叫张妈要小心了。张妈！你为什么不小心？！”

张妈默默无言，不能有什么话来辩护。

于是猫的罪状证实了。大家都去找这可厌的猫，想给它以一顿惩戒。找了半天，却没找到。真是“畏罪潜逃”了，我以为。

三妹在楼上叫道：“猫在这里了。”

它躺在露台板上晒太阳，态度很安详，嘴里好像还在吃着什么。我想，它一定是在吃着这可怜的鸟的腿了，一时怒气冲天，拿起楼门旁倚着的一根木棒，追过去打了一下。它很悲楚地叫了一声“咪呜！”便逃到屋瓦上了。

我心里还愤的，以为惩戒得还没有快意。

隔了几天，李妈在楼下叫道：“猫，猫！又来吃鸟了。”同时我看见一只黑猫飞快地逃过露台，嘴里衔着一只黄鸟。我开始觉得我是错了！

我心里十分地难过，真的，我的良心受伤了，我没有判断明白，便妄下断语，冤苦了一只不能说话辩诉的动物。想到它的无抵抗的逃避，益使我感到我的暴怒，我的虐待，都是针，刺我的良心的针！

我很想补救我的过失，但它是不能说话的，我将怎样地对它表白我的误解呢？

两个月后，我们的猫忽然死在邻家的屋脊上。我对于它的亡失，比以前的两只猫的亡失，更难过得多。

我永无改正我的过失的机会了！

自此，我家永不养猫。

鸬鹚与鱼

夕阳的柔红光，照在周围十余里的一个湖泽上，没有什么风，湖面上绿油油得像一面镜似的平滑。一望无垠的稻田。垂柳松杉，到处点缀着安静的景物。有几只渔舟，在湖上淀泊着。渔人安闲地坐在舵尾，悠然地在吸着板烟。船头上站立着一排士兵似的鸬鹚[①]，灰黑色的，喉下有一大囊鼓突出来。渔人不知怎样地发了一个命令，这些水鸟们便都扑扑地钻没入水面以下去了。

湖面被冲荡成一圈圈的粼粼小波。夕阳光跟随着这些小波浪在跳跃。

鸬鹚们陆续地钻出水来，上了船。渔人忙着把鸬鹚们喉囊里吞装着的鱼，一只只地用手捏压出来。

鸬鹚们睁着眼睛望着。

平野上炊烟四起，袅袅地升上晚天。

渔人拣着若干尾小鱼，逐一地抛给鸬鹚们吃，一口便咽了下去。

提起了桨，渔人划着小舟归去。湖面上刺着一条水痕。鸬鹚们士兵似的齐整地站立在船头。

天色逐渐暗了下去。湖面上又平静如恒。

这是一幅很静美的画面，富于诗意；诗人和画家都要想捉住的题材。

但隐藏在这静美的画面之下的，却是一个残酷可怖的争斗，生与死的争斗。

在湖水里生活着的大鱼小鱼们看来，渔人和鸬鹚们都是敌人，都是蹂躏它们、置它们于死的敌人。

但在鸬鹚们看来，究竟有什么感想呢？

鸬鹚们为渔人所喂养，发挥着它们捕捉鱼儿的天性，为渔人干着这种可怖的杀鱼的事业。它们自己所得的却是那么微小的酬报！

当它们兴高采烈地钻没入水面以下时，它们只知道捕捉、吞食，越多越好。它们曾经想到过：钻出水面，上了船头时，它们所捕捉、所吞食的鱼儿们依然

①鸬鹚：水鸟，体长可达两米，羽多白色，翼大嘴长，嘴下有一个皮质的囊，可以用来兜食鱼类。

要给渔人所逐一捏压出来，自己丝毫不能享用的么？

它们要是想到过，只是作为渔人的捕鱼的工具，而自己不能享用时，恐怕它们便不会那么兴高采烈地在捕捉再吞食吧。

渔人却悠然地坐在船艄，安闲地抽着板烟，等待着鹈鹕们为他捕捉鱼儿。一切的摆布，结果，都是他事前所预计着的。难道是“运命”在拨弄着的么，渔人总是在“收着渔人之利”的；鹈鹕们天生的要为渔人而捕捉、吞食鱼儿；鱼儿们呢，仿佛只有被捕捉、被吞食的份儿，不管享用的是鹈鹕们或是渔人。

在人间，在沦陷区里，也正演奏着鹈鹕们的“为他人作嫁衣裳”的把戏。

当上海在暮影笼罩下，蝙蝠们开始在乱飞，狐兔们渐渐地由洞穴里爬了出来时，敌人的特工人员（后来是“七十六号”里的东西），便像夏天的臭虫似的，从板缝里钻出来找“血”喝。

他们先拣肥的、有油的、多血的人来吮、来咬、来吃。手法很简单：捉了去，先是敲打一顿，乱踢一顿，——掌颊更是极平常的事——或者吊打一顿，然后对方的家属托人出来说情。破费了若干千万，喂得他们满意了，然后才有被释放的可能。其间也有清寒的志士们只好挺身牺牲。但不花钱的人恐怕很少。

某君为了私事从香港到上海来，被他们捕捉住，作为重庆的间谍看待。囚禁了好久才放了出来。他对我说：先要用皮鞭抽打，那尖长的鞭梢，内里藏的是钢丝，抽一下，便深陷在肉里；抽了开去时，留下的是一条鲜血痕。稍不小心，便得受一掌、一拳、一脚。说时，他拉开裤脚管给我看，大腿上一大块伤痕，那是敌人用皮靴狠踢的结果。他不说明如何得释，但恐怕不会是很容易的。

那些敌人的爪牙们，把志士们乃至无数无辜的老百姓们捕捉着、吞食着。且偷、且骗、且抢、且夺的，把他们的血吮着、吸着、喝着。

爪牙们被喂得饱饱的，肥头肥脑的，享受着有生以来未曾享受过的“好福好禄”。所有出没于灯红酒绿的场所，坐着汽车疾驰过街的，大都是这些东西。

有一个坏蛋中的最坏的东西，名为吴世宝的，出身于保镖或汽车夫之流，从不名一钱的一个街头无赖，不到几时，洋房子有了，而且不止一所；汽车有了，而且也不止一辆；美妾也有了，而且也不止一个。有一个传说，说他的洗澡盆是用银子打成的，金子熔铸的食具以及其他用具，不知有多少。

他享受着较桀纣还要舒适奢靡的生活。

金子和其他的财货一天天地多了，更多了，堆积得恐怕连他自己也不知其数。都是从无辜无告的人那里榨取偷夺而来的。

怨毒之气一天天地深；有无数的流言怪语在传播着。

群众们侧目而视，重足而立；吴世宝这三个字，成为最恐怖的“毒物”的代名词。

他的主人（敌人），觉察到民怨沸腾到无可压制的时候，便一举手地把他逮捕了，送到监狱里去。他的财产一件件地被吐了出来。——不知到底吐出了多少。等到敌人，他的主人觉得满意了，而且说情人也渐渐多了，才把他释放出来。但在临释的时候，却嗾使猘狗咬断了他的咽喉。他被护送到苏州养伤，在受尽了痛苦之后，方才死去。

这是一个最可怖的鹈鹕的下场。

敌人博得了“惩”恶的好名，平息了一部分无知的民众的怨毒的怒火，同时却获得了吴世宝积恶所得的无数掳获物，不必自己去搜括。

这样的效法喂养鹈鹕的渔人的办法，最为恶毒不过。安享着无数的资产，自己却不必动一手，举一足。

鹈鹕们一个个地上场，一个个地下台。一时意气昂昂，一时却又垂头丧气。

然而没有一个狐兔或臭虫视此为前车之鉴的。他们依然地在搜括、在捕捉、在吞食，不是为了他们自己，却是为了他们的主人。

他们和鹈鹕们同样的没有头脑，没有灵魂，没有思想。他们一个个走上了同样的没落的路，陷落在同一的悲惨的命运里。然而一个个却都踊跃地向坟墓走去，不徘徊，不停步，也不回头。

蝴　蝶[①]

春送了绿衣给田野，给树林，给花园，甚至于小小的墙隅屋角。小小的庭前阶下，也点缀着新绿。就是油碧色的湖水，被春风潾潾地吹动，山间的溪流也开始淙淙汩汩地流动了；于是黄的、白的、红的、紫的、蓝的，以及不能名色的花开了，于是黄的、白的、红的、黑的，以及不能名色的蝴蝶们，从蛹中苏醒了，舒展着美的耀人的双翼，栩栩在花间，在园中飞了；便是小小的墙隅屋角，小小的庭前阶下，只要有新绿的花木在着的，只要有什么花舒放着的，蝴蝶们也都栩栩地来临了。

蝴蝶来了，偕来的是花的春天。

当我们在和暖宜人的阳光底下，走到一望无际的开放着金黄色的花的菜田间，或杂生着不可数的无名的野花的草地上时，大的小的蝴蝶们总在那里飞翔着。一刻飞向这朵花，一刻飞向那朵花，便是停下了，双翼也还在不息不住地扇动着。一群儿童嬉笑着追逐在它们之后，见它们停下了，悄悄地便蹑足走近，等到他们走近时，蝴蝶却又态度闲暇地舒翼飞开了。

> 呵，蝴蝶！它便被追，也并不现出匆急的神气。
>
> ——日本的俳句，我乐作

在这个时候，我们似乎感得全个宇宙都耀着微笑，都泛溢着快乐，每个生命都在生长，在向前或向上发展。

① 本文节选自《蝴蝶的文学》。

蝉与纺织娘

你如果有福气独自坐在窗内，静悄悄地没一个人来打扰，一点钟，两点钟地过去，嘴里衔着一支烟，躺在沙发上慢慢地喷着烟云，看它一白圈一白圈地升上，那么在这静境之内，你便可以听到那墙角阶前的鸣虫的奏乐。

那鸣虫的作响，真不是凡响；如果你曾听见过曼杜令的低奏，你曾听见过一支洞箫在月下湖上独吹着；你曾听见过红楼的重幔中透漏出的弦管声，你曾听见过流水淙淙的由溪石间流过，或你曾倚在山阁上听着飒飒的松风在足下拂过，那么，你便可以把那如何清幽的鸣虫之叫声想象到一二了。

虫之乐队，因季候的关系而颇不同，夏天与秋令的虫声，便是截然的两样。蝉之声是高旷的，享乐的，带着自己满足之意的；它高高地栖在梧桐树或竹枝上，迎风而唱，那是生之歌，生之盛年之歌，那是结婚曲，那是中世纪武士美人的大宴时的行吟诗人之歌。无论听了那唧——唧——的曼长声，或唧格——唧格——的较短声，都可同样地受到一种轻快的美感。秋虫的鸣声最复杂。但无论纺织娘的唧嘎，蟋蟀的唧唧，金铃子之玎玲，还有无数无数不可名状的秋虫之鸣声，其声调之凄抑却都是一样的；它们唱的是秋之歌，是暮年之歌，是薤露之曲。它们的歌声，是如秋风之扫落叶，怨妇之奏琵琶。孤峭而幽奇，清远而凄迷，低徊而愁肠百结。你如果是一个孤客，独宿于荒郊逆旅，一盏荧荧的油灯，对着一张板床，一张木桌，一两张硬板凳，再一听见四壁唧唧吱吱的虫声间作，那你今夜便不用再想稳稳地安睡了，什么愁情，乡思，以及人生之悲感，都会一串串地从根儿勾引起来，在你心上翻来覆去，如白老鼠在戏笼中走轮盘一般，一上去便不用想下来憩息。如果你不是一个客人，你有家庭，你有很好的太太，你并没有什么闲愁胡想，那么，在你太太已睡之后，你想在书房中静静地写些东西时，这唧唧的秋虫之声却也会无端地窜入你的心里，翻掘起你向不曾有过的一种凄感呢。如果那一夜是一个月夜，天井里统是银白色，枯秃的树影，一根一条地很清朗地印在地上，那么你的感触将更深了。那也许就是所谓悲秋。

秋虫之声，大都在蝉之夏曲已告终之后出现，那正与气候之寒暖相应。但我却有一次奇异的经验；在无数的纺织娘之鸣声已来了之后，却又听得满耳的蝉声。我想我们的读者中有这种经验的人是必不多的。

我在山中，每天听见的只有蝉声、鸟声还比不上。那时天气是很热，即在山上，也觉得并不凉爽。正午的时候，躺在廊前的藤榻上，要求一点儿的凉风，却见满山的竹树梢头，一动也不动，看看足底下的花草，也都静静地站着，如老僧入了定似的。风扇之类既得不到，只好不断地用手巾来拭汗，不断地在摇挥那纸扇了。在这时候，往往有几缕的蝉声在槛外鸣奏着。闭了目，静静地听了它们在忽高忽低，忽断忽续，此唱彼和，仿佛是一大阵绝清幽的乐队在那里奏着绝清幽的曲子，炎热似乎也减少了，然后，蒙眬地蒙眬地睡去了，什么都不觉得。良久，良久，清梦醒来时，却又是满耳的蝉声。山中的蝉真多！绝早的清晨，老妈子们和小孩子们常去抱着竹竿乱摇一阵，而一只两只的蝉便要跟随了朝露而落到地上了。第一个早晨，在我们滴翠轩的左近，至少是百只以上之蝉是这样地被捉。但蝉声并不减少。

常常地，一只蝉两只蝉，唧的一声，飞入房内，如平时我们所见的青油虫及灯蛾之飞入一样。这也是必定被人所捉的。有一天，见有什么东西在槛外倒水的铅斗中咯笃咯笃地作响，俯身到槛外一看，却又是一只蝉，这当然又是一个俘虏了。还有好几次，在山脊上走时，忽见矮林丛中有什么东西在动，拨开林丛一看，却也是一只蝉。它是被竹枝竹叶挡阻住了不能飞去。我把它拾在手中。同行的心南先生说：“这有什么稀奇，放走了它吧。要多少还怕没有！”我便顺手把它向风中一送，它悠悠扬扬地飞去很远很远，渐渐地不见了。我想不到这只蝉就是刚才在地上拾了来的那一只！

初到时，颇想把它们捉几个寄上海去送送人。有一次，便托了老妈子去捉。她在第二天一早，果然捉了五六只来放在一个大香烟纸盒中，不料给依真一见，她却吵着，带强迫地要去。我又托那个老妈子去捉。第二天，又捉了四五只来，依真的纸盒中却只剩下两只活的，其余的都死了。到了晚上，我的几只，也死了一半。因此，寄到上海的计划遂根本地打消了。从此以后，便也不再托人去捉，自己偶然捉来的，也都随手地放去了。那样不经久的东西，留下了它干什么用！不过孩子们却还热心地去捉。依真每天要捉至少三只以上用细绳子缚在铁杆上。有一次，曾有一只蝉居然带了红绳子逃去了；很长的一根红绳子，拖在它后面，在风中飘荡着，很有趣味。

半个月过去了；有的时候，似乎蝉声略少，第二天却又多了起来。虽然是唧——唧——地不息地鸣着，却并不觉喧扰；所以大家都不讨厌它们。我却特别地爱听它们的歌唱，那样的高旷清远的调子，在什么音乐会中可以听得到！所以我每以蝉声将绝为虑，时时地干涉孩子们的捕捉。

到了一夜，狂风大作，雨点如从水龙头上喷出似的，向槛内廊上倾倒。第二天还不放晴。再过一天，晴了，天气却很凉，蝉声乃不再听见了！全山上在鸣唱着的却换了一种唧嘎——唧嘎——的急促而凄楚的调子，那是纺织娘。

“秋天到了。”我这样地说着，颇动了归心。

再一天，纺织娘还是唧嘎唧嘎地唱着。

然而，第三天早晨，当太阳晒得满山时，蝉声却又听见了！且很不少。我初听不信；唧——唧——唧格——唧格——那确是蝉声！纺织娘之声却又潜踪了。

蝉回来了，跟它回来的是炎夏。从箱中取出的棉衣又复入箱中。下山之计遂又打消了。

谁曾于听了纺织娘歌声之后再听见蝉的夏曲呢？这是我的一个有趣的经验。

苦鸦子

乌鸦是那么黑丑的鸟，一到傍晚，便成群结阵地飞于空中，或三两只栖于树下，苦呀、苦呀地叫着，更使人起了一种厌恶的情绪。虽然中国许多抒情诗的文句，每每地把鸦美化了，如“寒鸦数点”“暮鸦栖未定”之类，读来未尝不觉其美，等到一听见其声，思想的美感却完全消失了，心上所有的只是厌恶。

在山中也与在城市中一样，免不了鸦的干扰。太阳的淡金色光线，弱了，柔和了，暮霭渐渐地朦胧得如轻纱似的幔罩于冈峦之腰，田野之上，西方是血红的一个大圆盘悬在地平上，四边是金彩斑斓的云霞，点染在半天；工作之后，躺在藤榻上，有意无意地领略着这晚霞天气的图画。经过了这样静谧的生活的，准保他一辈子不会忘了，至少是要在城市的狭室中不时想起的。不幸这恬静可爱的山中的黄昏，却往往为苦呀、苦呀的鸦声所乱。

有一天，晚餐吃得特别的早；几个老婆子趁着太阳光未下山，把厨房中盆、碗等物都收拾好了，便也上楼靠在红栏杆上闲谈。

“苦呀！苦呀！”几只乌鸦栖在对面一株大树上，正朝着我们此唱彼和地歌叫着。

“苦鸦子！我们乡下人总说她是嫂嫂变的。”汤妈说。

江妈接着道：“我们那里也有这话。婆婆很凶，姑娘又会挑嘴，弄得嫂嫂常常受婆婆的气，还常常地打她，男人又一年间没有几时在家。有一次，她把米饭从后门给了些叫化的；她姑娘看见了，马上去告诉她的娘。还挑拨地说：‘嫂嫂常常把饭给人家。’于是婆婆生了大气，用后门的门闩，没头没脑地打了她一顿，她浑身是伤。气不过，就去投河。却为邻居看见了救起，把她湿淋淋地送回家。她婆婆、姑娘还骂她假死吓诈人。当夜，她又用衣带把自己吊死在床前了。过了几个月，她男人回家，他的娘却淡淡地说，她得病死了。但她的灵魂却变了乌鸦，天天在屋前树上苦呀苦呀地叫着。”

“做人家媳妇实在不容易。”江妈接着说，“像我们那里媳妇吃苦的真不少！”

汤妈说：“可不是！前半年的少爷家里用的叶妈还不是苦到无处说！一天到

晚打水、烧饭、劈柴、种田、摘豆子，她婆婆还常常地叽里咕噜骂她。碰到丈夫好些的，也还好，有地方说说。她的丈夫却又是牛脾气，好赌。输了，总拿她来出气，打得呀，浑身是伤！有一次，她给我看，一身的青肿，半个月一个月还不会退。好容易来帮人家，虽然劳碌些，比在家里总算是好得多了。一月三块半工钱，一个也不能少，都要寄回家。她丈夫还时时来找她要钱！她说起来常哭！上一次，她不是辞了回家么？那是她丈夫为了赌钱的事，被人家打伤了，一定要她回去服侍。这一向都没有信来，问她乡里人也不知道。这一半年总不见得会出来了。"

江妈道："汤奶奶你是好福气！说是童养媳，婆婆待你比自己的女儿还好。男人又肯干，家里积的钱不少了，去年不是又买了几亩田么？你真可以回去享福了，汤奶奶！"

"哪里的话！我们哪里说得上享福两个字！我们的婆婆待我可真不差，比自己的姆妈还好！"

这时，一声不响的刘妈插嘴道："汤奶奶待她婆婆也真是好；自己的娘病，还不大挂心，听说她婆婆有什么难过，就一定要回去看看的了！上次她婆婆还托人带了大棉袄给她，真是疼她！"

汤妈指着刘妈向江妈道："她真可怜！人是真好，只可惜有些太老实，常给人欺负。她出来帮人家也是没法的。她家里不是少吃的、穿的，只是她婆婆太厉害了，不是打，就是骂；没有一天有好日子过。自从她男人死了，婆婆更恨她入骨，说她是克夫。她到外边来，赛如在天堂上！"

刘妈一声不响地听着她在谈自己的身世。栏杆外面乌鸦还是一声苦呀苦呀在叫着，夜色已经成了深灰色了。

"刘妈，天黑了，怎么还不点灯？天天做的事都会忘了么！"她主妇的声音，严厉地由后房传出。

"噢，来了。"刘妈连忙地答应，慌慌张张地到后面去了。

"真作孽，像她这样的人，到处要给人欺负。"江妈说，"还好她是个呆子，看她一天到晚总是嘻嘻的笑脸。"

"不。"汤妈说，"别看她呆头呆脑的；她和我谈起来，时时地落泪呢。有一次，给她主妇大骂了一顿以后，她便跑到自己房里痛哭。到了夜里，我睡时，还听见她在呜咽地抽气！"

想不到刘妈是这样的一个人，自到山中来后，我们每以她为乐天的痴呆人，往往地拿她来取笑，她也从没有发怒过，谁晓得她原是这样的一个“苦鸦子”！

这时，黑夜已经笼罩了一切。江妈说：“我也要去点灯了。”

“苦呀，苦呀！”的乌鸦已经静止，大约它们是栖定在巢中了。

街血洗去后

什么事也没有如“五卅”大残杀事件发生得出我意外，使我惊怖了！那日的下午五时，我坐车至大庆里，到一家书铺里去看看有什么“线装书”好买。车子刚到浙江路南京路口，便觉得道路上的情形与往日绝不同。电车是照样地开行着，汽车、人力车也川流似的驶走着，两旁商店照样地开着门欢迎顾客。行人道上拥挤着人群与往日一切相同。然而总觉得有一种绝不相同的气象在！人人都停立在那里，好像被什么大惊骇吓得痴呆了。由眼睛中读得出有的人是带着大恐怖的情绪，有的人是带着疑问而不意的惊恐。我呢，自然也是疑问而惊恐着。车子走在南京路，看见两旁站着许多气概凛然、态度凶横的英捕与不穿制服而带着枪械的英人，有的横立在路中，好像有什么严重的警备。是火灾，是什么大盗警吧，我这样地想着。市政厅与云南路口一带，戒备得尤严。情形更不对了。有好几家店铺是闭上了铁门。驻足而观的人更多。车子停在大庆里口。平素深夜绝不关闭的里门，现在也闭上一扇。我问车夫，什么事发生了？他说，打杀人，打杀人！我也不能细问，便下车进了里门，到那一家熟悉的书铺里去。我见他们的店伙，都拥在靠近西藏路的里门口看什么东西。我也挤出去一看，什么也没有，只是街上的人绝多，多带着惊恐未定或疑问而惊奇的神色。我明白必有什么空前的大事发生。奔进书铺，去问铺主，我的一个朋友。什么事？什么事？我问道。他道：“学生闹事，不得了！不得了！巡捕开排枪，打杀了几十个学生。”这如一个震天动地的大霹雷，使我惊吓得好一会儿不能开口。我如在梦中。这也许是在做梦吧！南京路，开排枪，杀死学生，这几件事怎么会联结在一处的？！我绝不相信，绝不相信！我的朋友接说道：“早晨，已有许多学生被捕入巡捕房了。下午一时许，他们在先施公司之前，集合大队讲演。白旗满街飘扬着，车马都不能通行。巡捕捉去了好些学生，路人与其余的学生，都跟了被捕的学生走。有好几万人，好几万人，拥挤在老闸捕房之前。于是巡捕开枪了！”我于是才知道这居然是真实的大事变，不是梦，绝不是梦，我全身似为愤怒的火所烧灼着。我叫道：“就是学生讲演，也不至于被杀死呀！！南京路，

南京路，怎么会放起排枪来？”也不顾得我的朋友，只当他是捕头，在严厉的质问着。“我们且出去看看吧。”于是我们走在街上，由西藏路口，走到永安公司。一切情形如我在车上所见的。有一家店铺，正在打扫破玻璃。“这定是被流弹打碎的。”我想着，街道上是依然的灰色，并不见有什么血迹。“血一大堆的，一大堆的，都被冲洗去了。”要不是群众如此的惊骇而拥挤着，我几乎不能相信一点三十分钟之前，在这里正演着一出大残杀的活剧！再走下去，行人渐少，看不出什么紧张的空气，只有几个人靠在店柜上惊奇地偶语着。

夜，我又与一位前辈同到南京路去。灯火闪耀的明亮着，语声、笑声、笙歌声，依然的。店门大张的，顾客陆续进出，依然地。要不是老闸捕房门口戒备森严，要不是巡捕骑在马上，手执着鞭，跑上行人道，在驱打人，我绝不相信下午是有空前大残杀事件发生。转了一弯，看见宁波同乡会前拥挤着许多人。我们一惊，以为又出了什么大事。怀着戒备心走近一看，原来是南方大学平民学校在那里开游艺会！

止水的下层

“难道你们不怕么？天天在放枪，而你们就住在这里。为什么不想搬家？去年，我记得你们住在西门，两方作战，还在黄渡，而你们的家已经搬到租界上来了。”

南京路放了排枪之后的许多天，我向一个住在新世界与老闸捕房之间的大庆里中的友人这样地说。

“不，不，这次不比上一次。这次不必搬。他们放枪不是对我们放的。我们是买卖人，绝不会无故被他们打扰的。所以我们安心住在这里不搬。”他这样地答道，脸上安舒地含着微笑，仿佛我提的问题是多事。几个伙计静静地听着，什么表示也没有。

我愤慨地说道：“请你看看五卅的死伤单，死的到底是学生多还是路人多？你不记得六月二日新世界门前的机关枪么？可惜没有向南放……”他脸上只是浮泛着微笑；显然地，这微笑是杂着“不信”“不足道”“放心”的几种复杂的心理。我这时真的动了火，也不再往下说了，只在肚里暗暗地叹了一口大气。

某一日，有一位朋友新从乡下来。他是一位狂热的“爱国者”。我第一句话便问他道：“你在乡村里宣传的结果如何？”他摇摇头，凄然地沉默着。隔了一刻，他叹道：“不必谈，不必谈。总之，我是灰心了。”

“怎么样的情形，谈谈也不妨。”

“我初回本乡时，他们对于这次的事还是一无所知的。你知道，乡间的几千家门户，认字的是没有几个的。而且报纸也永没有输进来过。我把这次的大残杀案大略地告诉过他们。什么惊奇之情也引不起。只有几个少年脸上罩着淡薄的同情。一个老人说道：‘杀了这几个人算得什么事！长毛时才可怕呢！我那时还不过四岁，自己也不知怎样会逃得这难。唉，大难，劫运！’他说时，摇摇头，脸上有些自满的神色，因为他已表白出他自己经验的丰富了。我当时很愤急地大声地说：‘这一次再不争，我们大家便都要做亡国奴了！’他们惊诧的相顾，——大略是为我的愤态所惊——不久，便四散走开了，什么表示也没有。

"'亡了国，还不是一样的种田！听说外国人比中国的兵同官还好些呢。'

"'管他国亡不亡，我们有得田种就是了。'

"这是零零落落地从他们嘴里说出的。他们对我都有些怫然，也带着敬避之意，至少总以我为'多事'，或'好生事'，因此，我在那里实在住不下，只得又出来了。"

默然的，凄楚的，我们相对着。

我们的民众是一泓止水，能被风雨所掀动的只是浮面的一层，底下的呢，永远是死的、寂静的，任怎样也鼓荡不动他们。他们一丝一毫的反抗思想和前进意志都没有。"现在"是最好的，是不必变动。就处在最逆境之下，他们也能如驯羊，如耕牛似的忍耐地生活着。至多只能发出几句追羡古代仁德的叹声。在今日是追想着袁世凯、前清皇帝，在清代是追想着唐宋，在唐宋追想着汉魏。……像这样乐天任命的民族，我们将如之何呢？

他们又是最自私的、最现实的，眼光只能射到最近的一道圈线。你们如果不去打扰他们的田园，不去多征他们的租税，不去把他们现在的和平之梦打破，他们是什么事也不管的。革命党入了城，袁世凯做了皇帝，张勋在北京复辟，蔡松坡在云南起义，段祺瑞又出来做执政，这些事他们都是不管的，至多不过好奇地慨叹几声而已。至于加税和在他们乡土掘墓造路之类的事，他们却非反抗不可了。他们最怕的是多事，是变更旧状，以及把他们的钱取去了。他们的抵抗也不是有什么大力量的，但打毁一两个前进者的家宅是有余的。或竟执刀枪以自御，也许偶然有之，但如果压迫的力量加大时，他们立刻便会屈伏，或者是逃亡，或者是引颈受戮，绝不会有积极的反抗思想的。这在异族统治中国时，或帝王朝代改革时，都可以看得出。尤其在我们民族受异族统治时，这种精神表现得最充量。

当中国民族在受辽金人的压迫时，在受蒙古民族的压迫时，在受满洲民族的压迫时，或在现代，受条顿民族等的压迫时，无往而不是如驯羊耕牛之忍耐地屈伏，受戮受鞭而不敢反抗的。自然未尝没有倡义师的人。然只是少数。全体的民众是不受鼓动的。虽然也时时有"严中外之防"（以前"严夷夏之防"）的呼声发出，然发这呼声的仍不过是几个在士人阶级的人，全体的民众是不会应和的。他们对于所谓"夷"，所谓"内外"，其初是漠然，到了他们的武器侵略到田园之边界时，也有些憎恶，再进一步，他们的刀架在民众的颈时，却只有屈伏，供驱使，相安无事。

这种情形在什么“正史”“编年”上是没有叙述的，但在许多笔记上，却有极详细地记载，赤裸裸地把我们止水似的民众的精神都表现出来了。宋南渡时的好些笔记，宋元之交的好些笔记，明清之交的好些笔记，都很可以供我们编辑外族的压迫史一书的最好资料。记载八国联军入京，以及鸦片战役等等的事的，也有不少笔记。搜集这些著作，倒是一件很重要、很有趣的事。

近来偶然看了《七峰遗编》(在《虞阳说苑》中，叙清兵入常熟事)及《出围城记》(在《晨风阁丛书》中，叙英兵入镇江事)，益觉得中国民族之对待外来的侵略民族，时代虽不同，而其态度是一样的。大部分是逃避，是屈伏，是挂顺民旗，门上贴了“大英保护”；小部分是自杀、殉节，——上吊、投池——再一小部分则为敌探，乘风打劫。到了征服者在入城张贴停止杀戮抢掳的告谕时，民众却蜂拥地回家，实行受大清、大英的保护，开始向异族歌功颂德了。此后，他们便仍旧“理乱不知，黜陟不闻”的，过着他们的和平的生活梦。

时代飞鸟似的过去，我们的民众，始终是这样的民众。

唉！止水的下层，止水的下层！我们将如之何？

也许有人要说，这便是中国民族所以能经历无数的年代而尚继续的滋生蔓延的生存着的原因。然而这样的生，实不如无生！

根柢不稳固，便什么华丽的屋都将建筑得不好。我希望在止水的上层的讲到什么主义，什么政治理想之前，先要注意到这止水的下层。

“野有饿殍”

乞丐到处都是，而上海尤多。职业的乞丐是有组织的，收入相当可观，绝不会饿死。非职业的乞丐，像黄包车夫的家属，女人孩子们，偶然做着这一行“生意”，找些意外的收入，那也是绝不会挨饿的。但从“八一三”抗战以后，乞丐的数量一天天地增多，许多非职业的乞丐也都成了职业的。尽有向来饱食暖衣的人也沦入了乞丐群中。他们竞争得异常激烈，而肯“布施”的人却是那样地少——一天天地少下去。原因是“施舍者”群自己也多半陷在“朝不保夕”的情形之下，如何能够再施舍别人呢。

日本人向世界夸口说，北平的乞丐已经肃清了，市容很整洁。但从北平来的人告诉我们：乞丐在那城市里根本不能生存；有乞的，没有舍的。沦入乞丐群的人，不到几天，或十几天便都饿死了。

上海的情形也是如此。“饿殍”在一天天地增加。

中产阶级在战前吃惯杜米饭的，渐渐地改吃洋籼米，改吃面粉制品，改吃杂粮。本来是两餐吃饭，一餐吃粥的，渐渐地改作两餐粥一餐饭了。改作两餐小米粥或绿豆粥、红豆粥之类，一餐面“疙瘩”，或是面条，或南瓜饼之类了。敌人“以战养战”，把江南产米区种的米、香糯雪白的米，全都囊括而去。剩下的，小部分喂养着汉奸，极小部分才轮到百姓头上。老百姓吃的是他们所不屑吃的碎米，发了臭的腐米，一半杂了糠粉的极坏的籼米，后来，爽爽快快地便连米粒儿也不见，除非用大价钱在黑市上搜求。

农人们自己吃不到自己的米，应该吃米的老百姓们吃不到向来吃惯了的米，这米，一粒粒，一颗颗，雪白肥大的，全都经由汉奸们的手，推到敌人的仓库里去。

有一天，我在霞飞路的一家商店，见到一大批宣传画片，有几幅题着“满洲——东亚的谷仓”的，表现着满车满地的一袋袋的粮食。愤怒使我的脸涨红，我的双眼圆睁着，我想大声疾呼道：不错，“满洲”是谷仓，可惜在那里的人，种稻的人却全都吃不到米粮，只有那批侵略者才有份大量地恣意地享用着。

听说，在那边，中国人是不许吃米的；即做着汉奸也不成。家有藏米的人都偷偷地吃着。儿童们上学，日本教师们突然地问道：你们昨天吃的什么东西?

有的说杂粮，也有的说白米饭。第二天，说吃白米饭的儿童的家里却被抄家了，把藏的白米全都车了去，还把主人带了去治罪。从此以后，某家的人如果要吃大米饭，——这当然是万分之一中的“幸运者”——便遣开了或摒除了儿童们才吃。

还有一个故事：一个汉奸到一个日本人家里吃饭；喝醉了酒，在火车上呕吐了。被发现在呕吐物里有白米饭粒，立即把他逮捕了，追问下去，连那请客的日本人也受了处分。白米饭在东北三省是不许中国人吃的，虽然种稻的是中国人！

在北平、南京的伪组织里，也规定着哪一等官吏吃哪一种米。例如特任官可吃特号杜米，二三等的职员只好吃二等米之类。老百姓们呢，根本不配有米吃！说是实行配给制度，其实配给米的影子是难得见到的。

上海人的生活也不得好。所以，向来乞丐们在家家后门口可以拿得到的残羹剩饭，渐渐地肯施舍的人少了，渐渐地成为绝无仅有的了。一家人家难得吃一顿饭，哪里还有东西会剩下，就是剩下一碗半碗饭的，也都要留着自己吃，如何舍得布施呢。

上海的乞丐一天天地多，失业的人川流不息地加入这一群里，但也随“生”随灭。他们活不了多久。在最近的几个月里，他们突然地减少，多半是很快地被饿死。

饿肚子的人有多少痛苦，是“饱食终日，无所用心”的人所不会了解的。但每天听着街头“饿杀哉”那惨绝人寰的声音，谁的心都不荡着一股怨气，一腔悲愤，一缕沉重的郁恨！这是我们的敌人驱赶他们到这条“饿杀”的路上去的。

“战前”的乞丐呼喊求乞的声音是洪亮实大的，有种种的诉说，种种的哀怨之词，种种的特别的专门的求乞的“术语”。但在这些时候，他们，饿了几天肚子的人，实在喊叫不出什么乞怜求悯的话了，只有声短而促，仿佛气息仅存的“饿杀哉”一句话了。

我看见一个青年人，瘦得只剩下一副骨和皮，脸上剩下一对骨碌碌的无神的大眼睛，脸色是青白的，双腿抖着，挣扎地在扶墙摸壁地走着，口里低低地喊道“饿杀哉！饿杀哉！”。我不忍闻地疾走过去，我没有力量帮助他。就在那一天，或第二三天，那战抖者的双腿一定会支持不住而倒了下去的，成为一个无名的“饿殍”，战争所产生的“饿殍”。

这样的“饿殍”天天在街头看见，天天在不断地倒毙下去。

我硬了心肠走过去，转避了眼睛不敢去看他们，但我咬紧了牙关：这笔账是要算在我们的敌人，我们的侵略者头上的。

“封锁线”内外

“生”与“死”，刻画得像黑白画似的明显清晰地同在着：这一边熙熙攘攘，语笑欢哗，那一边凄凉冷落，道无行人；这一边是生气勃勃，那一边是死趣沉沉；这一边灯火通明，摊肆林立，那一边家家闭户，街灯孤照；这一边是现实的人间，活泼的世界，那一边却是“别有天地”的“黄泉”似的地狱了。

“生”与“死”，面对面地站立着，从来没有那么相近，那么面对面地同时出现过。

它们之间相隔的不过是一堵墙，一道门，甚至不过一条麻绳，或几只竹架，或一道竹篱笆。惨痛绝伦的故事就在那一堵墙，一道门，或一条麻绳的一边演出；而别一边却在旁观着，无可奈何，无能为力。

这封锁线，在上海，有大小圈之分；大的一圈包括四郊在内，小的一圈包括旧公共租界及旧法租界。临时的更小的封锁线却时时地在建立着，也不时地被撤除。

我没有进出过那大小两封锁线。听说，进出口的地方，都有敌兵在站岗，经过的人一定要对他脱帽行礼。无辜地被扣留，不许通过，无辜地被殴辱，被掌颊、拳打、脚踢，被枪柄击，甚至，被刺刀杀死的事，时时发生。有一次，一个大雪天，一个归家的旅人，偷偷地越过竹篱笆。当夜，不曾被发觉。第二天，巡逻的敌兵经过，跟循着雪地上的足迹，到了他家，把这人捉住，不问情由地当场斩首，悬在竹篱笆上示众。

米贩子被阻止、被枪杀的故事，听到的更多。一个车夫告诉我：他经过封锁线时，眼见一个十三四岁的童子，负着一小袋米，被敌兵把米袋夺下，很随便地把刺刀戳进这童子的肚子上。惨叫不绝。没有一个人敢回头看一眼。后来，这半死的童子被抛进附近的一条小河里去了。

更惨的是，被刺刀杀而未死的人，一直被抛在地上，任他喊叫着多少天才死去。没有一个人赶去救，敢去问一声讯。

南市某一个地方被封锁，经过了好久的才开放。封锁线内，饿死了不少人。

但没有一个人敢于越线而逃出。有人向线内抛进馒头一类的食物，但也不能救活多少人。默默地被拦在“死亡线”内；默默地受饥饿而死。这不可思量的可怕的耐受苦难与厄运的精神啊！

为了一件小小的盗劫案或私人暗杀案，也往往造成敌人把上海最繁华地带封锁了十天八天的。大新公司至先施公司的一段，便这样地被封锁了不止两次三次。有种种最残酷、最恐怖的传说流行着。

多少人不知怎样地便失踪了；多少人便无缘无故地被饿死在街上衢间了！

我亲自看见一幕蒲石路被封锁的情形。

在一个夜间，有一个住在那个地方的伪军军官被暗杀。这个事件一发生，那一带立刻便被封锁。出事的地点的四周都用一根麻绳拦住。居民们总有十万人以上被阻止不能进出。访友进去的，无端地不能归去了；出外办事的人，无端地到了街口，不得其门而入。最惨的是：小贩们和人力车夫们，只好在冷清清的街上徘徊着，彷徨无措，茫然地睁着大眼睛，望着封锁线外，一筹莫展。最后，还被赶到小弄里去。那恐怖失神的一双双眼睛，简直像牵到屠场去的牛群。我不敢多看，也不能多想象。我只有满腔的愤怒。

这种封锁，平常总在十天左右便开放了。开放的条件据说是若干百万的私赂。

临时的封锁，自两三小时至半天左右的，成了“司空见惯”的把戏。

有一天，我到三马路的一家古书铺去。已可望见铺门了，突然地叫笛乱吹，一对敌人的宪兵和警察署的汉奸们，把住了路的两头，不许街上的任何一个人走动。古书铺里的人向我招手，我想冲过街去，但被命令站住了。汉奸们令街上的人排成了两排，男的一边，女的一边：各把市民证执在手上。敌兵荷枪站在那里监视着。汉奸们把一个个的人检查，盘问着。挟着包裹或什么的，都一一地被检查过。发现了几个没有带市民证的，把他们另外提到一边去，开始严厉地盘诘。

“市民证忘记了带出来。”

啪、啪、啪地一连串地挨了嘴巴，或用脚来乱踢一顿。

一个人略带倔强的态度，受打得格外厉害。一下下掌颊的响声，使站在那一边的我，捏紧了拳头，涨红了脸；心腔中的血都要直奔出来。假如我执有一支枪啊！……

我也不会忘记，那个穿着黑色短衣裤的家伙或东西，喂得胖胖的，他的肥硬的手掌，打人打得最凶，那“助纣为虐”的东西，实在比敌人还要可恶可恨十倍！

好容易审诘完毕，又是一声长长的叫笛一响，那一批东西向北走，又向别的地域干着同样的把戏去了。

被封锁住的人们，吐了一口长气，如释重负。

我走进那家古书铺，双手还因受刺激而发抖着。

这样的情形，天天有得遇到。

早上出外做事的人，带着自己的生命和命运同走，不知晚上究竟能不能回家。等到踏进了自己家门口，才能确切地知道，这一夜算是他自己的了。

在敌人的铁蹄蹂躏之下，谁的生命会有保障呢？

这样的封锁线，天天不同地在变换着。谁也不能料到，今天在封锁线外的，明天或后天会不会被圈划进封锁线内去，默默地受苦受难，默默地受饥饿而死去。

在敌人的后方，生命的主权是不握在自己的手里的。随时随地，最可怖的命运便会降临到他的和他的一家的身上。

“生”和“死”，那间隔是如此地相近啊！

从“轧”米到“踏”米

江南人的食粮以稻米为主。“八一三”后，米粮的问题，一天天地严重起来。其初，海运还通，西贡米，暹罗米还不断地运来。所以，江南的米粮虽大部分已为敌军所控制，所征用，而人民们多半改食洋米，也还勉强可以敷衍下去。其时米价二十元左右一担。但平民们已有亟亟不可终日之势。“工部局”开始发售平价米。平民们天一亮便等候在米店的门口，排了队，在“轧”米。除了排队上火车之外，这“轧”米的行列，可以说是最“长”、最齐整的了。穿制服的人，“轧”米有优先权。他们可以后到而先购，毋须排队。平民们都有些侧目而视，敢怒而不敢言。

有些维持“秩序”的人，拿粉笔在每个排队的人的衣服上写上了号码。其初是男女混杂的，后来，分成了男女两队。每一家米店门前，每一队的号码有编到一千几百号的。有的小贩子，“轧”到了米，再去转卖。一天可以“轧”到好几次米，便集起来到里弄里去卖。以此为生的人很不少。

后来，主持平卖的人觉得这方法不好，流弊太多，小贩子可以得到米，而正当的粜米的人却反而挤不上去，便变更了方法，不写号码，而将每一个购过米的人的手指上，染了一种不易褪色的紫墨水。这一天，已染了紫色的人便不得再购第二次米。

但这方法也行了不久。“工部局”所储的米，根本不能维持得很久。洋米的来源也渐渐地困难起来。米价飞跃到八十余元一担。

“轧”米的队伍更长了。常常地排到了一两条街。有的实在支持不住了，便坐在地上。有的带了干粮来吃。小贩们也常在旁边叫卖着大饼、油条一类的充饥物。开头，“轧”米的人，以贫苦者为多，以后，渐有衣衫齐整的人加入。他们的表情，焦急、不耐、忍辱、等候、麻木、激动，无所不有，但都充分地表示着无可奈何的忍受。为了太挤了，有的被挤得气都喘不过来。为了要“活”，什么痛苦都得忍受下去。有执鞭子或竹棒的人在旁，稍一不慎，或硬“轧”进队伍去，便被打了出去。有的在说明理由，有的，只好忍气吞声而去。强有力的人，有时中途插了进去，后边的人便大嚷起来，制止着；秩序顿时乱了起来。为了一升米，或两升米，为了一天的粮食，他们不能不忍受了一切从未经过的“忍耐”“等候”与“侮辱”。

米价更涨了。一升米的平售价值，也一天天地不同起来。然而较之黑市价格还是便宜得多，所以“轧”米的行列，更加多，更加长。

有办法的人会向米店里一担两担地买。然已不能明目张胆地运送着了。在黑夜里，从米店的后门，运出了不少的米。但也有纠纷，时有被群众阻止住了，不许运出。

最大的问题是“食”，是米粮。无办法的人求能一天天地“轧”得一升半升的米，已为满足；有办法的人储藏了十担百担的米，便可安坐无忧。平民们食着百元一担，或十元一升的米时，有办法的人所食的还是八元十元一担的米。

有许多“轧”米的悲惨的故事在流传着。因为“轧”不到米，全家挨饿了几天，不得不悬梁自尽的有之。因为“轧”米而家里无人照料，失了窃，或走失了儿女的有之。因为“轧”米而不能去教书，或办事，结果是失了业的，也有之。携男带女地去“轧”米的，结果还是空手而回。将旧衣服去当了钱，去“轧”米，结果，那仅有的养命的钱，却在排队拥挤中为扒手所窃取去。

大多数的人家，米缸都是空的，米是放在钵里、罐里或瓶里，却不会放在缸里的。数米为饭的时候已经到了。有的人在计数着，一合米到底有几粒。他们用各种方法来延长“米”的食用次数。有的掺和了各种豆类，蚕豆、红豆、绿豆、黄豆，有的与山薯或土豆合煮。吃“饭”的人一天天地少了。能够吃粥的，粥上浮有多半米粒的，已是少数的人家了。

如果有画家把这一时期的“轧米图”绘了出来，准比《流民图》还要动人，还要凄惨。那一张张不同的憔悴的面容，正象征着经历了许多年代的痛苦与屈辱的中国人民们的整个生活的面容。

到了后来，“工部局”的储粮空了，同时，敌人们的压力也更大，更甚了，便借着实行“配给制度”的诱惑力，开始调查户口，编制“保甲”；百数十年来向来乱丝无绪的“租界”的户口，竟被他们整理得有条有理。

所谓“配给制度”，便是按着户口，发给“配给证”，凭证可以购买白米及其他杂粮和日用品。开头，倒还有些白米配给出来。渐渐地米的“质”“江河日下”了；渐渐地米的“量”也一天天地少下去了；渐渐地用杂粮来代替一部分的白米了。米的“质”变成了“糠”多“米”少，变成了泥沙多，米质有臭味，不能入口，变成了空谷多于米粒。这些，都是日本人所不能入口、所不欲入口的，所以很慷慨地分了一部分出来。至于我们所生产的香糯的白米呢，那是敌人们的军粮，老百姓们是没有份吃的。

有几个汉奸，勾结了管理军粮的敌人们，窃出了若干白米或军粮，在黑市卖了出来。上海人总有半年以上，能够在黑市上买得到真正的白米或杜米。那不能不归功于那些汉奸们的作弊之功——从老虎嘴里偷下了一小部分的肥肉来。后来这事被他们发现了，两个汉奸，侯大椿和胡政，便被他们枪决。从此以后，白米或杜米，在市面上便更少见到了。“一二·八”珍珠港事变以后，海运完全断绝了，连日本本土的白米也要“江南”地方来供给，白米的来源，便更加艰难、稀少起来。

上海区的人民们，如果有力量，不愿吃杂粮或少吃杂粮的，只好求之于少数的米贩子，那边是所谓“踏”米的人们。“踏”米的人，不过是一个代表的名词，指的便是那批用自行车偷偷地从敌人的封锁线上，载运了少数米粮过来的人，他们都是年轻力壮的汉子，冒着生命的危险，做着这种黑市交易，其他妇孺们和老年的人们也常常带了些米粮来卖。身上穿了特制的“背身”。“背身”前后面都有的，其中便储藏着白米，很机警地偷过了敌人的“检问所”。——其实，还是用金钱来买“过”的居多。他们常常地发生“麻烦”；最轻的处罚是将食米充公。封锁线的边缘上常见有许多的“没收”的白米堆积着。有的是“没收”后还被“打”，被“罚跪”。遇到敌人们不高兴的时候，便用刺刀来戳毙他们。如此遭害的人很不少。友人程及君曾绘了一幅《踏米图》，那幅图是活生生的一幅表现得很真切的凄惨的水彩画，是沦陷区人民的生活的烙印。

为了食米的输入一天天地艰难起来，敌人们的搜刮，一天天地加强加多起来，米价便发狂地飞涨着。从伪币一千元两千元一担，到四千元、八千元一担。后来便是一万元、五万元地狂跳着。最后，竟狂跳到一百万元左右一担；最高峰曾经到过二百万一担的关口。平民们简直没有吃到“白米”的福气。连所谓“二号米”“三号米”也难得到口。许多人都被迫改食杂粮，从面粉到蚕豆、山薯，主要是能够充饥的东西，没有不被一般人搜寻着。饭店里也奉命不许出卖白米饭；有的改用面食；有的改用所谓“麦饭”。白米成了最奢侈的、最珍贵的东西。“配给制度”也在无形中停顿了。——从半个月配给一次，到一个月两个月配给一次，直到了“无形停顿”为止。

粮食缺乏的威胁，不仅使一般平民们感受到，即有力食用白米者们也都感受到了。肉和鱼和蔬菜还有的见到，白米却都到了敌人们的“仓库”里去了。听说烟台的人请客，食米要自己随身带去。江南产米区的人们，这时也有同样的情形。历史上有一个笑话，说有一个皇帝，遇到荒年，饥民遍野，他提议说，“何不吃肉糜？”。这时，倒的确有这样的“事实”了。吃肉糜易，吃白米饭却难。

假如胜利不在八月里的话，在冬天，饿死的人一定要成坑成谷的。然而江南产米区并不是没有米。米都被堆藏在敌人的仓库里。一包包、一袋袋堆积如山，任其红腐下去。他们还将米煮成了“饭”，做成了罐头，一罐罐地堆积着，以备第二年、第三年的军粮。

什么都被掠夺，但食粮却是他们主要的掠夺的目的物。我常经过几个大厦，那里面的住户都已被赶了出去，无数的卡车，堆载着白米，往这些大厦里搬运进去。雪白香糯的米粒，漏得满地，这不是白米！然而沦陷区的人民们是分润不到一粒的！德国人对占领地的许多欧洲人说：“德国人是不会饿死的；你们不种田，不生产，饿死的是你们；最后饿死的才是德国人。”这话好不可怕！日本人虽然没有公开地说这句话，然而他们实实在在地是这样做着的。

假如天不亮，我们是要首先饿死了的！

好不可怕的一场噩梦！

我的邻居们

我刚刚从汶林路的一个朋友家里，迁居到现在住的地方时，觉得很高兴；因为有了两个房间，一作卧室，一作书室，显得宽敞了多了；二则，我的一部分书籍，已经先行运到这里，可读可看的东西，顿时多了几十倍，有如贫儿暴富；不像在汶林路那里，全部是书，只有两只藤做的书架，而且还放不满。这个地方是上海最清净的住宅区。四周围都是蔬圃，时时可见农人们翻土、下肥、播种；种的是麦子、珍珠米、麻、棉、菠菜、卷心菜以至花生，等等。有许多树林，垂柳尤多，春天的时候，柳絮在满天飞舞，在地上打滚，越滚越大。一下雨，处处都是蛙鸣。早上一起身，窗外的鸟声仿佛在喧闹。推开了窗，满眼的绿色。一大片的窗是朝南的，一大片的窗是朝东的；太阳光很早地便可以晒到。冬天不生火也不大嫌冷。我的书桌，放在南窗下面，总有整整的半天，是晒在太阳光下的。有时，看书看得久了，眼睛有点儿发花发黑。读倦了的时候，出去走走，总在田地上走，异常地冷僻，不怕遇见什么熟人。我很满足，很高兴地住着。

正门正对着一家巨厦的后门。那时，那所巨厦还空无人居，不知是谁的。四面是墙，特别地高，墙上装着铁丝网，且还通了电。究竟是谁住在那里呢？我常常在纳罕着。但也懒得去问人。

有一天早上，房东同我说："到前面房子里去看看好么？"

我和他们，还有几个孩子，一同进了那家的后门。管门人和我的房东有点儿认识，所以听任我们进去。一所英国的乡村别墅式房子，外墙都用粗石砌成，但现在已被改造得不成样子。花园很大，也是英国式的，但也已部分的被改为日本式的。花草不少；还有一个小池塘，无水，颇显得小巧玲珑，但在小假山上却安置了好些廉价的瓷鹅之类的东西，一望即知其为"暴发户"之作风。

盆栽的紫藤，生气旺盛，最为我所喜，但可知也是日本式的东西。

正宅里布置得很富丽堂皇，但总觉得"新"，有一股无形的"触目"与触鼻的油漆气味。

"这到底是谁的住宅呢？"我忍不住地问道，孩子们正在草地上玩，不肯走。

房东道：“我以为你已经知道了；这是周佛海的新居，去年向英国人买下的，装修的费用，倒比买房的钱花得还多。”

过了几个月，周佛海搬进宅了；整夜地灯火辉煌，笙歌达旦，我被吵闹得不得安睡。我向来喜欢早睡，但每到晚上九十点钟，必定有胡琴声和学习京戏的怪腔送到我房里来。恨得我牙痒痒的，但实在无奈此恶邻何！

更可恨的是，他们搬进了，便可调查四邻的人口和职业；我们也被调查了一顿。

我的书房的南窗，正对着他们的厨房，整天整夜地在做菜烧汤，烟突里的煤烟，常常飞扑到我的书桌上来。拂了又拂，终是烟灰不绝。弄得我不敢开窗。我现在不能不懊悔择邻的不谨慎了。

“一二・八”太平洋战争起来后，我的环境更坏了。四周围的英美人住宅都空了起来，他们全都进了集中营。隔了几时，许多日本人又搬了进来。他们男人大都是穿军装的。还有保甲的组织，防空的联系，吵闹得附近人家，各个不安。

在防空的时候，他们干涉邻居异常地凶狠，时时有被打的。有时，我晚上回家，曾被他们用电筒光狠狠地照射着过。

有一天，厨房的灯光忘了关，也被他们狠狠地敲门窗的骂了一顿过。

一个早晨，太阳光很好，出去走走，恰遇他们在练空防，路被阻塞不通，只好再回过来。

说到通路，那又是一个厄运。本来有一条通路，可以直达大道，到电车站很近便。自从周佛海搬来后，便常常被阻塞。日本人搬来后，索性地用铁丝网堵死了。我上电车站，总要绕了一个大圈，多花上十分钟的走路工夫。

胜利以后，铁丝网不知被谁拆去了。我以为从此可以走大道了。不料又有什么军队驻扎在小路上看守着，不许人走过。交涉了几回也没用。只好仍旧吃亏，改绕大圈子走。

和敌伪的人物无心地做了邻居，想不到也会有那么多的痛苦和麻烦。

烧书记

我们的历史上，有了好几次大规模的“烧书”之举。秦始皇帝统一六国后，便来了一次烧书。“史官非《秦纪》，皆烧之。非博士官所职，天下敢有藏《诗》《书》百家语者,悉诣守尉杂烧之。有敢偶语《诗》《书》者弃市。以古非今者族。吏见知不举者与同罪。令下三十日，不烧，黥为城旦。所不去者，医药卜筮种树之书，若欲有学法令，以吏为师。”这是最彻底的烧书，最彻底的愚民之计，和一般殖民地政府，不设立大学而只开设些职业、工艺学校者，有异曲同工之妙。此后，烧书的事，无代无之。有的烧历史文献，以泯篡夺之迹；有的烧佛教、道教的书，以谋宗教上的统一；有的烧淫秽的书，以维持道德的纯洁。近三百年，则有清代诸帝的大举烧书。我们读了好几本的所谓“全毁”“抽毁”书目，不禁凛然生畏；至今尚觉得在异族铁蹄下的文化生活的如何窒塞难堪！

“八一三”后，古书、新书之被毁于兵火之劫者多矣。就我个人而论，我寄藏于虹口开明书店里的一百多箱古书，就在八月十四日那一天被烧，烧得片纸不存。我看见东边的天空，有紫黑色的烟云在突突地向上升，升得很高很高，然后随风而四散，随风而淡薄。被烧的东西的焦渣，到处地飘坠。其中就有许多有字迹的焦纸片。我曾经在天井里拾到好几张，一触手便粉碎；但还可以辨识得出些字迹，大约是教科书之类居多。我想，我的书能否捡得到一两张烧焦了的呢？——那时，我已经知道开明书店被烧的情形——当然，这想头是很可笑的。就捡得到了又有什么意义：还不是徒增忉怛与愤激么？

这是兵火之劫；未被劫的还安全地被保存着；所遭劫的还只是些不幸的一二隅之地。但到了“一·二八”敌兵占领了旧租界后，那情形却大是不同了。

我们听到要按家搜查的消息，听到为了一两本书报而逮捕人的消息，还听到无数的可怖的怪事、奇事、惨事。

许多人心里都很着急起来,特别是有“书”的人家。他们怕因“书”而惹祸，却又舍不得割爱，又不敢卖出去——卖出去也没有人敢要。有好几个友人，天天对书发愁。

“这部书会有问题么？”

“这个杂志留下来不要紧么？”

“到底是什么该留的，什么不该留的？”

“被搜到了，有什么麻烦没有？”

各个人在互相地询问着，打听着。但有谁能够说明哪几部书是有问题的，或哪些东西是可留的呢？

我那时正忙于烧毁往来的信件，有关的记载，和许多报纸、杂志及抗日的书籍——连地图也在内。

我硬了心肠在烧。自己在壁炉里生了火，一包包，一本本，撕碎了，扔进去，眼看它们烧成了灰，一蓬蓬的黑烟从烟筒里冒出来，烧焦了的纸片，飞扬到四邻，连天井里也有了不少。

心头像什么梗塞着，说不出的难过。但为了特殊的原因，我不能不如此小心。

连秋白送给我的签了名的几部俄文书，我也不能不把它们送进壁炉里去。

我觉得自己实在太残忍了！我眼圈红了不止一次，有泪水在落。是被烟熏的吧？

实在舍不得烧的许多书，却也不能不烧。踌躇又踌躇，选择又选择。有的头一天留下的，到了第二三天又狠了心把它们烧了。有的，已经烧了，心里却还在惋惜着，觉得很懊悔，不该把它们烧去。

但有了第一次淞沪战争时虹口、闸北一带的经验——有《征倭论》一类的书而被杀、被捉的人不少——自然不能不小心。对于发了狂的兽类，有什么理可讲呢！

整整地烧了三天。我翻箱倒箧地搜查着，捧了出来，动员孩子们在撕在烧。

“爸爸，这本书很好玩，留下来给我吧。”孩子们在恳求着。

我难过极了！我也何尝不想留下来呢？但只好摇摇头，说道：“烧了吧，下回去买好一点儿的书给你。”

在这时候，就有好些住在附近的朋友们在问，什么书该烧，什么书不必烧。

我没法回答他们，领了他们到壁炉边去。

“你自己看吧。我在烧着呢。但我的情形不同。你自己斟酌着办吧。”

这一场烧书的大劫，想起来还有余栗与余憾。

不烧，不是至今还无恙么？

但谁能料得到呢？

把它们设法寄藏到别的地方去吧。

但为什么要“移祸”呢？这是我绝对不肯做的事。

这是我不能不狠心动手烧的一个原因。

但也实在有些人把自认为“不安全”的书寄藏到别人家里去的。

这还是出于自动地烧。究竟自动烧书的人还不多。大量的“违碍”的书报还储藏在许多人家里。有许多人不肯烧，不想烧，也有人不知道烧，甚至有人压根儿没有想到这件事。

过了不久，敌人的文化统制的手腕加强了。他们通过了保甲的组织，挨户按家地通知，说：凡有关抗日的书籍、杂志、日报，等等，必须在某天以前，自动烧毁或呈缴出来。否则严惩不贷。

同时，在各书店，各个图书馆，搜查抗日书报，一车车地载运而去，不知运向何方，也不知它们的运命如何。

这一次烧书的规模大极了！差不多没有一家不在忙着烧书的。他们不耐烦呈缴出去，只有出于烧之一途。最近若干年来的报纸、杂志遭劫最甚。有许多人索性把报纸、杂志全都烧毁了，免得惹起什么麻烦。

外间谣传说，连包东西的报纸，上面有了什么抗日的记载，也要追究、捕捉的。

因之，旧报纸连包东西的资格也被取消了。

最可怜的是，有的朋友已经到了内地去，他们的书籍还藏在家里，或寄存在某友处。家里的人到处打听，问要紧不要紧，甚至去问保甲处的人。他们当然说要紧的，甚至还加上些恫吓的话。

于是，不分青红皂白地，他们把什么书全都付之一炬；只要是有字的，无不投到了火炉里去。

记得清初三令五申地搜求“禁书”的时候，有许多藏书家的后人，为了省得惹祸，也是将全部古书整批地烧了去。

这个书劫，实在比兵、比火、比水等等大劫更大得多，更普遍而深入得多了！

这样纷扰了近一个多月，始终不曾见敌伪方面有什么正式的文告。又有人说，这是出于误会，日本人方面并没有这个意思。

于是烧书的火渐渐地又灭了，冷了，终至不再有人提起这件事。

不烧的人，忘了烧的人，特地要小心保存这类抗日文献的人，当然也有。

许多抗日文献还保存得不少。像《文汇年刊》之类，我家里便还保存着，忘记了烧。

书如何能烧得尽呢？“野火烧不尽，春风吹又生。”以烧书为统制的手法，徒见其心劳日拙而已。

但愿这种书劫，以后不再有！

记复社

敌人们大索复社，但始终不知其社址何在。敌人们用尽种种方法，来捉捕复社的主持人，但也始终未能明白究竟复社的主持人是谁。

复社在敌伪统治的初期，活跃于上海的一个比较自由的小圈子里，做了不少文化工作，最主要的一个工作，便是出版《鲁迅全集》。

复社是一个纯粹的为读者们而设立的一个出版机关，并没有很多的资本。社员凡二十人，各阶层的人都有。那时，社费每人是五十元；二十个人，共一千元。就拿这一千元作为基础，出版了一部《鲁迅全集》。

当初，几个朋友所以要办复社的原因，目的所在，就是为了要出版《鲁迅全集》。这提议，发动于胡愈之先生。那时候，整个上海的出版界都在风雨飘摇之中，根本不想出版什么书。像《鲁迅全集》，也许有几家肯承印，肯出版，但在条件上也不容易谈得好。

“还是我们自己来出版吧。”留在上海的几位鲁迅先生纪念委员会的人这样地想着。

先来组织一个出版机关，这机关便是复社。

编辑委员会的工作并不轻松。以景宋夫人为中心，搜辑了许多已刊、未刊的鲁迅先生的著作，加以整理，抄写，编排次序，然后付印。许多朋友，自动的来参加校对的工作。煌煌廿巨册的大著，校对的事，实在很不容易。王任叔先生在这一方面和编辑方面，所负的责任最多。但假如没有许多热情的帮助，他也是“单丝不成线”的。

印刷的经费呢？资本只有一千元，还不够排印一本。复社开了社员大会，议决，先售预约。直接与读者们接触，不经过“书店”的手。记得那时的定价是：每部八元五角。我们发动了好些人，在各方面征求预约者。同时，为了补救印刷费的不足，另印一部分“纪念本”，定价每部五十元及一百元，纪念本的预定者也很不少。

居然，这皇皇廿巨册的《鲁迅全集》，像奇迹似的，在上海，在敌伪环伺侦察之下，完成出版的工作了！纪念本印得十分的考究。普通本也还不坏。主持印刷发行的是张宗麟先生，他也是专心一意地在埋头苦干着。

最可感动的是，处处都可遇到热情的帮助与自动的代为宣传，代为预约，代为校对。众力易于成事，这是一个最好的例子。这工作，虽发动于复社，虽为复社所主持，而其成功，复社实不敢独居。这是联合了各阶层的“开明”的“正直”的力量才能完成之的。

而复社的本身，虽然只有二十个社员，而且决不公布其组织与社员们的名单，而在当时，这二十位社员的本身，便也代表了“自由上海”的各阶层“开明”的与“正直”的力量。

复社还做了些其他的出版事业。她不以牟利为目的，所以基础并不稳固，营业也不能开展。所可喜悦的，便是这一股力量，这一股联合起来的力量。谁都呈献点儿什么，谁都愿意为“社”而工作。“有钱的出钱，有力的出力。”在复社里可以说表现得最充分。

这二十个社员，虽然不常常聚会，但团结得像铁一样的坚固。没有一个人对外说起过这社是怎样组织的。关于这社的内容，这是第一次的“披露”。

敌人们疑神疑鬼了很久，侦察了很久，但复社是一个铁桶似的组织，一点儿缝儿也被他们找不到。经营了近四年，却没有出过一回乱子。可见爱护她的人之多，也可见她的组织的严密。

“一二·八”太平洋战争爆发后，复社的社员们留在上海的已经很少了。这少数的人开了一次会，决定，在那样的环境之下，复社的存在是绝对不可能的，便立即做着种种解散的工作。存书与纸版都有很妥善的处置办法。复社起来的时候，像从海面上升起的太阳，光芒万丈，海涛跳拥，声势极盛；但在这时候，结束了时，也立即烟消云散，声息俱绝。

敌人们和敌人的爪牙们虽曾用了全力来追寻复社的踪迹，但像奇迹似的起来，也像奇迹似的消失了去，他们简直无从捕风捉影起。

景宋夫人的被捕，受尽了苦，但不曾吐露过关于复社的片语只言。她保全了许多的朋友们。

后来，听到不少关于敌人们和敌人的爪牙们怎样怎样地寻踪觅迹地在追找复社和复社的主持人的消息。也有不少人因复社的关系被捕过。但都没有吐露过关于复社的一丝一毫的事。冯宾符先生也是社员之一，他被捕过，且被传讯了不止五六次，但他们却始终不知道他与复社有关。

文化生活社的陆蠡先生被捕时，听说也曾向他追究过复社的事。即使他知道若干，他如何肯说出来呢?

一直到了敌人的屈膝为止，敌人宪兵队里所认为最神秘的案卷，恐怕便是关于复社的一件吧。

其实，复社并不神秘。复社是公开的一个出版机关。复社与各方面接触的时候很多。知道复社的组织内幕的人很不少。但在各方面的维护之下，复社却很安全。

凡是敌人们所要破坏的、追寻的，必定要为绝大多数同情者们所维护、所保全的。复社便是一个例子。敌人们的力量永远是接触不到这无形的同情的绝大堡垒的。

复社的社员们，除了胡咏骐先生已经亡故了之外，都还健在；虽然散在天南地北，但都还不懈地为人民、为民主而工作。这个不牟利的人民的出版机关，复社，生长于最大多数的人民的同情的维持之中的，将来必会继续存在而且发展的。她虽停顿了一时，但并没有死亡。她将更努力地为最大多数的人民服务。她的任务并没有终了。

人民需要这样的一个不牟利的出版组织。

读者们需要这样的一个不牟利的为读者们服务的组织。

暮影笼罩了一切

“四行孤军”的最后枪声停止了。临风飘荡的国旗，在群众的黯然神伤的凄视里，落了下来。有低低的饮泣声。

但不是绝望，不是降伏，不是灰心，而是更坚定地抵抗与牺牲的开始。

苏州河畔的人渐渐地散去。灰红色的火焰还可瞭望得到。

血似的太阳向西方沉下去。

暮色开始笼罩了一切。

是群鬼出现，百怪跳梁的时候。

没有月，没有星，天上没有一点儿的光亮。黑暗渐渐地统治了一切。

我带着异样的心，铅似的重，钢似的硬，急忙忙地赶回家，整理着必要的行装，焚毁了有关的友人们的地址簿，把铅笔纵横写在电话机旁墙上的电话号码，用水和抹布洗去。也许会有什么事要发生。准备着随时离开家。先把日记和有关的文稿托人寄存到一位朋友家里去。

小箴已经有些懂事，总是依恋在身边。睡在摇篮里的倍倍，却还是懵懵懂懂的。看望着他们，心里浮上了一缕凄楚之感。生活也许立刻便要发生问题。

但挺直着身体，仰着头，预想着许多最坏的结果，坚定地做着应付的打算。

下午，文化界救亡协会有重要的决议，成为分散的地下的工作机关。《救亡日报》停刊了。一部分的友人们开始向内地或香港撤退。他们开始称上海为“孤岛”。但我一时还不想离开这“孤岛”。

夜里，我手提着一个小提箱，到章民表叔家里去借住。温情的招待，使我感到人世间的暖热可爱。在这样彷徨若无所归的一个时间，格外地觉到“人”的同情的伟大与“人间”的可爱可恋。各个人都是可亲地，无机心地，兄弟般地友爱着，互助着，照顾着。他们忘记了将临的危险与恐怖，只是热忱地容留着，招待着，只有比平时更亲切，更关心。

白天，依然到学校里授课，没有一分钟停顿过讲授。学生们在炸弹落在附近时，都镇定着坐着听讲；教授们在炸声轰隆，门窗格格作响时，曾因听不见语声而暂时停讲半分数秒，但炸声一息，便又开讲下去。这时，师生们也格外地亲近了；互相关心着安全。他们谈说着我们的“马其诺防线”的可靠，信任着我们的军官与士兵。种种的谣传都像冰在火上似的消融无踪。可爱的青年们是坚定的。没有凄婉，没有悲伤；只是坚定地走着应走的路。有的，走了；从军或随军做着宣传的工作。不走的，更热心地在做着功课，或做着地下的工作。他们不知恐怖，不怕艰苦，虽然恐怖与艰苦正在前面等待着他们。教员休息室里的议论比较复杂，但没有一句“必败论”的见解听得到。

后来，“马其诺防线”的防守，证明不可靠了；南京被攻下，大屠杀在进行。“马当”的防线也被冲破了。但一般人都还没有悲观。“信仰”维持着“最后胜利”的希望，“民族意识”坚定着抵抗与牺牲的决心。

同时，狐兔与魍魉们却更横行着。“大道市政府”成立，“维新政府”成立。暗杀与逮捕，时时发生。“苏州河北”成了恐怖的恶魔的世界。“过桥”是一个最耻辱的名词。

汉奸们渐渐地在“孤岛”似的桥南活动着，被杀与杀人。有一个记者，被杀了之后，头颅公开地挂在电杆上示众。有许多人不知怎样地失了踪。

极小的一部分知识分子动摇了。

学生们常常来告密，某某教员有问题，某某人很可疑。但我还天真的不信赖这些“谣言”。在整个民族做着生死决战的时期，难道知识分子还会动摇变节么？这简直是不可思议的“盲猜”与“瞎想”。

但事实证明了他们情报的真确不假。

有一个早上，与董修甲相遇，我在骂汉奸，他也附和着。但第二天，他便不来上课了。再过了几天，在报上知道他已做了伪官。

张素民也总是每天见面，每天附和着我的意见，但不久，也便销声匿迹，之后，也便公开地做了什么“官”了。

还有一个张某和陈柱，同受伪方的津贴，这事，我也不相信。但到了陈柱（这个满嘴的“威武不能屈，富贵不能淫”的东西）“走马上任”，张某被友人且劝且迫地到了香港发表“自首文”时，我也才觉得自己是被骗受欺了。

可怕的“天真”与对于知识分子的过分看重啊！

学生里面也出现“奸党”。好在他们都是“走马上任”去的，不屑在学校里活动；也不敢公开地宣传什么，或有什么危害。他们总不免有些“内愧”。学校里面依然是慷慨激昂的我行我素。

虽然是两迁三迁的，校址天天地缩小，但精神却很好；很亲切，很温暖，很愉快。

青年们还在举行“座谈会”什么的，也出版了些文艺刊物；还做着民众文艺的运动，办着平民夜校。和平时没有什么不同；只不过多带着些警觉性。可爱与骄傲，信仰与决心，交织成了这一时期的青年们活动的趋向。

我还每夜都住在外面。有时候也到古书店里去跑跑。偶然地也挟了一包书回来。借榻的小室里，书又渐渐地多起来。生活和平常差不了多少，只是十分小心地警觉着戒备着。

有一天到了中国书店，那乱糟糟的情形依样如旧。但伙计们告诉我：日本人来过了，要搜查《救亡日报》的人；但一无所得。《救亡日报》的若干合订本放在阴暗的后房里，所以他们没有觉察到。搜查时，汪馥泉恰好在那里。日本人问他是谁。他穿着一件蓝布长衫，头发长长的，长久不剪了，答道：“是伙计。”也真像一个古书店的伙计，才得幸免。以后，那一批“合订本”便由汪馥泉运到香港去。敌人的密探也不曾再到中国书店过。亏得那一天我没有在那里。

还有一天，我坐在中国书店，一个日本人和伙计们在闲谈，说要见见我和潘博山先生。这人是清水，管文化工作的。一个伙计偷偷地问我道：“要见他么？”我连忙摇摇头。一面站起来，在书架上乱翻着，装作一个购书的人。这人走了后，我向伙计们说道：“以后要有人问起我或问我地址的，一概回答不知道，或长久没有来了一类的话。”为了慎重，又到汉口路各肆嘱咐过。

我很感谢他们，在这悠久的八年里，他们没有替我泄露过一句话，虽然不时地有人去问他们。

隔了一个多月，好像没有什么意外的事会发生，我才再住到家里去。

夜一刻刻地黑下去。

有人在黑夜里坚定地守着岗位，做着地下的工作；多数的人则守着信仰在等待天亮。极少数的人在做着丧心病狂地为虎作伥的事。

这战争打醒了久久埋伏在地的“民族意识”；也使民族败类毕现其原形。

最后一课

口头上慷慨激昂的人，未见得便是杀身成仁的志士。无数的勇士，前仆后继地倒下去，默默无言。

好几个汉奸，都曾经做过抗日会的主席；首先变节的一个国文教师，却是好使酒骂座，惯出什么“富贵不能淫，威武不能屈”一类题目的东西；说是要在枪林弹雨里上课，绝对的“宁为玉碎，不为瓦全”的一个校长，却是第一个屈膝于敌伪的教育界之蠡贼。

然而默默无言的人们，却坚定地做着最后的打算，抛下了一切，千山万水地，千辛万苦地开始长征，绝不做什么为国家保存财产、文献一类的借口的话。

上海国军撤退后，头一批出来做汉奸的都是些无赖之徒，或愍不畏死的东西。其后，却有“我不入地狱谁入地狱”的维持地方的人物出来了。再其后，却有以“救民”为幌子，而喊着同文同种的合作者出来。到了珍珠港的袭击以后，自有一批最傻的傻子们相信着日本政策的改变，在做着“东亚人的东亚”的白日梦，吃尽了“独苦”，反以为“同甘”，被人家拖着“共死”，却糊涂到要挣扎着“同生”。其实，这类的东西也不太多。自命为聪明的人物，是一贯地料用时机，做着升官发财的计划。其或早或迟的蜕变，乃是作恶的勇气够不够，或替自己打算得周到不周到的问题。

默默无言的坚定的人们，所想到的只是如何抗敌救国的问题，压根儿不曾梦想到“环境”的如何变更，或敌人对华政策的如何变动、改革。

所以他们也有一贯的计划，在最艰苦的情形之下奋斗着，决对地不做“苟全”之梦；该牺牲的时机一到，便毫不踌躇地踏上应走的大道，义无反顾。

十二月八号是一块试金石。

这一天的清晨，天色还不曾大亮，我在睡梦里被电话的铃声惊醒。

“听到了炮声和机关枪声没有？”C在电话里说。

“没有听见。发生了什么事？”

“听说日本人占领租界，把英国兵缴了械，黄浦江上的一只英国炮舰被轰沉，一只美国炮舰投降了。”

接连的又来了几个电话，有的是报馆里的朋友打来的。事实渐渐地明白。

英国军舰被轰沉，官兵们凫水上岸，却遇到了岸上的机关枪的扫射，纷纷地死在水里。

日本兵依照着预定的计划，开始从虹口或郊外开进租界。

被认为孤岛的最后一块弹丸地，终于也沦陷于敌手。

我匆匆地跑到了康脑脱路的暨大。

校长和许多重要的负责者们都已经到了。立刻举行了一次会议，简短而悲壮地，立刻议决了：

“看到一个日本兵或一面日本旗经过校门时，立刻停课，将这大学关闭结束。”

太阳光很红亮地晒着，街上依然地熙来攘往，没有一点儿异样。

我们依旧地摇铃上课。

我授课的地方，在楼下临街的一个课室，站在讲台上可以望得见街。

学生们不到的人很少。

“今天的事，”我说道，“你们都已经知道了吧？”学生们都点点头。“我们已经议决，一看到一个日本兵或一面日本旗经过校门，立刻便停课，并且立即地将学校关闭结束。”

学生们的脸上都显现着坚毅的神色，坐得挺直的，但没有一句话。

“但是我这一门功课还要照常地讲下去，一分一秒钟也不停顿，直到看见了一个日本兵或一面日本旗为止。”

我不荒废一秒钟的工夫，开始照常地讲下去。学生们照常地笔记着，默默无声的。

这一课似乎讲得格外地亲切，格外地清朗，语音里自己觉得有点儿异样；似带着坚毅的决心，最后的沉着；像殉难者的最后的晚餐，像冲锋前的士兵们的上了刺刀，“引满待发”。

然而镇定、安详、没有一丝的紧张的神色。该来的事变，一定会来的。一切都已准备好。

谁都明白这“最后一课”的意义。我愿意讲得愈多愈好；学生们愿意笔记记得愈多愈好。

讲下去，讲下去，讲下去。恨不得把所有的应该讲授的东西，统统在这一课里讲完了它；学生们也沙沙地不停地在抄记着。心无旁用，笔不停挥。

别的十几个课室里也都是这样的情形。

对于要“辞别”的，要“离开”的东西，觉得格外的恋恋。黑板显得格外地光亮，粉笔是分外地白而柔软适用，小小的课桌，觉得十分地可爱；学生们靠在课椅的扶手上，抚摩着，也觉得十分的难分难舍。那晨夕与共的椅子，曾经在扶手上面用钢笔、铅笔或铅笔刀，有意识或无意识地涂写着、刻划着许多字或句的，如何舍得一旦离别了呢！

街上依然地平滑光鲜，小贩们不时地走过，太阳光很有精神地晒着。

我的表在衣袋里嘀嘀地嗒嗒地走着，那声音仿佛听得见。

没有伤感，没有悲哀，只有坚定的决心，沉毅异常地在等待着；等待着最后一刻的到来。

远远地有沉重的车轮碾地的声音可听到。

几分钟后，有几辆满载着日本兵的军用车，经过校门口，由东向西，徐徐地走过，当头一面旭日旗，血红的一个圆圈，在迎风飘荡着。

时间是上午十时三十分。

我一眼看见了这些车子走过去，立刻挺直了身体，做着立正的姿势，沉毅地合上了书本，以坚决的口气宣布道：

“现在下课！”

学生们一致地立了起来，默默地不说一句话；有几个女生似在低低地啜泣着。

没有一个学生有什么要问的，没有迟疑，没有踌躇，没有彷徨，没有顾虑。各个人都已决定了应该怎么办，应该向哪一个方面走去。

赤热的心，像钢铁铸成似的坚固，像走着鹅步的仪仗队似的一致。

从来没有那么无纷纭地一致地坚决过，从校长到工役。

这样地，光荣的国立暨南大学在上海暂时结束了她的生命。默默地在忙着迁校的工作。

那些喧哗的慷慨激昂的东西们，却在忙碌地打算着怎样维持他们的学校，借口于学生们的学业、校产的保全与教职员们的生活问题。

别了，我爱的中国①

别了，我爱的中国，我全心爱着的中国！我倚在高高的船栏上，看着船渐渐地离岸了，船和岸之间的水面渐渐地宽了，我看着许多亲友挥着帽子，挥着手，说着："再见，再见！"我听着鞭炮噼噼啪啪地响着，我的眼眶湿润了，我的眼泪已经滴在眼镜面上，镜面模糊了。我有一种说不出的感动。

船慢慢地向前驶着，沿途停着好几只灰色和白色的军舰。不，那不是悬挂着我们的国旗的，那是帝国主义的军舰。

两岸是黄土和青草，再过去是地平线上几座小岛。海水满盈盈的，照在夕阳之下，浪涛像顽皮的小孩儿似的跳跃不定，水面上一片金光。

别了，我爱的中国，我全心爱着的中国！

我不忍离了中国而去，更不忍在这个大时代中放弃自己应做的工作而去。许多亲爱的勇士正在用他们的血和汗建造着新的中国，正以满腔热情工作着，战斗着。我这样不负责任地离开中国，真是一个罪人！

然而，我终将在这大时代中工作的，我终将为中国而努力，而贡献我的身、我的心。我离开中国，为的是求得更好的经验，求得更好的战斗的武器。暂别了，暂别了，在各方面斗争着的勇士们，我不久将以更勇猛的力量加入到你们当中来！

当我归来的时候，我希望这些帝国主义的军舰都不见了，代替它们的是悬挂着我们的国旗的伟大的中国舰队。如果它们那时候还没有退出中国海，还没有被我们赶出去，那么，来，勇士们，我将加入你们的队伍，以更勇猛的力量，去驱逐它们，毁灭它们！

这是我的誓言！

别了！我爱的中国，我全心爱着的中国！

我不忍离了中国而去，更不忍在这大时代中放弃每人应做的工作而去，抛弃了许多亲爱的勇士在后面，他们是正用他们的血建造着新的中国，正在以纯挚的热诚，争斗着，奋击着。我这样不负责任地离开了中国，我真是一个罪人！

①本文节选自《离别》。

然而我终将在这大时代中工作着的，我终将为中国而努力，而呈献了我的身、我的心；我别了中国，为的是求更好的经验，求更好的奋斗工具。暂别了，暂别了，在各方面争斗着的勇士们，我不久即将以更勇猛的力量加入你们当中了。

当我归来时，我希望这些悬着“红日”的，“蓝白红”的，有“星点红条”的，“红蓝条交叉着”的一切旗帜的白色灰色的军舰都已不见了，代替它们的是我们的可爱的悬着我们的旗帜的伟大的舰队。

如果它们那时还没有退去中国海，还没有为我们所消灭，那么，来，勇士们，我将加入你们的队中，以更勇猛的力量，去压迫它们，去毁灭它们！

这是我的誓言！

别了，我爱的中国，我全心爱着的中国！

三 死

日间，工作得很疲倦，天色一黑便去睡了。也不晓得是多少时候了，仿佛在梦中似的，房门外游廊上，忽有许多人的说话声音：

“火真大，在对面的山上呢。”

“听说是一个老头子，八十多岁了，住在那里。”

“看呀，许多人都跑去了。满山都是灯笼的光。”

如秋夜的淅沥的雨点似的，这些话一句句落在耳中。“疲倦”紧紧地把双眼握住，好久好久才能张得开来，匆匆地穿了衣服，开了房门出去。满眼的火光！在对面，在很远的地方，然全山都已照得如同白昼。

“好大的火光！”我惊诧地说。

心南先生的全家都聚在游廊上看，还有几个女佣人，谈话最勇健，她们的消息也最灵通。

“已经熄下去了，刚才才大呢；我在后房睡，连对面墙上都满映着火光，我还当作是很近，吃了一个大惊。”老伯母这样地说。“听说是一间草屋，有一个八十多岁的老头子住在那里，不晓得怎么样了？”她轻柔地叹了一口气。

江妈说道：“听说已经死了，真可怜，他已经走不动了，天天有人送饭给他吃，不知今晚为什么会着火？”

“听说是油灯倒翻了。”刘妈插嘴说。

丁丁的清脆的伐竹的声音由对山传出，火光中，人影幢幢地往来。渐渐地有人执着灯笼散回去了。

“火快熄了，警察在斫竹，怕它延烧呢。”

“一个灯笼，两个灯笼，三个灯笼，都走到山下去了，那边还有几个在走着呢。”依真指点地嚷着说。在山中，夜行者非有灯笼不可；我们看不见人，只看见灯光移动，便知道是一个人在走着了。

“到底那老人家死了没有呢，你们去问问看。”老伯母不能安心地说道。

“听说已死了。”几个女佣抢着说。

丁丁的伐竹声渐渐地稀疏了，灯笼的光也不大见了，火光更微弱了下去。

“去睡吧。”这个声音如号令似的，使大家都进了自己的房门。我又闭了眼竭力想续前面的甜甜的睡眠。

几个女佣还在廊前健谈不已，她们很大的语声，如音乐似的，把我催眠着。其初，还很清晰地听见她们的话语，后来，蒙眬了，蒙眬了如蚊蝇之喧声似的；再后，我便睡着了。

第二天，许多人的唯一谈话资料，便是那个不幸的老翁。

“那老人家是为王家看山的。到山已经有五六十年了，他来时，莫干山还没有外国人呢。”

“他是福建人。二十多岁时，不知道为了什么事，由家乡出来，就住在山上了。一直有六十年没有离开过这里。他可算是这山上最老的人了。”

“听说，他近五六年来，走路不大灵便，都由一个姓杨（？）的家里，送东西给他吃。”

约略地，由几个女佣的口中，知道了这位老翁的生平。下午，楼下的仆人说，老翁昨夜并没有烧死。他见火着了，便跑了出来，后来，因为棉被衣物还没有取出，便又进去了两次去取这些东西，便被火灼伤了，直到了今早才死去。

“听说，杨家的太太出了五十块钱，还有别的人也凑齐了一笔款子，为他办理后事。”

“听说，尸身还在那里，没有殓呢。”

“不，下午已经抬下山去了。”

隔了两天，对山火场上竖了一个杆子，上面有灯，到了晚上，锣钹木鱼之声很响地敲着，全山都可听见，是为这位老翁做佛事了。

这就是这位六十年来的山中最老的居民的结果。

半个月过去了，老翁的事，大家已经淡忘了。有一天早上，却有几个人运了许多行李到楼下来，女佣们又纷纷地传说，说昨夜又死了两个人。一个是住在山顶某号屋中，只有十七八岁，犯了肺病死的。到山来疗养，还不到两个月。一个是住在下面铁路饭店的，刚来不久，前夜还好好吃着饭，不料昨天便死了。那些行李，是后一个死者的亲属的，他们由上海赶来看他。

不到一刻，死耗便传遍全山了。山上不易得新闻。这些题材乃为众口所宣传，足为好几天的谈话资料。尤其后一个死者，使我们起了一个扰动。

“也许是虎列拉[1]，由上海带来的，死得这样快。他的家属，去看了他后，再住到这里，不怕危险么？”我们这几个人如此地提心吊胆着，再三再四地去质问楼下的孙君。他担保说，绝没有危险，且绝不是虎列拉病死的。我们还不大放心。下午，死者的家属都来了，他们都穿着白鞋。据说，一个是死者的母亲，一个是死者的妻，两个是死者的妾，还加几个小孩儿，是死者的子女，其余的便是他的丧事经理者。他是犯肺病死了的，在山上已经两个多月了，他的钱不少，据说，是在一个什么银行办事的人。

死者的妻和母，不时地哭着，却不敢大声地哭，因为在旅舍中。据女佣们说，曾有几次，死者的母亲，实在忍不住了，只好跑到山旁的石级上，坐在那里大哭。

第三天，这些人又动身回家了。绝早地，便听见楼下有凄幽的哭泣，只是不敢纵声大哭。太阳在满山照着，许多人都到后面的廊上，倚在红栏杆，看他们上轿。女佣们轻轻地指点说，这是他的大妻，这是他的母亲，这是他的第一妾、第二妾。他们上了山，一转折便为山岩所蔽，不见了。大家也都各去做事。

第二天还说着他们的事。

隔了几天，大家又浑忘了他们。

---

① 虎列拉：也作虎烈拉，即霍乱，是一种急性腹泻疾病，传染力极强，在公共卫生落后的年代，常造成瘟疫灾害。

宴之趣

虽然是冬天，天气却并不怎么冷，雨点淅淅沥沥地滴个不已，灰色云是弥漫着；火炉的火是熄下了，在这样的秋天似的天气中，生了火炉未免是过于燠暖[①]了。家里一个人也没有,他们都出外“应酬”去了。独自在这样的房里坐着，读书的兴趣也引不起，偶然地把早晨的日报翻着，翻着，看看它的广告，忽然想起去看“*Merry Widow*”[②]吧。于是独自地上了电车，到派克路跳下了。

在黑漆的影戏院中，乐队悠扬地奏着乐，白幕上的黑影，坐着，立着，追着，哭着，笑着，愁着，怒着，恋着，失望着，决斗着，那还不是那一套，他们写了又写，演了又演的那一套故事。

但至少，我是把一句话记住在心上了：

“有多少次，我是饿着肚子从晚餐席上跑开了。”

这是一句隽妙无比的名句；借来形容我们宴会无虚日的交际社会，真是很确切的。

每一个商人，每一个官僚，每一个略略交际广了些的人，差不多他们的每一个黄昏，都是消磨在酒楼菜馆之中的。有的时候，一个黄昏要赶着去赴三四处的宴会。这些忙碌的交际者真是妓女一样，在这里坐一坐，就走开了，又赶到另一个地方去了，在那一个地方又只略坐一坐，又赶到再一个地方去了。他们的肚子定是不会饱的，我想。有几个这样的交际者，当酒阑灯灺，应酬完毕之后，定是回到家中，叫底下人烧了稀饭来堆补空肠的。

我们在广漠繁华的上海，简直是一个村气十足的“乡下人”；我们住的是乡下，到“上海”去一趟是不容易的，我们过的是乡间的生活，一月中难得有几个黄昏是在“应酬”场中度过的。有许多人也许要说我们是“孤介”，那是很清高的一个名词。但我们实在不是如此，我们不过是不惯征逐于酒肉之场，始终保持着不大见世面的“乡下人”的色彩而已。

---

① 燠暖：暖，热。

② “*Merry Widow*”：美国影片《风流寡妇》。

偶然的有几次，承一两个朋友的好意，邀请我们去赴宴。在座的至多只有三四个熟人，那一半生客，还要主人介绍或自己去请教尊姓大名，或交换名片，把应有的初见面的应酬的话讷讷地说完了之后，便默默地相对无言了。说的话都不是有着落，都不是从心里发出的；泛泛的，是几个音声，由喉咙头溜到口外的而已。过后自己想起那样的敷衍的对话，未免要为之失笑。如此地，说是一个黄昏在繁灯絮语之宴席上度过了，然而那是如何没有生趣的一个黄昏呀！

有几次，席上的生客太多了，除了主人之外没有一个是认识的；请教了姓名之后，也随即忘记了。除了和主人说几句话之外，简直的无从和他们谈起。不晓得他们是什么行业，不晓得他们是什么性质的人，有话在口头也不敢随意地高谈起来。那一席宴，真是如坐针毡；精美的羹菜，一碗碗地捧上来，也不知是什么味儿。终于忍不住了，只好向主人撒一个谎，说身体不大好过，或是说是还有应酬，一定要去的。——如果在谣言很多的这几天当然是更好托辞了，说我怕戒严提早，要被留在华界之外——虽然这是无礼貌的，不大应该的，虽然主人是照例地殷勤地留着，然而我却不顾一切地不得不走了。这个黄昏实在是太难挨得过去了！回到家里以后，买了一碗稀饭，即使只有一小盏萝卜干下稀饭，反而觉得舒畅，有意味。

如果有什么友人做喜事，或寿事，在某某花园，某某旅社的大厅里，大张旗鼓地宴客，不幸我们是被邀请了，更不幸我们是太熟的友人，不能不到，也不能道完了喜或拜完了寿，立刻就托辞溜走的，于是这又是一个可怕的黄昏。常常地张大了两眼，在寻找熟人。好容易找到了，一定要紧紧地和他们挤在一起，不敢失散。到了坐席时，便至少有两三人在一块儿可以谈谈了，不至于一个人独自地局促在一群生面孔的人当中，惶恐而且空虚。当我们两三人在津津地谈着自己的事时，偶然抬起眼来看着对面的一个坐客，他是凄然无侣地坐着；大家酒杯举了，他也举着；菜来了，一个人说："请，请。"同时把牙箸伸到盘边，他也说："请，请。"也同样地把牙箸伸出。除了吃菜之外，他没有目的，菜完了，他便局促地独坐着。我们见了他，总要代他难过，然而他终于能够终了席方才起身离座。

宴会之趣味如果仅是这样的，那么，我们将咒诅那第一个发明请客的人；喝酒的趣味如果仅是这样的，那么，我们也将打倒杜康与狄奥尼修士了。

然而又有的宴会却幸而并不是这样的；我们也还有别的可以引起喝酒的趣味的环境。

独酌，据说，那是很有意思的。我少时，常见祖父一个人执了一把锡的酒壶，把黄色的酒倒在白瓷小杯里，举了杯独酌着；喝了一小口，真正一小口，便放下了，又拿起筷子来夹菜。因此，他食得很慢，大家的饭碗和筷子都已放下了，且已离座了，而他却还在举着酒杯，不匆不忙地喝着。他的吃饭，尚在再一个半点钟之后呢。而他喝着酒，颜微酡着，常常叫道："孩子，来。"而我们便到了他的跟前。他夹了一块只有他独享着的菜蔬放在我们口中，问道："好吃么？"我们往往以点点头答之。在孙男与孙女中，他特别地喜欢我，叫我前去的时候尤多。常常地，他把有了短髭的嘴吻着我的面颊，微微有些刺痛，而他的酒气从他的口鼻中直喷出来。这是使我很难受的。

这样地，他消磨过了一个中午和一个黄昏。天天都是如此。我没有享受过这样的乐趣，然而回想起来，似乎他那时是非常的高兴，他是陶醉着，为快乐的雾所围着，似乎他的沉重的忧郁都从心上移开了，这里便是他的全个世界，而全个世界也便是他的。

另一个宴之趣，是我们近几年所常常领略到的，那就是集合了好几个无所不谈的朋友，全座没有一个生面孔，在随意地喝着酒，吃着菜，上天下地地谈着。有时说着很轻妙的话，说着很可发笑的话，有时是如火如剑的激动的话，有时是深切的论学谈艺的话，有时是随意地取笑着，有时是面红耳热地争辩着，有时是高妙的理想在我们的谈锋上触着，有时是恋爱的遇合与家庭的与个人的身世使我们谈个不休。每个人都把他的心胸赤裸裸地袒开了，每个人都把他的向来不肯给人看的面孔显露出来了；每个人都谈着，谈着，谈着，只有更兴奋地谈着，毫不觉得"疲倦"是怎么一个样子。酒是喝得干了，菜是已经没有了，而他们却还是谈着，谈着，谈着。那个地方，即使是很喧闹的，很湫狭[①]的，向来所不愿意多坐的，而这时大家却都忘记了这些事，只是谈着，谈着，谈着，没有一个人愿意先说起告别的话。要不是为了戒严或家庭的命令，竟不会有人想走开的。虽然这些闲谈都是琐屑之至的，都是无意味的，而我们却已在其间得到宴之趣了；——其实在这些闲谈中，我们是时时可发现许多珠宝的；大家都互相地受着影响，大家都更进一步了解他的同伴，大家都可以从那里得到些教训与利益。

"再喝一杯，只要一杯，一杯。"

"不，不能喝了，实在的。"

---

① 湫狭：低洼狭窄。

不会喝酒的人每每这样的被强迫着而喝了过量的酒。面部红红的，映在灯光之下，是向来所未有的壮美的丰采。

“圣陶，干一杯，干一杯。”我往往地举起杯来对着他说，我是很喜欢一口一杯的喝酒的。

“慢慢地，不要这样快，喝酒的趣味，在于一小口一小口地喝，不在于‘干杯’。”圣陶反抗似的说，然而终于他是一口干了，一杯又是一杯。

连不会喝酒的愈之、雁冰，有时，竟也被我们强迫地干了一杯。于是大家哄然地大笑，是发出于心之绝底的笑。

再有，佳年好节，合家团团地坐在一桌上，放了十几双的红漆筷子，连不在家中的人也都放着一双筷子，都排着一个座位。小孩子笑滋滋地闹着吵着，母亲和祖母温和地笑着，妻子忙碌着，指挥着厨房中、厅堂中仆人们的做菜、端菜，那也是特有一种融融泄泄的乐趣，为孤独者所妒羡不止的，虽然并没有和同伴们同在时那样的宴之趣。

还有，一对恋人独自在酒店的密室中晚餐；还有，从戏院中偕了妻子出来，同登酒楼喝一两杯酒；还有，伴着祖母或母亲在熊熊的炉火旁边，放了几盏小菜，闲吃着宵夜的酒，那都是使身临其境的人心醉神怡的。

宴之趣是如此的不同呀！

山 市

未至滴翠轩时，听说那个地方占着山的中腰，是上下山必由之路，重要的商店都开设在那里。第二天清晨到楼下观望时，却很清静，不像市场的样子。楼下只有三间铺子。商务书馆是最大，此外还有一家出卖棉织衣服店，一家五金店。东边是下山之路，一面是山壁，一面是竹林；底下是铁路饭店。“这里下去要到三桥埠才有市集呢。”茶房告诉我说。西边上去，竹荫密密地遮盖在小路上，景物很不坏！——后来我曾时时到这条路上散步，——但也不见有商店的影子。茶房说，由此上去，有好几家铺子，最大的元泰也在那里。我和心南先生沿了这条路走去，不到三四百余步，果然见几家竹器店、水果店，再过去是上海银行，元泰食物店及三五家牛肉庄、花边店、竹器店，如此而已。那就是所谓山市。但心南先生说，后山还有一个大市场，老妈子天天都到那里去买菜。

滴翠轩的楼廊，是最可赞许的地方，又阔又敞，眼界又远，是全座“轩”最好的所在。

一家竹器店正在编做竹的躺椅。“应该有一张躺椅放在廊前躺躺才好。”我这样想，便对这店的老板说：“这张躺椅卖不卖？”

“这是外国人定做的，您要，再替您做一张好了，三天就有。”

“照这样子，”我把身体躺在这将成的椅子上试了一试，说，“还要长个二三寸。价钱要多少。”

“替外国人做，自然要贵些，这一张是四块钱，但您如果要，可以照本给您做。只要三块八角，不能再少。”

我望望心南先生，要他还价，因为这间铺子他曾买过几件东西，算是老主顾了。

“三块钱，我看可以做了。”心南先生说。

“不能，先生，实在不够本。”

“那么，三块四角钱吧，不做随便你。”我一边走，一边说。

“好了，好了，替您做一张就是。”

“三天以后，一定要有，尺寸不能短少，一定要比这张长三吋[①]。”

“一定，一定，我们这里不会错的，说一句是一句。请先付定洋。”

我付了定洋，走了。

第二天去看，他们还没有动手去做。

“怎么不做，来得及吗？大后天一定要的，因为等要用。”

“有的，一定有的，请您放心。”

第三天早晨，到山上去，走过门前，顺便去看看，他们才在扎竹架子。

“明天椅子有没有？一定要送去的。”

“这两天生意太忙，对不起。后天给你送去吧。今天动手做，无论如何，明天不会好的。”

再过一天，见他们还没有把椅子送来，又跑去看。大体是已经做好了。老板说，“下午一定有，随即给你送来。”

躺在椅子上试了一试，似乎不对，比前次的一张还要短。

“怎么更短了？”

“没有，先生，已经特别放长了。”

前次定做的那张椅子还挂在墙角，没有取去。

“把那张拿下来比比看。”我说。

一比，果然反短了两吋。不由人不生气！山里做买卖的人总以为比都市里会老实些，不料这种推测完全错误！

“我不要了，说话怎么不做准？说好放长三吋的，怎么反短了两吋！”

“先生，没有短，是放长的，因为样子不同，前面靠脚处把您编得短些，所以您觉得它短了。”

“明明是短！”我用尺去量后说。

争执了半天，结果是量好了尺寸，叫他们再做一只。两天后一定有。

这一次才没有偷减了尺寸。

每次到山脊上散步时，总觉得山后田间的景色很不坏。有一天绝早，天色还没有发亮，便起了床，自己预备洗脸水。到了一切都收拾好时，天色刚刚有些淡灰色。于是独自一人的便动身了。到了山脊，再往下走时，太阳已如大血盘似的出现于东方。山后有一个小市场，几家茶馆饭铺，几家米店，兼售青菜及鸡。还有一家肉店。集旁是一小队保安队的驻所，情况很寂寥，并不热闹。

① 吋：即英寸。

心南先生所说的市集，难道就是这里么？我有些怀疑。

由这市集再往下走，沿途风物很秀美。满山都是竹林，间有流泉淙淙的作响。有一座小桥，架于溪上，几个村姑在溪潭旁捶洗衣服。在在都可入画。只是路途渐渐地峻峭了，毁坏了，有时且寻不出途径，一路都是乱石。走了半个钟头，还没有到山脚。头上的汗珠津津地渗出，太阳光在这边却还没有，因为是山阴。沿路一个人也没有遇到。良久，才见下面有一个穿蓝布衣的人向上走。到了临近，见他手执一个酱油瓶，知道是到市集去的。

“这里到山脚下还有多少路？”

他以怀疑的眼光望着我，答道：“远呢，远呢，还有三五里路呢。你到那边有什么事？”

“不过游玩游玩而已。”

“山路不好走呢。一路上都是石子儿，且又高峻。”

我不理他，继续地走下去，不到半里路，却到了一个村落，且路途并不坏，较上面的一段平坦多了。不知这个人为什么要说谎。一条溪水安舒地在平地上流着，红冠的白鹅安舒地在水面上游着。一群孩子立在水中拍水为戏，嘻嘻哈哈地大笑大叫，母亲们正在水边洗菜蔬。屋上的烟囱中，升出一缕缕的炊烟。

一只村犬见了生人，汪汪地大叫起来，四面的犬应声而吠，这安静的晨村，立刻充满了紧张的恐怖气象。孩子们和母亲们都停了游戏，停了工作，诧异地望着我，几只犬追逐在后面吠叫。亏得我有一根司的克[①]护身，才能把它们吓跑了。它们只远远地追吠，不敢走近来。山行真不能不带司的克，一面可以为行山之助，一面又可以防身，走到草莽丛杂时，可以拨打开蛇虫之类，同时还可以吓吓犬！

沿了溪边走下去，一路都是水田，用竹竿搭了一座瓜架，就架在水面上；满架都是黄色的花，也有几个早结的绿皮的瓜。那样有趣而可爱的瓜架，我从不曾见过。再下面是一个深潭，绿色的水，莹静地停储在那里。我静静地立着，可以照见自己的面貌。高山如翠绿屏风似的围绕于三面。静悄悄的一点儿人声、鸟声都没有。能在那里静立一两个钟头，那真是一种清福。但偶一抬头，却见太阳光已经照在山腰了。

一看表，已经是七点，不能不回去了。再经过那个村落时，犬和人却都已进屋去，不再看见。到了市集，却忘了上山脊的路，去问保安队，他们却说不知。保安队会不知驻在地的路径，那真有些奇闻！我不再问他们，自己试了几次，

---

① 司的克：英语手杖（stick）的音译。

终于到达了山脊，由那里到家，便是熟路了。

回家后，问问心南先生，他们说的大市集原来果是那里。山市竟是如此地寂寥的，那是我初想不到的；山中人原却并不比都市中人朴无欺诈，那也是我初想不到的。

幻　境

不知在睡梦里，还是在半睡半醒的状态里，我很清楚地经历着一场可怕的景象。

是夜云四合，暮色苍茫的时候。不知走在什么地方。前面是无边无际的一座大森林。一株株的大树，巨人似的森立着，披着一头乌黑蓬乱的头发，毛的树杈，像手臂似的，各个伸出向我扑攫。

但我镇定而无视地踏着坚实而稳定的足步，走向这座大森林里去。

只有自己的足音沉重地踏在地上。寥阔而寂寞。走了好一段路。

卟卟卟地从枝头上飞起了几只宿鸟，抛物线似的投射了出去，不知飞向何方。

远远的有猫头鹰在招魂似的丑恶地一声声地号叫着。

但我镇定而无视地踏着坚实而稳定的足步，在这大森林里走着。

幻境走了好一段路。蓦然的一抬头，在毛的乌黑的树枝缝隙间，发现有两只夜猫似的滚圆的眼睛，射出寒森的绿色的冷光，在炯炯地守望着我。那两道绿色的冷光仿佛就像一对十万支烛光的探海灯似的，在我脸上，眼上徘徊着，扫射着。

吃了一惊，浑身的毛孔都松张了，毛毛痒痒地像预警着有什么危害要袭击来似的。

膝盖头软软的，脚底下有点儿不得劲儿。

那两道绿的冷光，大了，更大更肥圆了，像升在东方的天空的满月似的，正迎着头，在守望着我；在我脸上，眼上徘徊着，扫射着，仿佛要搜索出什么秘密似的。似连一条皱纹，一点黑斑都要注意得到。

加紧了足步，装作不见，抢了过去。

但抢了过去，转过这株树，远远地却又见两道绿色的冷光，像两条手电筒的光似的，在探索着，而我的脸，恰又成了它的目的物。更走近了，那两道绿色的冷光，大了，更大了，更肥圆了，像升在东方的天空的满月似的，正迎着头，在守望着我，在脸上，眼上，徘徊着，扫射着，仿佛要搜索出什么秘密似的。

足步开始有点儿乱，虚飘飘的踏在地上。心脏像打鼓似的在猛跳。额上细珠似的汗滴不断的渗出。

那两道绿色的冷光，老是炯炯地在守望着我，在脸上，眼上，徘徊着，扫射着。

开始奔跑，要把它抛在后面。

刚转过这株可怕的毛的大树，在前面，远远的却又见有两道绿色的冷光在炯炯地守望着我。

想转向左边跑。刚一回头，那边却又是几道绿色的冷光在炯炯地守望着我。向右边跑，还不是又有这劳什子的东西在守望着我。刚一转身，向后面退却，不好了，那一对对的绿炯炯的冷光，简直是数不清的像午夜的繁星似的在此呼彼应地闪耀着，而全对准了我脸上，在炯炯地目不转睛地在守望着。

再向前望，向左望，向右望，那一对对的绿光，竟像黄昏的都市的灯光似的，陆续地密增了数不清的数目。

有点儿恼怒。索性站定了不走。

那繁星似的绿炯炯的冷光，四面八方地投射而来，全都对准了我，炯炯地目不转睛地在守望着。

仿佛黑暗里有吃吃的冷笑之声。

我的血沸腾着，索性不作理会。绿炯炯的冷光还在守望着，而冷笑却自己落了空。

不曾施展出什么更毒的伎俩。

远远的有猫头鹰在招魂似的丑恶地一声声地号叫着。

我继续地踏着坚实而稳定的足步向前走。

东方的天空有些发白。玫瑰色的曙光的影子已经在外面飘荡着。

那一对对的绿炯炯的冷光，逐渐地和黑夜一同消失了去，像夜星之消失在晨天上。

我镇定而无视地踏着坚实而稳定的足步向前走。

猛地一足踏了空，仿佛落下万丈的深阱里去。

睁醒了来，吓得一身的冷汗。

太阳光辉煌地照在窗台上，鸟儿们在天井矮树上细碎地唱着。今天准是一个不坏的天气呢。

月夜之话

是在山中的第三夜了。月色是皎洁无比，看着她渐渐地由东方升了起来。蝉声唧——唧——唧——地曼长地叫着，岭下涧水潺潺的流声，隐略地可以听见，此外，便什么声音都没有了。月如银的圆盘般大，静定地挂在晚天中，星没有几颗，疏朗朗的间缀于蓝天中，如美人身上披着蓝天鹅绒的晚衣，缀了几颗不规则的宝石。大家都把自己的摇椅移到东廊上坐着。

初升的月，如水银似的白，把她的光笼罩在一切的东西上；柱影与人影，粗黑的向西边的地上倒映着。山呀，田地呀，树林呀，对面的许多所的屋呀，都朦朦胧胧的不大看得清楚，正如我们初从倦眠中醒了来，睁开了眼去看四周的东西，还如在渺茫梦境中似的；又如把这些东西都幕上了一层轻巧细密的冰纱，它们在纱外望着，只能隐约地看见它们的轮廓；又如春雨连朝，天色昏暗，极细极细的雨丝，随风飘拂着，我们立在红楼上，由这些蒙雨织成的帘中向外望着。那么样地静美，那么样柔秀的融和的情调，真非身临其境的人不能说得出的。

“那么好的月呀！”擘黄先生赞赏似的叹美着。

同浴于这个明明的月光中的，还有梦旦先生和心南先生。静悄悄的，各人都随意地躺在他的摇椅上，各自在默想他的崇高的思绪。也不知道有多少秒，多少分，多少刻的时间是过去了，红栏杆外是月光、蝉声与溪声，红栏杆内是月光照浴着的几个静思的人。

月光光，
照河塘。
骑竹马，
过横塘。
横塘水深不得过，
娘子牵船来接郎。

问郎长，问郎短，
问郎此去何时返。

心南先生的女公子依真跳跃着地由西边跑了过来，嘴里这样的唱着。那清脆的歌声漫溢于朦胧的空中，如一塘静水中起了一个水沤似的，立刻一圈一圈地扩大到全个塘面。

“这是各处都有的儿歌，辜鸿铭曾选入他的《幼学弦歌》中。”梦旦先生说。他真是一个健谈的人，又恳挚，又多见闻，凡是听过他的话的人，总不肯半途走了开去。

“福州还有一首大家都知道的民歌，也是以月为背景的，真是不坏。”梦旦先生接着说；于是他便背诵出了这一首歌。

原文：

共哥相约月出来，
怎样月出哥未来？
没是奴家月出早？
没是哥家月出迟？
不论月出早与迟，
恐怕我哥未肯来。
当日我哥未娶嫂，
三十无月哥也来。

译文：

与他相约月出来，
怎么月出了他还未来？
莫不是我家月出得早？
莫不是他家月出得迟？
不论月出早与迟，
只怕他是不肯来了吧！
当日他没有娶妻时，

没有月的三十夜也还来呢。

这首歌的又真挚又曲折的情绪，立刻把大家捉住了。像那么好的情歌，真不多见。

“我真想把它抄录了下来呢！”我说。于是梦旦先生又逐句的背念了一遍，我便录了下来。

“大约是又成了《山中通信》的资料吧。”擘黄先生笑着说道，他今天刚看见我写着《山中通信》。

“也许是的，但这样的好词，不写了下来，未免太可惜了。”

“我也有一个，索性你再写了吧。”擘黄说。

我端正了笔等着他。

七月七夕鹊填桥，
牛郎织女渡天河。
人人都说神仙好，
一年一度算什么！

“最后一句真好，凡是咏七夕的诗，恐怕不见得有那样透彻的口气吧。可见民歌好的不少，只在自己去搜集而已。”擘黄说。

大家的话匣子一开，沉静的气氛立刻打破了，每个人都高高兴兴地谈着唱着，浑忘了皎洁月光与其他一切。月已升得很高，倒向西边的柱影，已渐渐地短了。

梦旦先生道："还有一首歌，你们听人说过没有？"

“采苹你去问秋英，
怎么姑爷跌满身？”
“他说：相公家里回，
也无火把也无灯。”

“既无火把也要灯！
他说相公家里回，
怎么姑爷跌满身？

采苹你去问秋英！”

“是的，听见过的，”擘黄说，“但其层次与说话之语气颇不易分得出明白。”

“大约是小姐见姑爷夜间回来，跌了一身的泥，不由得起了疑心，便叫丫头采苹去问跟班秋英。采苹回到小姐那里，转述秋英的话，相公之所以跌得一身泥者，因由家里回来，夜色黑漆漆的，又无火把又无灯笼也。第二首完全是小姐的话，她的疑心还未释，相公既由家回，如无火把也要有灯，怎么会跌得一身泥？于是再叫采苹去问秋英。虽然是如连环诗似的二首，前后的意思却很不同。每个人的口气也都逼真的像。”梦旦先生说。

经了这样一解释，这首诗，真的也成了一首名作了。

真鸟仔，
啄瓦檐，
奴哥无“母”这数年。
看见街上人讨“母”，
奴哥目泪挂目檐。
有的有，没的没，
有人老婆连小婆！
只愿天下作大水，
流来流去齐齐没。

这一首也是这一夜采得的好诗，但恐“非福州人”所能了解。所谓“真鸟仔”者，即小麻雀也。“母”者，即女子也，即所谓公母之“母”是也。“奴哥”者，擘黄以为是他人称他的，我则以为是自称的口气。兹译之如下：

小小的麻雀儿，
在瓦檐前啄着，啄着，
我是这许多年还没有妻呀！
看见街上人家闹洋洋的娶亲，
我不由得双泪挂眼边。
有的有，没有的没有，

有的人，有了妻，却还要小老婆。
但愿天下起了大水，
流来流去，使大家一齐都没有。

这个译文，意思未见得错，音调的美却完全没有了。所以要保存民歌的绝对的美，似非用方言写出来不可。

这一夜，是在山上说得最舒畅的一夜，直到了大家都微微地呵欠着，方才散了，各进房门去睡。第二夜，月光也不坏。我却忙着写稿子；再一夜，天色却不佳，梦旦先生和擘黄又忙着收拾行囊，预备第二天一早下山。像这样舒畅的夜谈，却终于只有这一夜，这一夜呀！

山中的历日

“山中无历日”，这是一句古话，然而我在山中却历日记得很清楚。我向来不记日记，但在山上却有一本日记，每日都有两三行的东西写在上面。自七月二十三日，第一日在山上醒来时起，直到了最后的一日早晨，即八月二十一日，下山时止，无一日不记。恰恰的在山上三十日，不多也不少，预定的要做的工作，在这三十日之内，也差不多都已做完。

当我离开上海时，一个朋友问我：“什么时候可以回来？”

“一个月。”我答道。真的，不多也不少，恰是一个月。有一天，一个朋友写信来问我道：“你一天的生活如何呢？我们只见你一天一卷的原稿寄到上海来，没有一个人不惊诧而且佩服的。上海是那样的热呀，我们一行字也不能写呢。”

我正要把我的山上生活告诉他们呢。

在我的二十几年的生活中，没有像如今的守着有规则的生活，也没有像如今的那么努力地工作着的。

第一晚，当我到了山时，已经不早了，滴翠轩一点儿灯火也没有。我问心南先生道：“怎么黑漆漆的不点灯？”

“在山上，我们已成了习惯，天色一亮就起来，天色一黑就去睡，我起初也不惯，现在却惯了。到了那时，自然而然地会起来，自然而然地会去睡。今夜，因为同家母谈话，睡得迟些，不然，这时早已入梦了。家中人，除了我们二人外，他们都早已熟睡了。”心南先生说。

我有些惊诧，却不大相信。更不相信在上海起迟眠迟的我，会服从了这个山中的习惯。

然而到了第二天绝早，心南先生却照常地起身。我这一夜是和他暂时一房同睡的，也不由得不起来，不由得不跟了他一同起身。“还早呢，还只有六点钟。”我看了表说。

“已经是太晚啦。”他说。果然，廊前太阳光已经照得满墙满地了。

这是第一次，我倚了绿色的栏杆——后来改漆为红色的，却更有些诗意了——去看山景。没有奇石，也没有悬岩，全山都是碧绿色的竹林和红瓦黑瓦的洋房子。山形是太平衍了。然而向东望去，却可看见山下的原野。一座一座的小山，都在我们的足下，一畦一畦的绿田，也都在我们的足下。几缕的炊烟，由田间升起，在空中袅袅地飘着，我们知道那里是有几家农户了，虽然你看不见他们。空中是停着几片的浮云。太阳照在上面，那云影倒映在山峰间，明显地可以看见。

"也还不坏呢，这山的景色。"我说。

"在起了云时，漫山的都是云，有的在楼前，有的在足下，有时浑不见对面的东西，有时，诸山只露出峰尖，如在海中的孤岛，这简直可称为云海，那才有趣呢。我到了山时，只见了两次这样的奇景。"心南先生说。

这一天真是忙碌，下山到了铁路饭店，去接梦旦先生他们上山来。下午，又东跑跑，西跑跑。太阳把山径晒得滚热的，它又张了大眼向下望着，头上是好像一把火的伞。只好在邻近竹径中走走就回来啦。

在山上，雨是不预约就要落下来的，看它天气还好好的，一瞬眼间，却已乌云蔽了楼檐，沙沙地一阵大雨来了。不久，眼望着这块大乌云向东驶去，东边的山与田野却现出阴郁的样子，这里却又是太阳光满满地照着了。

"伞在山上倒是必要的；晴天可以挡太阳，下雨的时候可以挡雨。"我说。

这一阵雨过去后，天气是凉爽得多了，我便又独自由竹林间的一条小山径，寻路到瀑布去。山径还不湿滑，因为一则沿路都是枯落的竹叶躺着，二则泥土太干，雨又下得不久。山径不算不峻峭，却异常地好走。足踏在干竹叶上，柔柔的如履铺了棉花的地板，手攀着密集的竹竿，一竿一竿地递扶着，如扶着栏杆，任怎么峻峭的路，都不会有倾跌的危险。

莫干山有两个瀑布，一个是在这边山下，一个是碧坞。碧坞太远了，听说路也很险。走过去，要经过一条只有一尺多宽的栈道，一面是绝壁，一面是十余丈深的山溪，轿子是不能走过的，只好把轿子中途弃了，两个轿夫牵着游客的双手，一前一后的把他送过去。去年，有几个朋友到那里去游，却只有几个最勇敢的这样地走了过去，还有几个却终于与轿子一同停留在栈道的这边，不敢过去了。这边的山下瀑布，路途却较为好走，又没有碧坞那么远，所以我便渴于要先去看看——虽然他们都要休息一下，不大高兴走。

瀑布的气势是那么样地伟大，瀑布的景色是那么样的壮美；那么多的清泉，由高山石上，倾倒而下，水声如雷似的，水珠溅得远远地，只要闭眼一想象，便知她是如何的可迷人呀！我少时曾和数十个同学一同旅行到南雁荡山。那边的瀑布真不少，也真不小。老远的老远的，便看见一道道的白练布由山顶挂了下来。却总是没有走到。经过了柔湿的田道，经过了繁盛的村庄，爬上了几层的山，方才到了小龙湫。那时是初春，还穿着棉衣。长途的跋涉，使我们都气喘汗流。但到了瀑布之下，立在一块远隔丈余的石上时，细细的水珠却溅得你满脸满身都是，阴凉的，阴凉的，立刻使你一点儿的热感都没有了；虽穿了棉衣，还觉得冷呢。面前是万斛的清泉，不休的只向下倾注，那景色是无比的美好，那清而宏大的水声，也是无比的美好。这使我到如今还记念着，这使我格外地喜欢瀑布与有瀑布的山。十余年来，总在北京与上海两处徘徊着，不仅没有见什么大瀑布，便连山的影子也不大看得见。这一次之到莫干山，小半的原因，因为那山那有瀑布。

山径不大好走，时而石级，时而泥径，有时，且要在荒草中去寻路。亏得一路上溪声潺潺的。沿了这溪走，我想总不会走得错的。后来，终于是走到了。但那水声并不大，立近了，那水珠也不会飞溅到脸上身上来。高虽有二丈多高，阔却只有两个人身的阔。那么样萎靡的瀑布，真使我有些失望。然而这总算是瀑布，万山静悄悄的，连鸟声也没有，只有几张照相的色纸，落在地上，表示曾有人来过。在这瀑布下流连了一会儿，脱了衣服，洗了一个身，濯了一会儿足，便仍旧穿便衣，与它告别了。却并不怎么样的惜别。

刚从林径中上来，便看见他们正在门口，打算到外面走走。

"你去不去？" 擘黄问我。

"到哪里去？" 我问道。

"随便走走。"

我还有余力，便跟了他们同去。经过了游泳池，各个人喧笑的在那里泅水，大都是碧眼黄发的人，他们是最会享用这种公共场所的。池旁，列了许多座位，预备给看的人坐，看的人真也不少。沿着这条山径，到了新会堂，图书馆和幼稚园都在那里。一大群的人正从那里散出，也大都是碧眼黄发的人。沿着山边的一条路走去，便是球场了。球场的规模并不小，难得在山边会辟出这么大的一个地方。场边有许多石级凸出，预备给人坐，那边贴了不少布告，有一张说："如果山岩崩坏了，发生了什么意外之事，避暑会是不负责的。"我们看那山边，围了不少层的围墙。很坚固，很坚固，哪里会有什么崩坏的事。然而他们却要预防着。在快活地打着球的，也都是碧眼黄发的人。

梦旦先生他们坐在亭上看打球，我们却上了山脊。在这山脊上缓缓地走着，太阳已将西沉，把那无力的金光亲切地抚摩我们的脸。并不大的凉风，吹拂在我们的身上，有种说不出的舒适之感。我们在那里，望见了塔山。

心南先生说："那是塔山，有一个亭子的，算是莫干山最高的山了。"望过去很远，很远。

晚上，风很大。半夜醒来，只听见廊外呼呼地啸号着，仿佛整座楼房连基底都要为它所摇撼。

山中的风常是这样的。

这是在山中的第一天。第二天也没有做事。到了第三天，却清早的起来，六点钟时，便动手做工。八时吃早餐，看报，看来信，邮差正在那时来。九时再做，直到十二时。下午，又开始写东西，直到了四时。那时，却要出门到山上走走了。却只在近处，并不到远处去。天未黑便吃了饭。随意闲谈着。到了八时，却各自进了房。有时还看看书，有时却即去睡了。一个月来，几乎天天是如此。

下午四时后，如不出去游山，便是最好的看书时间了。

山中的历日便是如此，我从来没有过这样的有规则的生活过。

塔山公园

由滴翠轩到了对面网球场，立在上头的山脊上，才可以看到塔山；远远地，远远地，见到一个亭子立在一个最高峰上，那就是所谓塔山公园了。到山的第三天的清早，我问大家道：“到塔山去好吗？”

朝阳柔黄地满山照着，鸟声细碎地啁啾着，正是温凉适宜的时候，正是游山最好的时候。

大家都高兴去走走，但梦旦先生说，不一定要走到塔山，恐怕太远，也许要走不动。

缓缓地由林径中上了山；仿佛只有几步可以到顶上了，走到那处，上面却还有不少路，再走了一段，以为这次是到了，却还有不少路。如此地，“希望”在前引导着，我们终于到山脊。然后，缓缓的，沿山脊而走去。这山脊是全个避暑区域中最好的地方。两旁都是建造的式样不同的石屋或木屋，中间一条平坦的石路，随了山势而高起或低下。空地不少，却不像山下的一样，粗粗地种了几百株竹，它们却是以绿绿的细草铺盖在地上，这里那里地置了几块大石当作椅子，还有不少挺秀的美花奇草，杂植于平铺的绿草毡上。我们在那里，见到了优越的人为淘汰的结果。

一家一家的楼房构造不同，一家一家的园花庭草，亦布置得不同。在这山脊上走着，简直是参观了不少的名园。时时地，可于屋角的空隙见到远远的山峦，见到远远的白云与绿野。

走到这山脊的终点，又要爬高了，但梦旦先生有些疲倦了，便坐在一块界石上休息，没有再向前走的意思。

大家围着这个中途的界石而立着，有的坐在石阶上。静悄悄的还没有一个别的人，只有早起的乡民，满头是汗地挑了赶早市的东西经过这里，送牛奶面包的人也有几个经过。

大家极高兴地在那里谈天说地，浑忘了到塔山去的目的。太阳渐渐地高了，热了，心南看了手表道：

“已经九点多了。快回去吃早餐吧。”

大家都立了起来，拍拍背后的衣服。拍去坐在石上所沾着的尘土，而上了归途。

下午，我的工作完了，便问大家道：“现在到塔山去不去呢？”

“好的。”擘黄道，“只怕高先生不能走远道。”

高先生道：“我不去，你们去好了。我要在房里微睡一下。”

于是我和心南、擘黄同去了。

到塔山去的路是很平坦的。由山后的一条很宽的泥路走去，后面的一带风景全可看到。山石时时有人在丁丁地伐采，可见近来建造别墅的人一天天地多了，连山后也已有了几家住户。

塔山公园的区域，并不很广大，都是童山，杂植着极小极小的竹树，只有膝盖的一半高。还有不少杂草，大树木却一株也没有。将到亭时，山势很高峭，两面石碑，立在大门的左右，是叙这个公园的缘起，碑字已为风雨所侵而模糊不清，后面所署的年月，却是宣统二年（？）。据说，近几年来，亭已全圮，最近才有一个什么督办，来山避暑，提倡重修。现在正在动工。到了亭上，果有不少工匠在那里工作，木料灰石，堆置得凌乱不堪。亭是很小的，四周的空地也不大，却放了四组的水门汀建造的椅桌，每组二椅一桌，以备游人野餐之用。亭的中央，突然地隆起了一块水门汀建的高丘，活像西湖西冷桥畔重建的小青墓。也许这也是当桌子用的，因为四周也是水门汀建的亭栏，可以给人坐。

再没有比这个亭更粗陋而不谐和的建筑物了，一点儿式样也没有，不知是什么东西，亭不像亭，塔不像塔，中不是中，西不是西，又不是中西的合璧，简直可以说是一无美感、一无知识者所设计的亭子。如果给工匠们自己随意去设计，也许比这样的式子更会好些。

所谓公园者，所谓亭子者不过如此！然而这是我们中国人在莫干山所建筑的唯一的公共场所。

亏得地势占得还不坏。立在亭畔，四面可眺望得很远。莫干山的诸峰，在此一一可以指点得出来，山下一畦一畦的田，如绿的绣毡一样，一层一层，由高而低，非常的有秩序。足下的冈峦，或起或伏，或趋或耸，历历可指，有如在看一幅地势实型图。

太阳已经渐渐地向西沉下，我们当风而立，略略地有些寒意。

那边有乌云起了，山与田都为一层阴影所蔽，隐隐地似闻见一阵一阵的细密的雨声。

“雨也许要移到这边来了，我们走吧。”

这是第一次的到塔山。

第二次去是在一个绝早的早晨。人是独自一个。

在山上，我们几乎天天看太阳由东方出来。倚在滴翠轩廊前的红栏杆上，向东望着，我们便可以看到一道强光四射的金线，四面都是斑斓的彩云托着，在那最远的东方。渐渐地，云渐融消了，血红的血红的太阳露出了一角，而楼前便有了太阳光。不到一刻，而朝阳已全个地出现于地平线上了，比平常大，比平常红，却是柔和的，新鲜的，不刺目的。对着了这个朝阳而深深地呼吸着，真要觉得生命是在进展，真要觉得活力是已重生。满腔的朝气，满腔的希望，满腔的愉意，满腔的跃跃欲试的工作力！

怪不得晨鸟是要那样地对着朝阳婉转地歌唱着。

常常地在廊前这样地看日出。常常地移了椅子在阳光中，全个身子都浸没在它的新光中。

也许到塔山那个最高峰去看日出，更要好呢。泰山之观日出不是一个最动人的景色么?

一天，绝早，天色还黑着，我便起身，胡乱地洗漱了一下，立刻起程到塔山。天刚刚有些亮，可以看见路。半个行人也没有遇见。一路上急急地走着，屡次地回头看，看太阳已否升起。山后却是阴沉沉的。到了登上了塔山公园的长而多级的石级时，才看见山头已有金黄色，东方是已经亮晶晶的了。

风呼呼地吹着，似乎要从背后把你推送上山去。愈走得高风愈大，真有些觉得冷栗，虽然是在六月，且穿上了夹衣。

飞快地飞快地上山，到了绝顶时，立刻转身向东望着，太阳却已经出来了，圆圆的红血的一个，与在廊前所见的一模一样，眼界并不见得因更高而有所不同。

在金黄的柔光中浸溶了许久许久才回去，到家还不过八时。

第三次，又到了塔山，是和心南先生全家去的，居然用到了水门汀的椅桌，举行了一次野餐会。离第一次到时，只有半个月，这里仿佛因工程已竣之故，到的人突多起来。空地上垃圾很不少，也无人去扫除。每个人下山时都带了不少只苍蝇在衣上帽上回去。沿路费了不少驱逐的工夫。

大佛寺

祝福那些自由思想者!

挂了黄布袋去朝山，瘦弱的老妇，娇嫩的少女，诚朴的村农，一个个都虔诚的一步一挨地，甚至于一步一拜地，登上了山;口里不息地念着佛，见蒲团就跪下去磕头，见佛便点香点烛。自由思想者站在那里看着笑着:“呵，呵，那一班愚笨的迷信者。”一个蓝布衣衫，拖着长辫的农人，一进门便猛拜下去，几乎是朝了他拜着，这使他吓了一跳，便打断了他的思想。

几个教徒，立在小教堂门外唱着赞美诗，唱完后便有一个在宣讲“道理”，四周围上许多人听着，大多数是好事的小孩子们，自由思想者经过了那里，不禁嗤了一声，连站也不站的走过了。

几个教徒陪他进了大礼拜堂。礼拜堂门口放了两个大石盆，盛着圣水，教徒门用手蘸了些圣水，在胸前画了一个十字，便走进了。大殿的四周都是一方一方的小方格，立着圣像，各有一张奇形的椅子，预备牧师们听忏悔者自白用的。那里是很庄严的。然而自由思想者是漠然淡然地置之。

祝福那些自由思想者!

然而自由思想者果真漠然淡然么?

他嗤笑那些专诚的朝山者，传道者，烧香者，忏悔者;真的是!然而他果真漠然淡然么?

不，不!

黄色的围墙，庄严的庙门，四个极大的金刚神分站左右。一二人合抱不来的好多根大柱，支持着高难见顶的大殿;香烟缭绕着;红烛熊熊地点在三尊金色的大佛之前，签筒滴嗒滴嗒地作响，时有几声低微的宣扬佛号之声飘过你的耳边。你是被围抱在神秘的伟大的空气中了。你将觉得你自己的空虚，你自己的渺小，你自己的无能力;在那里你是与不可知的运命、大自然、宇宙相见了。你将茫然自失，你将不再嗤笑了。

尖耸高空的高大建筑，华丽而整洁的窗户，地板，雄伟的大殿，十字架上是又苦楚、又慈悲的耶稣，一对对的纯洁无比的白烛燃着。殿前是一个空棺，披罩着绣着白十字的黑布，许多教徒的尸体是将移停于此的。静悄悄的一点儿声响都没有；连苍蝇展翼飞过之声也会使你听见。假使你有意地高喊一声，那你将见你的呼声凄楚地自灭于空虚中。这里，你又被围抱在别一个伟大的神秘的空气中了。你受到一种不可知的由无限之中而来的压迫。你又觉得你自己是空虚，渺小，无能力。你将茫然自失，你将不再嗤笑了。

便连几缕随风飘荡的星期日的由礼拜堂传出的风琴声、赞歌声以及几声断续的由寺观传到湖上的薄暮的钟声、鼓声，也将使你感到一种压迫，一种神秘，一种空虚。

那些信仰者是有福了。

呵，我们那些无信仰者，终将如浪子似的，如秋叶似的萎落在漂流在外面么？

我不敢想，我不愿想。

我再也不敢嗤笑那些专诚的信仰者。

我怎敢踏进那些“庄严的佛地”呢？然而，好奇心使我们战胜了这些空想，而去访问科仑布[①]的大佛寺。

无涯的天，无涯的海，同样的甲板、餐厅、卧房，同样的人物，同样地起、餐、散步、谈话、睡，真使我们厌倦了；我们渴欲变换一下沉闷空气。于是我们要求新奇的可激动的事物。

到了科仑布，我们便去访问那久已闻名的大佛寺。我们预备着领受那由无限的主者，由庄严的佛地送来的压迫。压迫，究之是比平淡无奇好些的。

呵，呵，我们预备着怎样的心情去瞻仰这古佛，这伟佛，这只有我们自己知道。

到了！一所半西式的殿宇，灰白色的墙，并不庄严地立在南方的晚霞中。到了！我有些不信。那不是我们所想象的“佛地”，没有黄墙，没有高殿，没有一切一切，一进门是一所小园，迎面便是大卧佛所在的地方。我们很不满意，如预备去看一场大决斗的人，只见得了平淡的和解之结局一样的不满意。我们直闯进殿门。刚要揭开那白色的嵌花的门帘时，一个穿黄色的和尚来阻止了。“不，”他说，“请先脱了鞋子。”于是我们都坐到了长凳上脱下了皮鞋，用袜走进光滑可鉴的石板上。微微地由足底沁进阴凉的感触。大佛就在面前了。他慈和地倚卧着，高可一二丈，长可四五丈，似是新塑造的，油漆光亮亮的。四周

---

① 科仑布：今译为科伦坡，是印度洋上的岛国斯里兰卡的首都，文中提到的大佛寺，是当地最古老佛寺之一的凯拉尼亚大佛寺，也称“皇家大寺”。

有许多小佛，高鼻大脸，与中国所塑的罗汉之类的面貌很不相同。“那都是新的呢。”同行的魏君说。殿的四周都是壁画，也似乎是新画上去的。佛前有好些大理石的供桌，桌上写着某人献上，也显然是新的。

那不是我们所想象的大佛寺里的大卧佛！

不必说了，我们是错走入一个新的佛寺来了！

然而，光洁无比的供桌，堆着许多许多“佛花”，神秘的花香，一阵阵扑到鼻上来时；有几个上人，带了几朵花来，放桌上合掌向佛，低微的念念有词；风吹动门帘，那帘上所系的小铜铃，便丁零作响。我呆呆地立住，不忍立时走开。即此小小的殿宇，也给我以所预想的满足。

我并不懊悔；那便是大佛寺，那便是那古旧的大卧佛！

出门临上车时，车夫指着庭中一个大围栏说：“那是一株圣树。”圣树枝叶披离，已是很古老了。树下是一个佛龛，龛前一个黑衣妇人，伏在地上默默地祷告着。

呵，怕吃辣的人，尝到一点儿辣味已经足够了。

黄昏的观前街

我刚从某一个大都市归来。那一个大都市，说得漂亮些，是乡村的气息较多于城市的。它比城市多了些乡野的荒凉况味，比乡村却又少了些质朴自然的风趣。疏疏的几簇住宅，到处是绿油油的菜圃，是蓬蒿没膝的废园，是池塘半绕的空场，是已生了荒草的瓦砾堆。晚间更是凄凉。太阳刚刚西下，街上的行人便已“寥若晨星”。在街灯如豆的黄光之下，踽踽[①]地独行着，瘦影显得更长了，足音也格外的寂寥。远处野犬，如豹的狂吠着。黑衣的警察，幽灵似的扶枪立着。在前面的重要区域里，仿佛有“站住！”“口号！”的呼叱声。我假如是喜欢都市生活的话，我真不会喜欢到这个地方；我假如是喜欢乡间生活的话，我也不会喜欢到这个所在。我的天！还是趁早走了吧。（不仅是“浩然”，简直是“凛然有归志”了！）

归程经过苏州，想要下去，终于因为舍不得抛弃了车票上的未用尽的一段路资，蹉跎的被火车带过去了。归后不到三天，长个子的樊与矮而美髯的孙，却又拖了我逛苏州去。早知道有这一趟走，还不如中途而下，来得便利么？

我的太太是最厌恶苏州的，她说舒舒服服地坐在车上，走不了几步，却又要下车过桥了。我也未见得十分喜欢苏州；一来是，走了几趟都买不到什么好书，二来是，住在阊门[②]外，太像上海，而又没有上海的繁华。但这一次，我因为要换换花样，却拖他们住到城里去。不料竟因此而得到了一次永远不曾领略到的苏州景色。

我们跑了几家书铺，天色已渐渐地黑下来了，樊说：“我们找一个地方吃饭吧。”饭馆里是那么样的拥挤，走了两三家，才得到了一张空桌。街上已上了灯。楼窗的外面，行人也是那么样的拥挤。没有一盏灯光不照到几堆子人的，影子也不落在地上，而落在人的身上，我不禁想起了某一个大城市的荒凉情景，说道：“这才可算是一个都市！”

---

① 踽踽：形容一个人孤零零走路的样子。

② 阊门：苏州旧城历史最悠久、商业最繁华的一个街区。

这条街是苏州城繁华的中心的观前街。玄妙观是到过苏州的人没有一个不熟悉的；那么粗俗的一个所在，未必有胜于北平的隆福寺，南京的夫子庙，扬州的教场。观前街也是一条到过苏州的人没有一个不曾经过的；那么狭小的一道街，三个人并列走着，便可以不让旁的人走，再加以没头苍蝇似的乱钻而前的人力车，或箩或桶的一担担的水与蔬菜，混合成了一个地道的中国式的小城市的拥挤与纷乱无秩序的情形。

然而，这一个黄昏时候的观前街，却与白昼大殊。我们在这条街上舒适的散着步，男人、女人、小孩子、老年人，摩肩接踵而过，却不喧哗，也不推拥。我所得到的苏州印象，这一次可说是最好。——从前不曾于黄昏时候在观前街散步过。半里多长的一条古式的石板街道，半部车子也没有，你可以安安稳稳的在街心踱方步。灯光耀耀煌煌的，铜的、布的、黑漆金字的市招，密簇簇的排列在你的头上，一举手便可触到了几块。茶食店里的玻璃匣，亮晶晶的在繁灯之下发光，照得匣内的茶食通明的映入行人眼里，似欲伸手招致他们去买几色苏制的糖食带回去。野味店的山鸡野兔，已烹制的，或尚带着皮毛的，都一串一挂地悬在你的眼前——就在你的眼前，那香味直扑到你的鼻上。你在那里，走着，走着。你如走在一所游艺园中，你如在暮春三月，迎神赛会的当儿，挤在人群里，跟着他们跑，兴奋而感到浓趣。你如在你的少小时，大人们在做寿或娶亲，地上铺着花毯，天上张着锦幔，长随打杂老妈丫头，客人的孩子们，全都穿戴着崭新的衣帽，穿梭似的进进出出，而你在其间，随意地玩耍，随意地奔跑。你白天觉得这条街狭小，在这时，你，才觉得这条街狭小得妙。她将你紧压住了，如夜间将自己的手放在心头，做了很刺激的梦；她将所有的宝藏，所有的繁华，所有的可引动人的东西，都陈列在你的面前，即在你的眼下，相去不到三尺左右，而另用一种黄昏的灯纱笼罩了起来，使它们更显得隐约而动情，如一位对窗里面的美人，如一位躲于绿帘后的少女。她假如也像别的都市的街道那样的开朗阔大，那么，你便将永远感不到这种亲切的繁华的况味，你便将永远受不到这种紧紧地箍压于你的全身，你的全心的燠暖而温馥的情趣了。你平常觉得这条街闲人太多，过于拥挤，在这时却正显得人多的好处。你看人，人也看你；你的左边是一位时装的小姐，你的右边是几位随了丈夫、父亲上城的乡姑，你的前面是一两位步履维艰的道地的苏州佬，一两位尖帽薄履的苏式少年，你偶然回过头来，你的眼光却正碰在一位容光射人、衣饰华丽的少奶奶的身上。你的团团转转都是人，都是无关系的无关心的最驯良的人；你可以舒舒适适地踱着方步，一点儿也不用担心什么。这里没有乘机的偷盗，没有诱人入魔窟的“指导者”，也没有什么电掣风驰、左冲右撞的一切车子。每一个人都是那么安闲地散着步，散着步；川流不息地在走，肩摩踵接地在走，他们永不会猛撞着你身上而过。他们是走得那么安闲，那么小心。你假如偶然过于大意的撞了人，或踏了人的足——那是极不经见的事！他们抬眼望了望你，你对他们点点头，表示歉意，也就算了。大家都感到一种亲切，一种无损害，一种无忧无虑的生活；大家都似躲在一个乐园中，在明月之下，绿林之间，悠闲地微步着，忘记了园外的一切。

那么鳞鳞比比的店房，那么密密接接的市招，那么耀耀煌煌的灯光，那么狭狭小小的街道，竟使你抬起头来，看不见明月，看不见星光，看不见一丝一毫的黑暗的夜天。她使你不知道黑暗，她使你忘记了这是夜间。啊，这样的一个“不夜之城”！

“不夜之城”的巴黎，“不夜之城”的伦敦，你如果要看，你且去歌剧院左近走着，你且去辟加德莱园散步，准保你不会有一刻半秒的安逸；你得时时刻刻地担心，时时刻刻地提防着，大都市的灾害，是那么多，每个人都是匆匆地走马灯似的向前走，你也得匆匆地走；每个人都是紧张着，矜持着，你也自然地会紧张着，矜持着。你假如走惯了黄昏时候的观前街，你在那里准得要吃大苦头。除非你已将老脾气改得一干二净。你假如为店铺中的窗中的陈列品所迷住了，譬如说，你要站住了仔仔细细地看一下，你准得要和后面的人猛碰一下，他必定要诧异地望望你，虽然嘴里说的是“对不起”。你也得说“对不起”，然而你也饱受了他，以致他们的眼光的奚落。你如走到了歌剧院的阶前，你如走到了那尔逊的像下，你将见斗大的一个个市招或广告牌，在闪闪发光；一片的灯光，映射得半个天空红红的。然而那里却是如此的开朗敞阔、建筑物又是那么的宏伟，人虽拥挤，却是那样的藐小可怜，出租汽车和公共汽车也如小甲虫似的，如红蚁似的在一连串地走着。大半个天空是黑漆漆的，几颗星在冷冷地映①着眼看人。大都市的荣华终敌不住黑夜的侵袭。你在那里，立了一会儿，只要一会儿，你便将完全地领受到夜的凄凉了。像观前街那样的燠暖温馥之感，你是永远得不到的。你在那里是孤单的，是寂寞的，算不定会有什么飞灾横祸光临到你身上，假如你一不小心。像在观前街的那么舒适无虑的亲切的感觉，你也是永远不会得到的。

① 映：眨眼。

有观前街的燠暖温馥与亲切之感的大都市，我只见到了一个威尼斯；即在威尼斯的 St. Mark 方场的左近。那里也是充满了闲人，充满了紧压在你身上的燠暖的情趣的；街道也是那么狭小，也许更要狭，行人也是那么拥挤，也许更要拥挤，灯光也是那么辉辉煌煌的，也许更要辉煌。有人口口声声地称呼苏州为东方的威尼斯；别的地方，我看不出，别的时候，我看不出，在黄昏时候的观前街，我却深切地感到了。——虽然观前街少了那么宏丽的 Piazza of St. Mark，少了那么轻妙的此奏彼息的乐队。

石　湖

前年从太湖里的洞庭东山回到苏州时，曾经过石湖。坐的是一只小火轮，一眨眼间，船由窄窄的小水口进入了另一个湖。那湖要比太湖小得多了，湖上到处插着蟹簖和围着菱田。他们告诉我："这里就是石湖。"我跃然地站起来，在船头东张西望的，想尽量地吸取石湖的胜景。见到湖心有一个小岛，岛上还残留着东倒西歪的许多太湖石。我想："这不是一座古老的园林的遗迹么？"

是的，整个石湖原来就是一座大的园林。在离今八百多年前，这里就是南宋初期的一位诗人范成大（1126—1193）的园林。他和陆游、杨万里同被称为南宋三大诗人。成大因为住在这里，就自号石湖居士，"石湖"因之而大为著名于世。杨万里说："公之别墅曰石湖，山水之胜，东南绝境也。"我们很向往于石湖，就是为了读过范成大的关于石湖的诗。"石湖"和范成大结成了这样的不可分的关系，正像陶渊明的"栗里"，王维的"辋川"一样，人以地名，同时，地也以人显了。成大的《石湖居士诗集》，吴郡顾氏刻的本子（1688 年刻），凡三十四卷，其中歌咏石湖的风土人情的诗篇很不少。他是一位中国文学史上重要的田园诗人，继承了陶渊明、王维的优良传统，描写着八百多年前的农民的辛勤的生活。他的《四时田园杂兴》六十首，就是淳熙丙午（1186 年）在石湖写出的，在那里，充溢着江南的田园情趣，像读米芾和他的儿子米友仁所作的山水，满纸上是云气水意，是江南的润湿之感，是平易近人的熟悉的湖田农作和养蚕、织丝的活计，他写道：

> 昼出耘田夜绩麻，
> 村庄儿女各当家。
> 童孙未解供耕织，
> 也傍桑阴学种瓜。

农村里是不会有一个"闲人"存在的，包括孩子们在内。

垂成穑事苦艰难，
忌雨嫌风更怯寒。
笺诉天公休掠剩，
半偿私债半输官。

他是同情于农民的被剥削的痛苦的。更有连田也没有得种的人那就格外的困苦了。

采菱辛苦废犁钼，
血指流丹鬼质枯。
无力买田聊种水，
近来湖面亦收租。

他住在石湖上，就爱上那里的风土，也爱上那里的农民，而对于他们的痛苦，表示同情。后来，在明朝弘治间（1488—1505），有莫旦的，曾写了一部《石湖志》，却只是夸耀着莫家的地主们的豪华的生活，全无意义。至今，在石湖上莫氏的遗迹已经一无所存，问人，也都不知道，是“身与名俱朽”的了。但范成大的名字却人人都晓得。

去年春天，我又到了洞庭东山。这次是走陆路的，在一年时间里，当地的农民已经把通往苏州的公路修好了。东山的一个农业合作社里的人，曾经在前年告诉过我：

“我们要修汽车路，通到苏州，要迎接拖拉机。”

果然，这条公路修好了，如今到东山去，不需要走水路。更不需要花上一天两天的时间了，只要两小时不到，就可以从苏州直达洞庭东山。我们就走这条公路，到了石湖。我们远远地望见了渺茫的湖水，安静地躺在那里，似乎水波不兴，万籁皆寂。渐渐地走近了，湖山的胜处也就渐渐地豁露出来。有一座破旧的老屋，总有三进深，首先唤起我们注意。前厅还相当完整，但后边却很破旧，屋顶已经可看见青天了，碎瓦破砖，抛得满地。墙垣也塌颓了一半。这就是范成大的祠堂。墙壁上还嵌着他写的《四时田园杂兴》的石刻，但已经不是全部了。我们在湖边走着，在不高的山上走着。四周的风物秀隽异常。满盈盈的湖水一直溢拍到脚边，却又温柔地退回去了，像慈母抚拍着将睡未睡的婴儿似的，它轻轻地抚拍着石岸。水里的碎瓷片清晰可见。小小的鱼儿，还有顽健的小虾儿，都在眼前游来蹦去。登上了山巅，可望见更远的太湖。太湖里点点风帆，历历可数。太阳光照在粼粼的湖水上面，闪耀着金光，就像无数的鱼儿在一刹那之间，齐翻着身。绿色的田野里，夹杂着黄色的菜花田和紫色的苜蓿田，锦绣般地展开在脚下。

这里的湖水，滋育着附近地区的桑麻和水稻，还大有鱼虾之利。劳动人民是喜爱它的，看重它的。

“正在准备把这一带全都绿化了，已经栽下不少树苗了。”陪伴着我们的一位苏州市园林处的负责人说道。

果然有不少各式各样的矮树，上上下下，高高低低地栽种着。不出十年，这里将是一个很幽深新洁的山林了。他说道：“园林处有一个计划，要把整个石湖区修整一番，成为一座公园。”当然，这是很有意义的，而且东山一带已将成为上海一带的工人的疗养区，这座石湖公园是有必要建设起来的。

他又说道：“我们要好好地保护这一带的名胜古迹，范石湖的祠堂也要修整一下。有了那个有名的诗人的遗迹，石湖不是更加显得美丽了么？”

事隔一年多，不知石湖公园的建设已经开始了没有？我相信，正像苏州——洞庭东山之间的公园一般，勤劳勇敢的苏州市的人民一定会把石湖公园建筑得异常漂亮，引人入胜，来迎接工农阶级的劳动模范的游览和休养的。

北　平

你若是在春天到北平，第一个印象也许便会给你以十分的不愉快。你从前门东车站或西车站下了火车，出了站门，踏上了北平的灰黑的土地上时，一阵大风刮来，刮得你不能不向后倒退几步；那风卷起了一团的泥沙；你一不小心便会迷了双眼，怪难受的；而嘴里吹进了几粒细沙在牙齿间萨拉萨拉地作响。耳朵壳里、眼缝边、黑马褂或西服外套上，立刻便都积了一层黄灰色的沙垢。你到了家，或到了旅店，得仔细地洗涤了一顿，才会觉得清爽些。

“这鬼地方！那么大的风，那么多的灰尘！”你也许会很不高兴地诅咒地说。

风整天整夜地呼呼地在刮，火炉的铅皮烟通，纸的窗户，都在乒乒乓乓地相碰着，也许会闹得你半夜睡不着。第二天清早，一睁开眼，呵，满窗的黄金色，你满心高兴，以为这是太阳光，你今天将可以得一个畅快的游览了。然而风声还在呼呼地怒吼着。擦擦眼，拥被坐在床上，你便要立刻懊丧起来。那黄澄澄的，错疑作太阳光的，却正是漫天漫地地吹刮着的黄沙！风声吼吼的还不曾歇气。你也许会懊悔来这一趟。

但到了下午，或到了第三天，风渐渐地平静起来。太阳光真实的黄亮亮的晒在墙头，晒进窗里。那份温暖和平的气息儿，立刻便会鼓动了你向外面跑跑的心思。鸟声细碎的在鸣叫着，大约是小麻雀儿的叽叽声居多。——碰巧，院子里有一株杏花或桃花，正涵着苞，浓红色的一朵朵，将放未放。枣树的叶子正在努力地向外崛起。——北平的枣树是那么多，几乎家家天井里都有个一株两株的。柳树的柔枝儿已经是透露出嫩嫩的黄色来。只有硕大的榆树上，却还是乌黑的秃枝，一点儿什么春的消息都没有。

你开了房门，到院子里，深深地吸了一口气。啊，好新鲜的空气，仿佛在那里面便挟带着生命力似的。不由得不使你神清气爽。太阳光好不可爱。天上干干净净的没半朵浮云，俨然是“南方秋天”的样子。你得知道，北平当晴天的时候，永远的那一份儿“天高气爽”的晴明的劲儿，四季皆然，不独春日如此。

太阳光晒得你有点儿暖得发慌。“关不住了！”你准会在心底偷偷地叫着。

你便准得应了这自然之招呼而走到街上。

但你得留意，即使你是阔人，衣袋里有充足的金洋银洋，你也不应摆阔，坐汽车。被关在汽车的玻璃窗里，你便成了如同被蓄养在玻璃缸的金鱼似的无生气的生物了。你将一点儿也享受不到什么。汽车那么飞快地冲跑过去，仿佛是去赶什么重要的会议。可是你是来游玩，不是来赶会。汽车会把一切自然的美景都推到你的后面去。你不能吟味，你不能停留，你不能称心称意地欣赏。这正是猪八戒吃人参果的勾当。你不会蠢到如此的。

北平不接受那么摆阔的阔客。汽车客是永远不会见到北平的真面目的。北平是个“游览区”。天然的不欢迎“走车看花”——比走马看花还煞风景的勾当——的人物。

那么，你得坐“洋车”——但得注意：如果你是南人，叫一声黄包车，准保各个车夫都不理会你，那是一种侮辱，他们以为。（黄包，北音近于王八。）或酸溜溜地招呼道：“人力车。”他们也不会明白的。如果叫道：“胶皮。”他们便知道你是从天津来的，准得多抬些价。或索性洋气十足地，叫道：“力克夏。”他们便也懂，但却只能以“毛”为单位地给车价了。

“洋车”是北平最主要的交通物。价廉而稳妥，不快不慢，恰到好处。但走到大街上，如果遇见一位漂亮的姑娘或一位洋人在前面车上，碰巧，你的车夫也是一位年轻力健的小伙子，他们赛起车来，那可有点儿危险。

干脆，走路，倒也不坏。近来北平的路政很好，除了冷街小巷，没有要人、洋人住的地方，还是“无风三尺土，有雨一街泥”之外，其余冲要之区，确可散步。

出了巷口，向皇城方面走，你便将渐入佳景的。黄金色的琉璃瓦在太阳光里发亮光，土红色的墙，怪有意思地围着那“特别区”。入了天安门内，你便立刻有应接不暇之感。如果你是聪明的，在这里，你必得跳下车来，散步的走着。那两支白石盘龙的华表，屹立在中间，恰好烘托着那一长排的白石栏杆和三座白石拱桥，表现出很调和的华贵而苍老的气象来，活像一位年老有德、饱历世故、火气全消的学士大夫，没有丝毫的火辣辣的暴发户的讨厌样儿。春冰方解，一池不浅不溢的春水，碧油油的可当一面镜子照。正中的一座拱桥的三个桥洞，映在水面，恰好是一个完全的圆形。

你过了桥，向北走。那厚厚的门洞也是怪可爱的（夏天是乘风凉最好的地方）。午门之前，杂草丛生，正如一位不加粉黛的村姑，自有一种风趣。那左右两排小屋，仿佛将要开出口来，告诉你以明清的若干次的政变，和若干大臣、大将雍雍锵锵地随驾而出入。这里也有两支白色的华表，颜色显得黄些，更觉得苍老而古雅。无论你向东走，或向西走，——你可以暂时不必向北进端门，那是历史博物馆的入门处，要购票的。——你可以见到很可愉悦的景色。出了一道门，沿了灰色的宫墙根，向西北走，或向东北走，你便可以见到护城河里的水是那么绿得可爱。太庙或中山公园后面的柏树林是那么苍苍郁郁的，有如见到深山古墓。和你同道走着的，有许多走得比你还慢，还没有目的的人物；他们穿了大袖的过时的衣服，足上登着古式的鞋，手上托着一只鸟笼，或臂上栖着一只被长链锁住的鸟，懒懒散散地在那里走着。有时也可遇到带着一群小哈巴狗的人，有气势地在赶着路。但你如果到了东华门或西华门而折回去时，你将见他们也并不曾往前走，他们也和你一样地折了回去。他们是在这特殊幽静的水边溜达着的！溜达，是北平人生活的主要的一部分；他们可以在这同一的水边，城墙下，溜达整个半天，天天如此，年年如此，除了刮大风，下大雪，天气过于寒冷的时候。你将永远猜想不出，他们是怎样过活的。你也许在幻想着，他们必定是没落的公子王孙，也许你便因此凄怆地怀念着他们的过去的豪华和今日的沦落。

啪的一声响，惊得你一大跳，那是一个牧人，赶了一群羊走过，长长的牧鞭打在地上的声音。接着，一辆 1934 年式的汽车呜呜地飞驰而过。你的胡思乱想为之撕得粉碎。——但你得知道，你的凄怆的情感是落了空。那些臂鸟驱狗的人物，不一定是没落的王孙，他们多半是以驯养鸟狗为生活的商人们。

你再进了那座门，向南走，仍走到天安门内。这一次，你得继续地向南走。大石板地，没有车马的经过，前面的高大的城楼，作为你的目标。左右全都是高及人头的灌木林子。在这时候，黄色的迎春花止在盛开，一片的喧闹的春意。红刺梅也在含苞。晚开的花树，枝头也都有了绿色。在这灌木林子里，你也许可以徘徊个几个小时。在红刺梅盛开的时候，连你的脸色和衣彩也都会映上红色的笑影。散步在那白色的阔而长的大石道，便是一种愉快。心胸阔大而无思虑。昨天的积闷，早已忘得一干二净。你将不再对北平有什么诅咒。你将开始发生留恋。

你向南走，直走到前门大街的边沿上，可望见东西交民巷口的木牌坊，可望见你下车来的东车站或西车站，还可望见屹立在前面的很宏伟的一座大牌楼。乱纷纷的人和车，马和货物；有最新式的汽车，也有最古老的大车，简直是最大的一个运输物的展览会。

你站了一会儿，觉得看腻了，两腿也有点儿发酸了，你便可以向前走几步，极廉价地雇到一辆洋车，在中山公园口放下。

这公园是北平很特殊的一个中心。有过一个时期，当北海还不曾开放的时候，她是北平唯一的社交的集中点。在那里，你可以见到社会上各种各样的人物。——当然无产者是不在内，他们是被几分大洋的门票摈在园外的。你在那里坐了一会儿，立刻便可以招致了许多熟人。你不必家家拜访或邀致，他们自然会来。当海棠盛开时，牡丹、芍药盛开时，菊花盛开时的黄昏，那里是最热闹的上市的当儿。茶座全塞满了人，几乎没有一点儿空地。一桌人刚站了起来，立刻便会有候补的挤了上去。老板在笑，伙计们也在笑。他们的收入是如春花似的繁多。直到菊花谢后，方才渐渐地冷落了下来。

你坐在茶座上，舒适地把身体堆放在藤椅里，太阳光满晒在身上，棉衣的背上，有些热起来。前后左右，都有人在走动，在高谈，在低语。坛上的牡丹花，一朵朵总有大碗粗细。说是赏花，其实，眼光也是东溜西溜的。有时，目无所瞩，心无所思的，可以懒懒地待在那里，整整地待个大半天。

一阵和风吹来，遍地白色的柳絮在团团地乱转，渐转成一个球形，被推到墙角。而漫天飞舞着的棉状的小块，常常扑到你面上，强塞进你的鼻孔。

如果你在清晨来这里，你将见到有几堆的人，老少肥瘦俱齐，在大树下空地上练习打太极拳。这运动常常邀引了患肺痨者去参加，而因此更促短了他们的寿命。而这时，这公园里也便是肺痨病者们最活动的时候。瘦得骨立的中年人们，倚着杖，蹒跚地在走着，——说是呼吸新鲜空气——走了几步，往往咳得伸不起腰来，有时，喀的一声，吐了一大块浓痰在地上。为了这，你也许再不敢到这园来。然而，一到了下午，这园里却仍是拥挤着人。谁也不曾想到天天清晨所演的那悲剧。

园后的大柏树林子，也够受糟蹋的。茶烟和瓜子壳，熏得碧绿的柏树叶子都有点儿显出枯黄色来，那林子的寿命，大约也不会很长久。

和中山公园的热闹相陪衬的是隔不几十步的太庙的冷落。不知为了什么，去太庙的人到底少。只有年轻的情人们，偶尔一对两对的避人到此密谈。也间有不喜追逐在热闹之后的人，在这清静点儿的地方散步。这里的柏树林，因为被关闭了数百年之后，而新被开放之故，还很顽健似的，巢在树上的“灰鹤”也还不曾搬家他去。

太庙所陈列的清代各帝的祭殿和寝宫，未见者将以为是如何的辉煌显赫，如何的富丽堂皇，其实，却不值一看。一色黄缎绣花的被褥衣垫，并没有什么足令人羡慕。每张供桌上所列的木雕的杯碗及烛盘等等，还不如豪富人家的祖先堂的讲究。从前读一明人笔记，说，到明孝陵参观上供，见所供者不过冬瓜汤等等极淡薄贱价的菜。这里在皇帝还在宫中时，祭供时，想也不过如此。是帝王和平民，不仅在坟墓里同为枯骨，即所馨享的也不过如此如此而已。

你在第二天可以到北城去游览一趟，那一边值得看的东西很不少。后门左近有国子监，钟楼及鼓楼。钟鼓楼每县都有之，但这里，却显得异常的宏伟。国子监，为从前最高的学府，那里边，藏有石鼓——但现在这著名的石鼓却已南迁了。由后门向西走，有什刹海；相传《红楼梦》所描写的大观园就在什刹海附近。这海是平民的夏天的娱乐场。海北，有规模极大的冰窖一区。海的而积，全都是稻田和荷花荡。（北平人的养荷花是一业，和种水稻一样。）夏天，荷花盛开时，确很可观。倚在会贤堂的楼栏上，望着骤雨打在荷盖上，那喷人的荷香和沙沙的细碎的响声，在别处是闻不到、听不到的。如果在芦席棚搭的茶座上听着，虽显得更亲切些，却往往棚顶漏水，而水点落在芦席上，那声音也怪难听的，有喧宾夺主之感。最佳的是夏已过去，枯荷满海，什刹海的闹市已经收场，那时，如果再到会贤堂楼上，倚栏听雨，便的确不含糊地有“留得残荷听雨声”之妙。不过，北平秋天少雨，这境界颇不易逢。

什刹海的对面，便是北海的后门。由这里进北海，向东走，经过澄心斋、松坡图书馆、仿膳、五龙亭，一直到极乐世界，没有一个地方不好。惟惜五龙亭等处，夏天人太闹。极乐世界已破坏得不堪，没有一尊佛像能保得不断胆折臂的。而北海之饶有古趣者，也只有这个地方。那个地方，游人是最少进去的。如果由后面向南走，你使可以走到北海董事会等处，那里也是开放的，有茶座，却极冷落。在五龙亭坐船，渡过海——冬天是坐了冰船滑过去——便是一个圆岛，四面皆水，以一桥和大门相通。

岛的中央，高耸着白塔。依山势的高下，随意布置着假山、庙宇、游廊、小室，那曲折的工程很足供我们作半日游。

如果，在晴天，倚在漪澜堂前的白石栏杆上，静观着一泓平静不波的湖水，受着太阳光，闪闪地反射着金光出来，湖面上偶然泛着几只游艇，飞过几只鹭莺，惊起一串的呷呷的野鸭，都足够使你留恋个若干时候。但冬天，那是最坏的时候了，这场面上将辟为冰场，红男绿女们在那里奔走驰驶，叫闹不堪。你如果已失去了少年的心，你如果爱清静，爱独游，爱默想，这场面上你最好是不必出现。

出了北海的前门，向西走，使是金鳌玉蛛桥。这座白石的大桥，隔断了中南海和北海。北海的白日，如画的映在水面上，而中南海的万善殿的全景，也很清晰地可看到。中南海本亦为公园，今则又成了“禁地”。只有东部的一个小地方，所谓万善殿的，是开放着。这殿很小，游人也极冷落，房室却布置得很好。龙王堂的一长排，都是新塑的泥像，很庸俗可厌。但你要是一位细心的人，你便可在一个殿旁的小室里，发现了倚在墙角无人顾问的两尊木雕的菩萨像。那形态面貌，无一处不美，确是辽金时代的遗物；然一尊则双臂俱折，一尊则脰部只剩了半边。谁还注意到它们呢？报纸上却在鼓吹着龙王堂的神像的塑得有精神，为明代的遗物。却不知那是民国三四年间的新物！仍由中南海的后门走出，那斜对过便是北平图书馆，这绿琉璃瓦的新屋，建筑费在一百四十万以上，每年的购书费则不及此数之十二。旧书是并合了方家胡同京师图书馆及他处所藏的，新书则多以庚款购入。在中国可称是最大的图书馆。馆外的花园，邻于北海者，亦以白色栏杆围隔之；惟为廉价之水门汀所制成，非真正的白石也。

由北平图书馆再过金鳌玉蛛桥，向东走，则为故宫博物院。由神武门入院，处处觉得寥寂如古庙，一点儿生气都没有。想来，在还是“帝王家”的时代，虽聚居了几千宫女、太监们在内，而男旷女怨．也必是“戾气”冲天的。所藏古物，重要者都已南迁，游人们因之也寥落得多。

神武门的对门是景山。山上有五座亭，除当中最高的一亭外，多被破坏。东边的山脚，是崇祯自杀处。春天草绿时，远望景山，如铺了一层绿色的绣毡，异常的清嫩可爱。你如果站在最高处，向南望去，宫城全部，俱可收在眼底。而东交民巷使馆区的无线电台，东长安街的北京饭店，三条胡同的协和医院都因怪不调和而被你所注意。而其余的千家万户则全都隐藏在万绿丛中，看不见一瓦片、一屋顶，仿佛全城便是一片绿色的海。不到这里，你无论如何不会想象得到北平城内的树木是如何的繁密；大家小户，哪一家天井不有些绿色呢。你如站在北面望下时，则钟鼓楼及后门也全都耸然可见。

三大殿和古物陈列所总得耗费你一天的工夫。从西华门或从东华门入，均可。古物陈列所因为古物运走得太多，现在只开放武英殿，然仍有不少好东西。仅李公麟的《击壤图》便足够消磨你半天。那人物，几乎没有一个没精神的，姿态各不相同，却不曾有一懈笔。

三大殿虽空无所有，却宏伟异常。在殿廊上，下望白石的“丹墀”，不能不令你想到那过去的充满了神秘气象的“朝廷”和叔孙通定下的“朝仪”的如何能够维持着常在的神秘的尊严性。你如果富于幻想，闭了眼，也许还可以如见那静穆而紧张的随班朝见的文武百官们的精灵的往来。这里有很舒适的茶座。坐在这里，望着一列一列的雕镂着云头的白石栏杆和雕刻得极细致的陛道，是那么样的富于富丽而明朗的美。

你还得费一两天的工夫去游南城。出了前门，便是商业区和会馆区。从前汉人是不许住在内城的，故这南城或外城，便成了很重要的繁盛区域。但现在是一天天地冷落了。却还有几个著名的名胜所在，足供你的流连、徘徊。西边有陶然亭，东边有夕照寺、拈花寺和万柳堂。从前都是文士们雅集之地，如今也都败坏不堪，成为工人们编麻索、织丝线之地。所谓万柳也都不存一株。只有陶然亭还齐整些。不过，你游过了内城的北海、太庙、中山公园，到了这些地方，除了感到“野趣”之外，他便全无所得的了。你或将为汉人们抱屈；在二十几年前，他们还都只能局促于此一隅。而内城的一切名胜之地，他们是全被摈斥在外的。别看清人诗集里所歌咏的是那么美好，他们是不得已而思其次的呢！

而现在，被摈斥于内城诸名胜之外的，还不依然是几十百万人么？

南城的娱乐场所，以天桥为中心。这个地方倒是平民的聚集之所；一切民间的玩意儿，一切廉价的旧货物，这里都有。

先农坛和天坛也是极宏伟的建筑。天坛的工程尤为浩大而艰巨。全是圆形的；一层层的白石栏杆，白石阶级，无数的参天的大柏树，包围着一座圆形的祭天的圣坛。坛殿的建筑，是圆的，四围的阶级和栏杆也都是圆的。这和三大殿的方整，恰好成一最有趣地对照。在这里，在大树林下徘徊着，你也便将勾引起难堪的怀古的情绪的。

这些，都只是游览的经历。你如果要在北平多住些时候，你便要更深刻地领略到北平的生活了。那生活是舒适、缓慢、吟味、享受，却绝对地不紧张。你见过一串的骆驼走过么？安稳、和平，一步步地随着一声声叮当叮当的大颈铃向前走；不匆忙，不停顿；那些大动物的眼里，表现得是那么和平而宽容、负重而忍辱的性情。这便是北平生活的象征。

和这些宏伟的建筑，舒适的生话相对照的，你不要忘记掉，还有地下的黑暗的生活呢。你如果有一个机会，走进一所“杂合院”里，你便可见到十几家老少男女紧挤在一小院落里住着的情形：孩子们在泥地上爬，妇女们是脸多菜色，终日含怒抱怨着，不时的，有咳嗽的声音从屋里透出。空气是恶劣极了；你如不是此中人，你便将不能作半日留。这些“杂合院”便是劳工、车夫们的居宅。有人说，北平生活舒服，第一件是房屋宽敞，院落深沉，多得阳光和空气。但那是中产以上的人物的话。百分之八九十以上的人口，是住着龌龊的“杂合院”里的，你得明白。

更有甚的，在北城和南城的僻巷里，听说，有好些人家，其生活的艰苦较住“杂台院”者为尤甚，常有一家数口合穿一条裤或一衣的。他们在地下挖了一个洞。有一人穿了衣裤出外了，家中裸体的几人便站在其中。洞里铺着稻草或破报纸，藉以取暖。这是什么生活呢！

年年冬天，必定有许多无衣无食的人，冻死在道上。年年冬天，必定有好几个施粥厂开办起来。来就食的，都是些可怕的窘苦的人们。然也竟有因为无衣而不能到粥厂来就吃的！

“九渊之下，更有九渊。”北平的表面，虽是冷落破败下去，尚未减都市之繁华，而其里面，却想不到是那样的破烂、痛苦、黑暗。

终日徘徊于三海公园乃至天桥的，不是罪人是什么！而你，游览的过客，你见了这，将有动于衷，而怏怏地逃脱出这古城呢，还是想到“我不入地狱谁入地狱”一类的话呢？

云　冈

云冈石窟的庄严伟大是我们所不能想象得出的。必须到了那个地方，流连徘徊了几天，几月，才能够给你以一个大略的美丽的轮廓。你不能草草地浮光掠影地跑着走着地看。你得仔细地去欣赏。猪八戒吃人参果似的一口吞下去，永远地不会得到云冈的真相。云冈绝不会在你一次两次的过访之时，便会把整个的面目对你显示出来的。每一个石窟，每一尊石像，每一个头部，每一个姿态，甚至每一条衣襞，每一部的火轮或图饰，都值得你仔细地流连观赏，仔细远观近察，仔细地分析研究。七十丈、六十丈的大佛，固然给你以宏伟的感觉，即小至一呎两呎，两吋三吋[①]的人物，也并不给你以邈小不足观的缺憾。全部分的结构，固然可称是最大的一个雕刻的博物院，即就一洞、一方、一隅的气氛而研究之，也是以得着温腻柔和、慈祥秀丽之感。他们各有一个完整的布局。合之固极繁赜富丽，分之亦能自成一个局面。

假若你能够了解，赞美希腊的雕刻，欣赏雅典处女庙的“浮雕”，假若你会在 Venus de Melo 像下，流连徘徊，不忍即去，看两次、三次、数十次而还不知满足者，我知道你一定能够在云冈徘徊个十天八天、一月二月的。

见到了云冈，你就觉得对于下华严寺的那些美丽的塑像的赞叹，是少见多怪。到过云冈，再去看那些塑像，便会有些不足之感——虽然并不会以他们为变得丑陋。

说来不信，云冈是离今一千五百年前的遗物呢；有一部分还完好如新，虽然有一部分已被风和水所侵蚀而失去原形，还有一部分是被斫下去盗卖了。

那未被自然力或奸人们所破坏的完整部分，还够得你赞叹欣赏的，且仍还使你有应接不暇之慨。入了一个佛洞，你便有如走入宝山，如走到山阴，珍异之多，山川之秀，竟使你不知先拾哪件好，先看哪一方面好。

曾走入一个大些的佛洞，刚在那里仔细地看大佛的坐姿和面相，忽然有一个声音叫道：

① 一呎两呎，两吋三吋：呎为英尺的旧称，吋为英寸的旧称。

“你看，那高壁上的侍佛是如何的美！”

刚刚回过头去，又有一个声音在叫道：

“那门柱上的金刚（？），有五个头的如何地显得力和威！还有那无名的鸟，躯体是这样地显得有劲！”

“快看，这边的小佛是那么恬美，座前的一匹马，没有头的，一双前腿跪在地上，那姿态是不曾在任何画上和雕刻上见到呢。”

“啊，啊，一个奇迹，那高高的壁上的一个女像，手执了水瓶的，还不活像是阿述利亚风的浮雕么？那扁圆的脸部简直是阿述帝国[①]的浮雕的重现。”

这样地此赞彼叹，我怎样能应付得来呢！赵君执着摄影机更是忙碌不堪。

但贪婪的眼和贪婪的心是一点儿不知倦的；看了一处还要再看一处，看了一次，还要再看一次。

云冈石窟的开始雕刻，在公元453年（魏兴安二年）。那时，对于佛教的大迫害方才除去，主张灭佛法的崔浩已被族诛。僧侣们又纷纷地在北朝主者的保护下活动着。这一年有高僧昙曜[②]，来到这武周山的地方，开始掘洞雕像。昙曜所开的窟洞，只有五所。后来成了风气，便陆续地扩大地域，增多窟洞。佛像也愈雕愈多，愈雕愈细致。

《魏书·释老志》云：“太安初，有师子国胡沙门邪奢遗多、浮馅难提等五人，奉佛像三，到京师，皆云备历西域诸国。见佛影迹及肉髻，外国诸王相承，咸遣工匠摹写其容，莫能及难提所造者。去十余步，视之炳然，转近转微。又沙勒湖沙门赴京师致佛钵及画像迹。初昙曜以复佛法之明年（兴安二年，453年），自中山被命赴京。帝后奉以师礼。昙曜白帝，于京城西武州塞凿山石壁，开窟五所，镌建佛像各一，高者七十尺，次六十尺，雕饰奇伟，冠于一世。”

又云：“皇兴中，又构三级石佛图，榱栋楣楹，上下重结，大小皆石。高十丈，镇固巧密，为京华壮观。”（均见卷一百十四）

又《续高僧传》云：“元魏北台恒北石窟通乐寺沙门解昙曜传：释昙曜，未详何许人也。少出家，摄行坚贞，风鉴闲约。以元魏和平年，任北台昭元统，绥辑僧众，妙得其心。住恒安石窟通乐寺，即魏帝之所造也。去恒安西北三十里，武州山谷，北面石崖，就而镌之，建立佛寺，名曰灵岩。龛之大者，举高二十余丈，

① 阿述帝国：今译亚述帝国。前文“阿述利亚”，即英文“Assyria”，今译为亚述。

② 昙曜：北魏僧人，身世不详。他年少出家，原在凉州修习禅业，为太子拓跋晃所礼重。北魏太武帝废佛教，但昙曜仍密持法服器物，毫不避讳。待到文成帝时，复兴佛事，任命昙曜为都统，于武周山山谷北面石壁开凿窟龛五所，此为大同云冈石窟之开端。

可受三千许人。面别镌像，穷诸巧丽，龛别异状，骇动人神。栉比相连，三十余里。东头僧寺恒供千人。碑碣见存，未卒陈委。先是太武皇帝太平贞君七年，司徒崔浩，令帝崇重道士寇谦之，拜为天师，珍敬老氏，虔刘释种，焚毁寺塔。至庚寅年，太武感致疠疾，方始开始。帝既心悔，诛夷崔氏。至壬辰年，太武云崩，子文成立，即起塔寺，搜访经典。毁法七载，三宝还兴。曜慨前陵废，欣今重复（以和平三年壬寅）。故于北台石窟，集诸德僧，对天竺沙门译付法藏传，并净土经，流通后贤，意存无绝。"（卷一）

然这二书之所述，已可见开窟雕像的经过情形，不必更引他书。惟《续高僧传》所云："栉比相连，三十余里。"未免邻于夸大。武州山根本便没有绵延到三十余里之长。至多不过五六里长。还是《魏书·释老志》所述"开窟五所"的话，最可靠，但昙曜开辟了此山不久，此山便成了皇家崇佛的圣地。在元魏迁都之前，《魏书》屡纪皇帝临幸武州山石窟寺之事。

《魏书·显祖记》："皇兴元年八月丁酉，行幸武州山石窟寺。"（467年）以后又有七八次。

又《魏书·高祖记》："太和四年八月戊申，幸武州山石窟寺。"

以后又有三次。

但也不仅皇家在那里开窟雕像；民间富人们和外国使者们也凑热闹地在那里你开一窟，我雕一像地相竞争。就连日所得的碑刻看来，西头的好几个洞，都是民间集资雕成的。这消息，足征各洞窟的雕刻所以作风不甚相同之故。因此，不久之后，武州山便成了极热闹的大佛场。

《水经注》"灅水"条下注云：

"其水又东北流注武州川水，武州川水又东南流。水侧有石祇洹舍，并诸窟室，比邱尼所居也。其水又东转径灵岩，凿石开山，因岩结构，真容巨壮，世法所希。山堂水殿，烟寺相望，林渊锦镜，缀目新眺。川水又东南流出山。《魏土地记》曰：平城西三十里，武州塞口者也。"

案《水经注》撰于后魏太和，去寺之建，不过四五十年，而已繁盛至此。所谓："山堂水殿，烟寺相望，林渊锦镜，缀目新眺。"绝不是瞎赞。

《大清一统志》引《山西通志》："石窟十寺，在大同府治西三十里，元魏建，始神瑞，终正光，历百年而工始完。其寺，一同升，二灵光，三镇国，四护国，五崇福，六童子，七能仁，八华严，九天宫，十兜率。内有元载所修石佛十二龛。"那十寺不知是哪一代的建筑。所谓元载云云，到底指的是元代呢，还指的是唐时宰相元载？或为元魏二字之误吧？云冈石刻的作风，完全是元魏的，并没有后代的作品掺杂在内。则所谓元载一定是元魏之误。十寺云云，也不会是虚无之谈。正可和《水经注》的山堂烟寺相望的话相证。今日所见，石窟之下，是一片的平原，武州山的山上也是一片的平原，很像是人工所开辟的；则“十寺”的存在，无可怀疑。今所存者，仅一石窟寺，乃是清初所修的，石窟寺的最高处，和山顶相通的，另有一个古寺的遗构。惜通道已被堵塞，不能进去。又云冈别墅之东，破坏最甚的那所大窟，其窟壁上有石孔累累，都是明显的架梁支柱的遗迹。此窟结构最为宏伟。难道便是《魏书·释老志》所称“皇兴中，又构三级石佛图”的故址所在么？这是很有可能的。今尚见有极精美的两个石柱耸立在洞前。

经我们三日（十一日到十三日）的奔走周览，全部武州山石窟的形势，大略可知。武州山因其山脉的自然起讫，天然地分为三个部分；每一部分都可自成一局面。中有山涧将他们隔绝开。如站在武州河的对岸望过去，那脉络的起讫是极为分明的。今人所游者大抵只为中部；西部也间有游者，东部则问津者最少。所谓东部，指的是，自云冈别墅以东的全部。东部包括的地域最广，惜破坏最甚，沿窟也较为零落。中部包括今日的云冈别墅、石窟寺、五佛洞，一直到碧霞宫为止。碧霞宫以西便算是西部了。中部自然是精华所在。西部虽也被古董贩者糟蹋得不堪，却仍有极精美的雕刻物存在。

我们十一日下午一时二十分由大同车站动身，坐的仍是载重汽车。沿途道路，因为被水冲坏得太多，刚刚修好，仍多崎岖不平处。高坐在车上，被颠簸得头晕心跳。有时，猛然一跳，连坐椅都跳了起来。双手紧握着车上的铁条或边栏，不敢放松一下。弄得双臂酸痛不堪。沿武州河而行，中途憩观音堂。堂前有三龙壁，也是明代物。驻扎在堂内的一位营长，指点给我们看道：“对山最高处便是马武[①]塞，中有水井，相传是汉时马武做强盗时所占据的地方。惜中隔一水，山又太高，不能上去一游。”

三十华里的路，足足走了一个半钟头。渡过武州河两次，因汽车道是就河边而造的。第一次渡过河后，颉刚便叫道：

“云冈看见了！那山边有许多洞窟的就是。”

大家都很兴奋。但我只顾着坚握铁条，不遑探身外望，什么也没有见到；一半也因坐的地方不大好。

① 马武：东汉云台二十八将之一，协助刘秀建立东汉。

“看见佛字峪了，过了石窟寒泉了。”颉刚继续地指点道，他在三个月之前刚来过一次。

啊，啊，现在我也看见了，云冈全景展布我们之前。几个大佛的头和肩也可远远地见到。我的心是怦怦地急跳着。想望了许久的一千五百年前的艺术的宝窟，现在是要与它相见了！

三时到云冈。车停于石窟寺东邻的云冈别墅。这别墅是骑兵司令赵承绶[①]氏建的。这时，他正在那里避暑。因为我们去，他今天便要回大同，让给我们住几天。这里，一切的新式设备俱全——除了电灯外。

这一天只是草草地一游。只到石窟寺（一作大佛寺）及五佛洞走走。别的地方都没有去。

登上了大佛寺的三层高楼，才和这寺内的一尊大佛的头部相对。四周都是黄的、红的、蓝的彩色，都是细致的小佛像及佛饰。有点儿过于绚丽失真。这都是后人用泥彩修补的，修得很不好，特别是头部，没有一点儿是仿得像原形的。看来总觉得又稚又弱又猥琐，毫没有原刻的高华生动的气势。这洞内几乎全部是彩画过的，有的原来未毁坏的，其真容也被掩却。想来装修不止一次。最后的一次是光绪十七年兴和王氏所修的。他“购买民院地点，装彩五佛洞，并修饰东西两楼，金装大佛金身”，不能不说与云冈有功，特别是购买民地，保存佛窟的一事。向西到五佛洞，也因被装修彩绘而大失原形。反是几个未被“装彩”过的小洞，还保全着高华古朴的态度。

游五佛洞时，有巡警跟随着。这个区域是属于他们管辖的；大佛寺的几个窟，便是属于寺僧管辖的。五佛洞西的几个窟，有居民，可负保管之责。再西的无人居的地方，便真索性用泥土封了洞口，在洞外写道：“内有手榴弹，游者小心！”（？）一类的话。其实没有，被封闭的无人看管的若干洞，也尽有好东西在那里。据巡长说，他们每夜都派人在外巡察。此地现已属于古物保管会管辖，故比较地不像从前那样容易被毁坏。

五佛洞西，有几尊大佛的头部，远远地可望见。很想立刻便去一游。但暮色渐渐地笼罩上来，像在这古代宝窟之前，挂上了一层纱帘。我们只好打断了游兴，回到云冈别墅。

武州山下，靠近西部，为云冈堡，一名下堡，堡门上有迎熏、怀远二额，

①赵承绶：曾为国民党陆军中将，阎锡山的骨干将领之一，骁勇善战，抗日功勋卓著。解放战争时期，在晋中战役中败给同学徐向前，后归附解放军，致力于和平事业。

为万历十四年所立。云冈山上还有一座土城屹立于上，那便是云冈堡的上堡，明代以大同为重镇，此二堡皆为边防兵的驻所。

晚餐后，在别墅的小亭上闲谈。东部的大佛窟，全在眼前。那两个立柱还朦朦胧胧地可见到。忽听得山下人家有击筑奏筝及吹笛的声音；乐声呜呜托托的，时断时续。我和颉刚及巨渊寻声而往。听说是娶亲。正在一个古洞的前面，庭际搭了一个小棚，有三个音乐家吹打。贺客不少。新娘盘膝地坐在炕上。

在这古窟宝洞之前，在这天黑星稀的时候，在当前便是一千五百年前雕刻的大佛，便是经历了不知多少次的人世浩劫的佛室，听得了这一声声的呜呜托托的乐调，这情怀是怎样可以分析呢？凄婉？眷恋？舒畅？忧郁？沉闷？啊，这飘荡着的轻纱似的无端的薄愁呀！啊，在罗马斗兽场见到黑衫党聚会，在埃及的金字塔下听到土人们作乐，在雅典处女庙的古址上见旅客们乘汽车而过，是矛盾？是调和？这永古不能分析的轻纱似的薄愁的情怀！

归来即睡。入睡了许久，中夜醒来，还听见那梆子的托托和笛声的呜呜。他们是彻夜地奏乐。

十二日一早，我性急，便最先起身，迎着朝暾，独自向东部去周览各窟。沿着大道（这是骡车的道）向东直走，走过石窟寒泉，走过一道山涧，走过佛字峪。愈向东走，石窟愈少愈小。零零落落的简直无可称道。山涧边，半山上有几个古窟，攀登了上去一看，那些窟里是一无所有。直走到尽头处，然后再回头向西来，一窟一窟地细看。

最东的可称道的一窟，当从“左云交界处”的一个碑记的东边算起。这一窟并不大。仅存一坐佛，面西，一手上举，姿态尚好，但面部极模糊，盖为风霜雨露所侵剥的结果。

窟的前壁，向内的一部分，照例是保存得最好的，这个所在，非风势雨力所能侵及，但也一无所有，刀斧斫削之痕，宛然犹在。大约是古董贩子的窃盗的成绩。

由此向西，中隔一山涧，地势较低，即“左云交界处”。道旁零零落落的，小佛窟不少。雕刻的小佛随处可见。一窟内有较大的立佛二，但极模糊。窟西，有一小窟，沙土满中，一破棺埋在那里，尸身的破蓝衣已被狗拖出棺外，很可怕。然此窟小佛像也有不少，窟外壁上有明人朱廷翰的题诗，字很大。由此往西，明人的题刻不少。但半皆字迹剥落，不堪卒读。在明代，此处或有一大庙，为入云冈的头门，故题壁皆萃集于此。

西首有二洞，上下相连，皆被泥土堵塞，想其中必有较完好的佛像。一大窟，在其西邻，也已被堵塞，但从洞外罅隙处，可见其中彩色黝红，极为古艳，一望而知，是元魏时代所特有的鲜红色及绿色，经过了一千五百余年的风尘所侵所曝的结果，绝不是后代的新的彩饰所能冒充得来的。徒在门外徘徊，不能入内。这里便是所谓“石窟寒泉”。有一道清泉，由被堵塞的窟旁涓涓地流出，流量极微。窟上有“云深处”及“山水清音”二石刻，大约也是明人的手笔。

西边有一洞，可入。洞中有一方形的立柱，高约八尺。一佛东向阳花，一佛西向，又一佛西南向，皆模糊不清。西南向者且为泥土所修补的，形态全非。所雕立的、坐的、盘膝的小佛像甚多。但不是模糊，便是头部或连身部俱被盗去。

再西为碧霞洞（并非原名，疑亦明人所题），窟门有六，规模不小。窟内一物无存，多斧凿痕，当然也是被盗的结果。自此以西，便没有石刻可见。颇疑自“左云交界处”自西到碧霞洞，原是以石窟寒泉那个大窟的中心的一组的石洞。在明代，大约这里是士人们来往最为繁密的地方，或窟下的平原上，本有一所大庙，可供士大夫往来住宿的。然今则成为云冈最寥落、最残破的一部分了。

碧霞洞以西，是另一个局面的结构。那结构的规模的宏伟，在云冈诸窟中，当为第一。数十丈的山壁上，凿有三层的佛像，每层的中间，皆有石孔，当然是支架梁木的所在。故这里，在从前至少是一所高在三层以上的大梵刹。颉刚说：“这里便是刘孝标①的译经台。”正中是一个大佛窟，窟前有二方形立柱，虽柱上雕刻皆已模糊不可辨识，那希腊风的人形雕刻的格局却是一看便知的。大窟的两旁，各有一窟，规模也殊不小。和这东西二窟相连的，更有数不清的小窟小龛。惜高处无法攀缘而上，只能周览最下层的一部分。

一进了正中的那个大窟，霉土之气便触鼻而来；还夹着不少鸽粪的特有臭味。脱落的鸽翎，满地都是。有什么动物，咕咕咕地在低鸣着。拍拍地一扑着翼，成群地飞了出来，那都是野鸽。地上很潮湿，积满了古尘、泥屑和石屑。阴阴的，温度很低冷，如入了地下的古墓室。但一抬起头来，却见的是耀眼的伟大的雕刻物。正中是一尊大佛，总有六十多尺高，是坐像。旁有两尊菩萨的大像，侍立着。诸像腰部以下皆剥落不堪，连形态都不存。但上半身却仍是完好如新。那头部美妙庄严，赞之不尽。反较大佛寺、五佛洞诸大佛之曾经修补者为更真朴可爱。这是东部唯一的一尊大佛。但除此三大像外，这大窟中是空无所有，后壁及东

① 刘孝标：南朝梁学者、文学家，人称“书淫”，以注释《世说新语》而闻名，曾出家，后还俗，参与翻译佛经。

西壁皆被风势及水力或人工所削平，连半点儿模糊的雕像的形状都看不到。壁上湿漉漉，一抹便是一手指的湿的细尘。窟口的向内的壁上，也平平的不存一物。唯一条条的极整齐的斧凿痕还很清显地在那里，一定是近十余年来人工破坏的遗迹。

东边的一窟，其中也被破坏得无一物存在。地上堆积了不少的由壁上脱落下来的石块，被古尘沾满，和泥土成了同色。大约不是近数十年来之所为的。

西边的一窟，虽也破败不堪，却还有些浮雕可见到。副窟小龛里，遗物还不少。这西窟的东壁为泥土所堵塞，西壁及南壁，浮雕尚有规模可见。窟顶上刻有“飞天”不少。那半裸体的在空中飞舞着的姿态，是除了希腊浮雕外，他处少见的，肉体的丰满柔和，手足腰肢的曲线的圆融生动，都不是东方诸国的古石刻上所有的。我抬了头，站在那里，好久没有移开。有时，换了一个方向去看。但无论在哪个方向看去，那美妙、圆融的姿态总是令人满意、赞赏的。

由此窟向西，可通另一窟，也是一个相连的副窟。我们可称它为西窟第二洞。洞中有三尊坐佛，皆盘膝而坐。这个布置，在诸窟中不多见。东壁的浮雕皆比较地完整。后壁及西壁则皆模糊不堪。

如果把这以大佛窟为中心的一组洞窟恢复起来，其宏伟有过于其西邻的大佛寺的。可惜过于残破，要恢复也不可能。我疑心《魏书·释老志》上所说，皇兴中构的三级石佛图，其遗址便在此处。此地曾经住过人，近代建的窑式的穹形洞尚存数所。

由此向西，不多数步，便是一道山涧，或小山峡，隔开了云冈别墅和这大佛窟的相连。

从云冈别墅开始向西走，便是中部。

中部又可分为五个部分来说。

我依旧是独自一个人由云冈别墅继续向西走；他们都已出发到西头去逛了。

第一部分是云冈别墅。别墅的原址是否为一大洞窟，抑系由平地填高了的，今已不能查考。但别墅之后，今尚有好几个石窟，窟内有一佛的，有二佛对坐的，俱被风霜侵蚀得不成形体。小雕像也几于无存。但在那些洞佛中，还堆着不少烧泥的屋瓦和檐饰。显然的这别墅的原址，本是一座小庙，或竟是连合在大佛寺中的一个东偏院。惜不及详问大佛寺的住持以究竟。那些佛窟，绝不能独立成为一组，也当是大佛寺的大佛窟的东边的几个副窟。但为方便计，姑算它作中部的第一部分。

第二部分包括大佛寺内的两个大窟。这二窟的前面，各有一楼，高各三层，第三层上有游廊可相通达。三楼之上，更有最高的一层，仿佛另有梯极可通，却寻不到。前面已经说过，大约是较此楼更古的一个建筑物。

第一窟通称为大佛殿；殿前在咸丰辛酉重修碑，有不知年月满文碑，有同治十二年及光绪二年的满文碑。又有明万历间吴氏的一个刻石。无更古者。

入殿后，冷气飕飕由窟中出。和尚手执一把香燃点起来，为照看雕像之用。楼下一层很黑暗，非用火光，看不到什么，正中是一尊大佛，高约六十尺，身上都装了金。四壁浮雕，都被涂饰上新的彩色。且凡原像模糊不清，或已失去之处，皆一一以彩泥为之补塑。怪不调和的。第二层楼上，光线较好，壁上也多半都有是彩泥的佛像。站在这楼，正对大佛的胸部。到了三层楼上，方才和大佛的头部相对。大佛究竟还完好，故虽装了金，还不失其美妙慈祥的面姿。

第二窟欲称如来殿。窟中也极黑暗，结构和大佛殿大不相同。正中是一个方形立柱，每一面有一立佛，像支柱似的站着，柱上雕得极细。但有一佛，已毁，为彩泥所补塑。北壁为泉水所侵害，仅模糊可辨人形。东西壁尚完好，修补较少，较大佛殿稍存原形。登上了三楼，有一木桥可通那四方柱的第二层。这一层雕刻的是四尊坐佛，四边浮雕极多，皆是侍像及花饰，有极美者。这立方柱当是云冈最完好的最精致的一个。

第三部分包括所谓“弥勒殿”及佛籁洞的二窟；这二窟介于大佛寺和五佛洞之间，几成了瓯脱之地，无人经管。弥勒殿前有额曰：“西来第一山”，为顺治四年马国柱所题。那结构又自不同。正壁有二佛对坐着，像在谈经。其上层则为三尊佛像。其东西二壁各有八佛龛；每龛的帏饰，各有不同；都极生动可爱。有的是圆帏半悬，有的是绣带轻飘，无不柔软圆和，一点儿石刻的生硬之感也没有。顶壁的“飞天”及莲花最为完整。六朵莲花，以雕柱隔为六部。每一朵莲花，四周皆绕以正在飞行的半裸体的“飞天”，隔柱上也都雕刻着“飞天”。总有四十位飞天，那姿态却没有一个相同的；处处都是美，都是最圆融的曲线。那设计和雕工是世界上所不多觏的。更好的是这窟中的雕像，全为原形，未经后人涂饰。

佛籁洞在其西，破坏已甚。观其结构的形势，当和弥勒殿完全相同。唯无后殿，规模较小。正中的一佛，为后人用彩泥补塑的。原来，照其佛龛的布置及大小，当也是二佛对坐谈经的姿态。

此殿前面，本来有楼，已塌毁。窟门在左右，一边有五头佛，一边有三头佛，都显出有威力和严肃的样子，似是把守门口的神道们，同时用来做支柱的。窟外壁上，有浮雕的痕迹甚多，惜剥落殆甚，极为模糊。以上二窟，似也为大佛洞的西首的副窟。

第四部分就是俗称的五佛洞；不知为什么这五佛洞保护得格外周密，有巡警室在其口外。游人入内，必有一警士随之而入。其实，这一部分被装修涂改最厉害，远不及弥勒殿和如来殿的天然秀丽。

说是五佛洞，其实却有六个大窟。最东的一窟，分隔为三进。结构甚类大佛殿。正中有大佛一，高亦有五十余尺，尚完好。后壁低而潮湿，雕像毁败已甚。前窟的许多浮雕都被涂饰得不成形态。但也有尚存原形的。

西为第二窟，结构略同前窟，大佛已毁去。到处都是新修新饰的色彩。唯高处的飞天及立佛尚有北魏的典型。

再西为第三窟，内部较小，结构同如来殿，中为一方形立柱，一方各雕着一佛。四壁皆新修新饰者，原有浮雕皆被彩泥填平，几乎是整个重画过。

再西为第四窟，较大，有两进，外进有四支塔形的支柱，极挺秀，尚未失原形。第二进则完全被涂饰改造过。疑其结构本同弥勒殿，正中的佛龛，原分上下二层，上层为三佛，下层为二坐佛。但今则上下二龛都仅坐着泥塑的二佛。以三佛及二佛的宽敞的地位，安置了一佛，自然要显得大而无当。再西有第五窟，结构同大佛殿。大佛高约五十尺，盘膝而坐。四壁多为新修饰的彩色泥像。

又西为第六窟。此窟内部已全毁，空无所有，故后人修补，亦不及之。仅窟门的内部，浮雕尚完好。西边即为一道泥墙，和寺外相隔绝。但此窟的外壁，小佛龛颇多，有几尊尚完整的佛像，那坐态的秀美，面姿的清俊，是诸窟内所罕见的。惜头部失去地太多。

再往西走，要出大佛寺，绕过五佛洞的外墙，才是中间的第五部分。这一部分的雕像，我认为最美好，最崇高；却没有加以保护，任其曝露于天空，任其夷为民居，任其给农民们作为存放稻草及农具之处所，其尚得保存到现在的样子，实在是侥幸之至。到这几个佛教窟去，我们都得叩了农民们的大门进去。有时，主人不在家，便要费了大事。有一次，遇到一个病人，躺在床上起不来，没法开门，只好不进去。直等到第二次去，方才看到。

这一部分的第一大窟亦为一大佛洞，洞中有大佛一，高在六十尺以上，远远地便可望见其肩部及头部。壁上的浮雕也有一部分可见到。洞门却被泥墙所堵塞，没法进去。此窟东边，有二小窟；最东一窟有二坐佛，对坐谈经，却败坏已甚。较近的一窟也被堵塞。隐隐约约地看见其中的彩色古艳的许多浮雕，心怦怦动，极力要设法进去一看而不可能。窟外数十丈的高壁上满雕着小佛像，不知其几千几百。功力之伟大，叹为观止矣！

向西为第二大窟。这一窟，也在民居的屋后，保存得甚好。正中为一座大佛，高亦在六十尺左右。两壁有二佛像，一立一坐。此二像的顶上，其“宝盖”却是雕成像戏院包厢似的。三壁的浮雕，也皆完好。

再西也为一大窟（第三窟）。正中一大佛为立像，高约七十尺，礼貌庄严之至。袈裟半披在身上；而袈裟上却刻了无数的小佛像，像虽小而姿态却无粗率草陋者。两旁有四立佛。东壁的二立佛间，诸雕像都极隽好。特别是一个披袈裟而手执水瓶的一像，面貌极似阿述利亚人，袈裟上的红色，至今尚新艳无比。这一像似最可注意。

窟门□的西壁上，有刻石一方，题云："大茹茹……可登□□斯□□□鼓之□尝□□以资征福。谷浑□方妙□"每行约十字，共约二十余行，今可辨者不到二十字耳。然极重要。大茹茹即蠕蠕国。这在魏的历史上是极重要的一个发现。茹茹国竟到云冈来雕像求福，这可见此地在不久时候，便已成了东亚的一个圣地了。

再西为第四大窟。破坏最甚。一大佛盘膝而坐，曝露在天日中。左右有二大佛龛，尚有一两壁的浮雕还完好。因为此处光线较好，故游人们都在此大佛之下摄影。据说，此像最高，从顶至踵，有七十尺以上。

再西为第五大窟，亦有一大坐佛，高约六十尺。东西壁各有一立佛。西壁的一佛已被毁去。

由此再往西走，便都是些小像小龛了；在那些小龛小像里，却不时地可发现极美丽的雕刻。各像坐的姿态，最为不同，有盘膝而坐者，有交膝而坐者，有一膝支于他膝上，而一手支颐而坐者。处处都是最好的雕像的阵列所。惜头部被窃者甚多，甚至有连整个小龛都被凿下的。

到了碧霞宫止，中部便告了段落。碧霞宫为嘉庆十年所修，两壁有壁画，是水墨的，画得很生动。

颇疑中部的第五部分的相连续的五个大窟，便是昙曜最初所开辟的五窟。五尊大佛像是曜时所雕刻的，其壁上及前后左右的浮雕及侍像，也许是当地官民及外国人所捐助的。也未必是一时所能立即完全雕刻好。每一个大窟，其经营必定是很费工夫的。无力的或力量小些的人民，便在窟外雕个小龛，或开辟一小窟，以求消灾获福。

西部是从碧霞宫以西直到武州山的尽西头处。山势渐渐地向西平衍下去，最西处，恰为武州河的一曲所拥抱着。

这一路向西走，共有二十多个洞窟，规模都不甚大。愈向西走，愈见龛小，且也愈见其零落，正和东部的东首相同。故以中部的第三部分，假设为昙曜最初所选择而开辟的五窟，是很在可能的。那地位恰在正中。

西部的二十余窟，被古董贩子斫去佛头不少。几个较好的佛窟，又都被堵塞住了，而以“内有手榴弹”来吓唬你。那些佛像，有原来的彩色尚完整存在者。坐佛的姿势，隽好者不少。立像的衣襞，有翩翩欲活的。在中段的地方，一连四个洞，俱被堵塞，而标曰“内有手榴弹”。西部从罅中望进去，那顶壁的色彩是那样的古艳可喜！

西邻为一大窟，土人说，内为一石塔。由外望之，顶壁的色彩也极隽美。再西有一佛龛，佛像已被风雨所侵剥，而龛上的悬帏却是细腻轻软若可以手揽取。

再西的各小窟及各龛则大都破败模糊，无足多述。

这样地匆匆地巡览了一遍，已经是过了一整天，连吃午饭的时间都忘记了。

把云冈诸石窟的大势综览了一下，如以中部的第五部分为中心，则今日的大佛寺、五佛洞和东部的大佛图的遗址，都是极宏大的另成段落后的一部分。

高到五十尺至七十尺的大佛，或坐或立的，计东部有一尊，中部的大佛寺有一尊，五佛洞现存二尊（或当有三尊，一尊已毁。）连同中部的第五部分五尊，共只有九尊或十尊。《山西通志》所谓的十二龛及一说的所谓的二十尊，都是不可靠的。

这一夜终夜地憧憬于被堵塞的那几个大窟的内容。恰好，第二天，赵司令来到了别墅。我们和他商议打开洞门的事。他说：“那很容易，吩咐他们打开就是了。”不料和看守的巡长一商量，却有许多的麻烦。非会同大同县的代表，古物保管会的代表及本地的村长、村副眼同打开，眼同封上不可。说了许久，巡长方允召集了村长、村副去打开洞门。先打东部石窟寒泉的一洞。他们取了长梯，只折去最高的墙头的一段。高高地站在梯头向下望，实在看不清楚，跳又跳不下去。这洞内是一座石塔，塔的背后有佛像。因为忙乱了半天，还只开了一个洞，便只好放弃了打开西部各洞的计划，一半也因为打开了，负责任太大。

十三日的下午，一吃过饭，便到武州山的山顶上去闲逛。从云冈别墅的东首山路走上去，不一会儿便到了“云冈东冈龙王庙斗母宫”，其中空无人居。过此，走入山顶的大平原。这平原约有数十顷大小，上有和尚的坟塔三座，一为万历时的，一为康熙时的，其一的铭志看不清了。有农人在那里种麦种菜。我们又向西走，进入云冈堡的上堡，堡里连一间破屋都没有，都夷为菜圃麦田，有一人裸了全身在耙地。望见远山上峰火台好几座绵延不断，前后相望。大概都是明代所建的。

再向西走，到了玉皇阁，那也是一个小庙，空无人居。由此庙向下走，下了山头，便是武州河边。“断岸千尺，江流有声”，正足以形容这个地方的景色。

下午四时，动身回大同，仍坐的载重汽车。大雨点已经开始落下。但不久便放晴。下了不过十多分钟的雨，不料沿途从山上奔流下来的雨水却成了滔滔的洪流，冲坏了好几处的大道，汽车勉强地冒险而过。

到了一个桥边，山洪都从桥面上冲下去，激水奔腾，气势极盛，成了一道浊流的大瀑布，轰轰隆隆之声，震撼得人心跳。被阻在那里，二十多分钟，这道瀑布方才势缓声低，汽车才得驶过。

没有经过这种情形的，简直想不到所谓“山洪暴发”的情形是如何的可怕。

过了观音堂，汽车本来是在干的河床上走的；这次却要在急水中走着了。

昭君墓

早晨刚给你一信，现在又要给你写信了。

上午九时半早餐后，出发游昭君墓。墓在绥远城南二十里。希白、雷小姐他们都骑马去。我因为没有骑过马，只好坐轿车。车很干净，三面皆为黑色的纱窗。但道路崎岖不平，车轴又无弹簧，身体颠簸得厉害。双手紧握着车窗或车门，不敢一刻疏忽。一疏忽，不是头被撞痛，便是手臂或腿部嘭的一声，被撞在车门上。有时，猛烈一撞，心胆俱裂，百骸若散。好在车轮很高，相距亦阔，还不至演出覆车的危险。有马队四人，带了手提机关枪，来保护我们；因为前日城内出过抢案。骡夫走得很慢，骑马的人不时地休息下来等着我们。十时三刻，才到小黑河。水不深，还不到尺。十一时一刻，到民丰渠。浊流湍急，不测深浅，渡河时，人人皆惴惴危惧。一个从者的马匹倒了下去，骑者浑身俱湿。幸渠身不大宽，河水也至多只有两尺多深。大家都不曾再出危险。骡车也安稳地渡过。据说，春时，汽车可达。此时水深，除马及骡车外，无法渡过。十一时三刻到昭君墓。墓甚高，据说有二十丈，周围数十庙。土色特黑，草色青翠，多半是香蒿，高及人腰，香味极烈。墓前列碑七八座，最古者为道光十一年长白升演所书之“汉明妃冢”及他的碑阴的题诗。次有道光十三年长白、珠澜的碑。次有戊申年耆英的碑。此外皆民国时代的新碑。民国十二年立的马福祥的墓碑云：《辽史·地理志》：“丰州下则曰青冢，即王昭君墓。据此则昭君墓之在丰州，已无疑义。又考清初张文端《使俄行程录》云：归化城南直书有青冢，冢前石虎双列，白石狮子仅存其一，光莹精工，必中国所制，以赐明妃者也。又有绿琉璃瓦砾狼藉，似享殿遗址。”民国十九年冯曦的一碑，最为重要。

“岁庚午，清明后十日，海础李公召集军政各长议定植树冢右。始掘土获梵文经卷，随风湮灭。既而石虎、木柱现，而零星璃瓦，碧苔叠篆，犹不可更仆数。知古人于冢有实右大招提在。”

冯氏所推测的大致很对，张氏所云，享殿遗址，必是大招提的遗址无疑。“中国所制，以赐明妃者也”语尤无根。惟清初已破败至此，则此遗址至晚必为辽金时代的遗物。惜未获碑文，无从断定。但此冢孤耸于平原上，势颇险竣，如果不是古代一个瞭望台，则也许是一个古墓。至于是否昭君之墓，则不可知了。他日也许能够发掘一次以定之。此望台或古墓的时代当较右有的庙宇为古。石虎一只，今尚倒在田垄间，极粗朴，似非名贵之物。昭君墓，包头附近尚有一座（闻西陲更有一座）。依常理推之，汉时绥归，尚为中土，明妃绝不会葬在这个地方的。但青冢之说，唐人的《王昭君变文》里已提及之，有"青冢寂辽，多经岁月"的话。元人马致远有"沉黑水明妃青冢恨，破幽梦孤雁汉宫秋"一剧，黑水青冢，皆见于此。冢南的大黑河殆即所谓黑水（《元曲选》说白中，指黑水为黑龙江，万无是理），其后明人的《和戎记》《青冢记》诸传奇也都坐实青冢之说。究竟有此富于诗意的古址，留人凭吊，也殊不恶。休息了一会儿，即登冢上。仅有小路，沿山边而上，宽仅容足，一边即为壁立数丈的空际。"一失足成千古恨"，走时，很小心。半山有极小的大仙祠一所。据说，中为一洞，甚深。从前游人们常从大仙借碗汲水喝，今已不能借到了，闻之，为之一笑。冢上白土披离，似为雨冲刷的结果。仅有此方丈之地不生草，四边仍为黑土及绿草。南望，即大黑河，今已枯浅。北望大青山脉，绵延不断，为归绥的天然屏障。西北方即归绥的新旧城所在。太阳光很猛烈。徘徊了一会儿，方下山。在碑阴喝水，吃轻便的午饭。我先坐骡车走。骡夫说，青冢一日有三变，一变似馒头，再变为盖碗。第三变则他已忘记了。骡夫为一老头儿，他说，现年五十六岁，十余岁时已业此，至今已四十余年了。他慨叹地道："前清的生意好做，民国时是远不如前了。洋车抢了不少生意去。"他似对一切新事物都抱不愤。有自行车经过，骡为所惊。他便咒诅不已。他又说："这车已经三天不开张了。"我问他："是你自己的车么？"他说："不，我替人赶的；买卖实在不好做，每月薪水二元，吃东家的，有时，客人们赐个一毛五分的。东家一天得费五毛钱养车。净赔。卖了也没人要。从前有七八百辆，如今只存二百九十多辆了。"他脸上满是烟容。我问他："你吃烟么？"他点点头。"一个月两块钱的工钱，如何够吃烟？"他道："对付着来。"

骡车在入城的道上，因骡惊，踢翻了一个水果担子。他道："不要紧，我赔，我赔。"结果赔了一毛钱。他似毫不容心的，还是笑着。水果贩子还要不依。我阻止了他。骡夫却始从容而迂缓，若不动心的。等到回到公医院，我给了三毛钱的赏钱。

"是给我的么？"他有点儿惊诧。

"给你做赏钱。"

他现了笑容，谢了又谢，显出感激的样子。

这可爱的人呀！世事在他看来，是怎样简朴而无容思虑。

回望昭君墓，仅见如三角台形似的一堆绿色土阜。同行的王副官说，这青冢，冬天草枯时，也并不显出土色，远望仍是青的。

这一天实在是太辛苦了。为了这么一个土阜或古墓，实在不值得写这封信。但又不能不对你诉苦。双腿为了支配的不得当，或盘膝，或伸直，直被颠簸得走路都抬不起来，软软的好像大病方愈。

最后，还有一件事要说。到昭君墓去的途中，见有不少德政碑。又有禧神庙一所，在路右，已破烂不堪，为乞丐们所占据。然在门外望之，神像虽已不存，而两壁的壁画颇佳，皆清代衣冠，作迎亲送亲的喜祥之进行队，是壁画中所仅见者。

长安行

住的地方，恰好在开“陕西省先进生产者代表会议”，碰到了不少位在各个生产战线上的先进工作者的代表们，各个红光满面，喜气洋洋，看得出是蕴蓄着无限的信心与决心，蕴蓄着无穷的克服任何困难的力量。社会主义的工业建设是一日千里地在进展着，眼看见的将是一个崭新的大西安城，一个空前的宏大的工业城市。灰色的破落的西安，将一去不复返。我想，明年今天再来时，将很难认识现在的街道形式了。许多久住在这个古城里的朋友们和我一同出城一趟，便说：“变得多了。已经连道路也认不出来了。前几个月来时，哪里有那么多的建筑物！新房子叫人连方向也辨不清了。”的确，这是最年轻的工业城市，就建筑在一座中国最古老的文化城市的基础上。

说起长安，谁不联想到秦皇、汉武来，谁不联想起汉唐盛世来，谁不联想到司马相如和司马迁就在这里写出他们的不朽的大作品来，谁不联想到李白、杜甫、王维、韩愈、白居易、杜牧来，他们的许多伟大的诗篇就在这里吟成的。站在少陵原上的杜公祠远眺樊川，一水如带，绕着以浓绿浅绿的麦苗和红馥馥的正大放着的杏花，组成绝大的一幅锦绣的高高低低的大原野，那里就是韦曲、杜曲的所在，也就是一个大学的新址的所在。杜甫的家宅还有痕迹可找到么？每一寸土，每一个清池的遗迹，都可以有它们诗般地美丽的故事给人传诵。相隔不太远的地方，就是蓝田县，就是辋川，也就是有名的诗人兼画家的王维所留恋久住的地方，就是有名的《辋川图》，和裴迪联吟的“诗中有画，画中有诗”的地方。从少陵原再过去，就是兴教寺的所在了。那是三藏法师玄奘的埋骨之地，一座高塔建筑在他的墓地上，旁有二塔，较小，那是他的大弟子圆测和窥基的墓塔；关于窥基曾流传过很美丽而凄恻的一段故事。这个地方的风景很好，远望终南山白云封绕，唐代的诗人们曾经产生出许多诗的想象来。

站在长安城的中心——钟楼的最高层上，向北看是大冢累累的高原。刘邦、吕雉的坟，以及他们的子孙的坟都在那里，晓雾初消的时候，构成了一幅像烽火台密布似的沧荒的奇景。向南向东望，是烟囱林立，扑扑突突地尽往天空上吐烟，仿佛蕴蓄着无限的热与力；就在那儿，十分重要的仰韶文化（新石器时代）遗址是相当完整地被保存着。再向东望，隐隐约约地可指出骊山的影子来；秦始皇帝就埋身其下。华清池依旧是最好的温泉之一。七日七夕，唐明皇和杨贵妃站在那里私誓“在天愿为比翼鸟，在地愿为连理枝”的长生殿也就在那里。向南望，双塔屹立，尖细若春笋的是小雁塔，壮崛而稳坐在那里似的是大雁塔。终南山在依稀仿佛之间。新建筑的密密层层的一幢幢的高楼大厦，密布在那里。向西望，那就是周文王、武王的奠立帝国的根据地，丰京和镐京遗址所在地。灵台和灵囿的残迹还可寻找呢。读着《诗经》，读着《孟子》，不禁神往于这些古老的地方了。就在这些最古老的地方，新的建筑物和工厂，纷纷地被布置在丰水的两岸。还可望到汉代的昆明池，大的石雕的牛郎、织女像还站在那里，隔着水遥遥相望呢。——当地称为石公、石婆，并各有庙。

没有一个城市比之今天的西安更为显著地糅合着“古”与“今”的了。在没有一寸土没有历史的古老文化的基础上，建立起了新的社会主义工业和新的社会主义文化。新的长安城，毫无疑问地，将比汉、唐盛世的长安城，更加扩大，更加繁华。点缀在这个新的工业大城市里的是处处都可遇到的赫赫有名的名胜古迹和古墓葬、古文化遗址。从新石器时代的仰韶文化起，中国历史的整整大半部，是在这个大都城里演出的。它就是历史的本身，就是历史的具体例证。这些，将永远不会没灭。社会主义社会里的人民都知道将怎样保护自己的光荣的古老的文化和其遗存物。在林林总总的大工厂附近，在大的研究机构和学校的左右，有一处两处甚至许多处的古迹名胜或古墓葬或古代文化遗址，将相得益彰，而绝对不会显得有什么“不调和”。他们在休假日，将成群结队地去参观半坡村的仰韶遗址，那是四千多年以前的原始社会人民的居住区域。他们看到那些圆形的、方形的住宅，葬小孩子的瓮棺。他们看到那个时代的艺术家们，怎样在红色陶器的上面，画出活泼泼两条鱼在张开大嘴追逐着，画出几只鹿在飞奔着，画出一个圆圆的大脸，却在双耳之旁加画了两条小鱼，仿佛要钻进人的耳朵里去。他们看到那时候人民所用的钓鱼钩、鱼叉、鱼网坠。他们会想象得到：在那个时候，半坡这地方是多水的，多鱼的——那时候的人从事农业生产，但似以捕鱼为副业。他们看到骨制的鱼钩，已经发明了“倒钩”，会惊诧于那时的人民的智慧的高超的。他们将远足旅行到汉武帝的茂陵去。在那里，会看见围绕着那个大土台，有多少赫赫的名臣、名将的墓。霍去病、卫青、霍光都埋葬在那里，还有李夫人的墓也紧挨着。在那里，还可以捡拾得到汉砖、汉瓦的残片。霍去病墓的石刻，正确地明白地代表了汉武帝那个伟大时代的伟大的艺术创作。现存着十一个石刻，除了两个鱼的雕刻——似是建筑的附属物——还在墓顶上外，其他九个石刻都已经盖了游廊，好好地保护起来。谁看了卧牛和卧马，特别是那一匹后腿卧地而前蹄挣扎着将起立的马，能不为其“力”与“威”震慑住呢！“马踏匈奴像”是那样的真实。一个胡人在马腹下挣扎着，手执着弓和箭，圆睁双眼，简直无用武之地，而那匹马却威武而沉着地、坚定勇猛地站着不动。那块“熊抱子”的石头，虽只是线刻，而不曾透雕，但也能把子母熊的感情表达出来。那两千多年前的中国雕刻家们的作品，是和希腊、罗马的雕刻不同的，是别具一种民族风格，是世界上最高超的艺术品之一部分。谁能为这些石刻写几部大书出来呢？有机会站在那里，带着崇高的欣赏之心，默默地端详着它们的人们，是幸福的！他们还将到华清池去，过个十分愉快的休沐日。他们还将到唐高宗的乾陵去，欣赏盛唐时代的石刻，一整列的石人、石马，一对鸵鸟、一对飞马，还有拱手而立的许多酋长、藩王的石像（可惜都缺了头），都值得看了又看，看个心满意足。长安城的内外，是有那么多的名胜古迹，足资流连，足以考古，足以证史的地方啊。一时是诉说不尽的。韦曲、杜曲、王曲以及曲江池、樊川等古人游乐之地，今天只要稍加疏浚，也就可以成为十分漂亮的人民公园。我想不久的将来，我们就会看到那个宏伟而美丽的大公园在长安城南出现的。“古”与“今”，古老的文化和社会主义的工业建设，结合得如此的巧妙，如此的吻合无间，正足以表现我们中国是一个很古老的国家，同时又是一个很年轻的国家。不仅西安市是如此，全国范围内的许多城市也都是同样地把“古”与“今”结合起来的，而西安市是一个特别突出的、值得特别提起的，一个典型的好例子。

春风满洛城

去年三月二十六日午夜，我从西安到了洛阳。这个城市也是很古老的，又是很年轻的。工厂林立在桃红柳绿的春天的田野里。还有更多的工厂在动土，在建筑。但古老的埋藏在地下的都市也都陆续地被翻掘出来。从周代的王城，汉代的东都，直到诗人白居易、历史学家司马光他们的遗迹，全都值得我们的向往和注意。这个古城的东郊，是白马寺的所在地，那是相传为汉明帝时代，白马驮经,从印度把佛教经典初次输入中国时建立起来的第一个佛教寺院。今天，山门的两座穹形门洞，其上嵌着不少块汉代的石刻（是取当地出土的汉代石刻而加以利用的，据说明朝人所为），其四周墙角，也多半使用汉砖、汉石砌成。可以说是世界上十分阔绰的一个寺院了。寺内古松苍翠，至少已有三五百年的寿命。大殿里的几尊古佛、菩萨的塑像，古雅美丽，当是元代或明初之物，甚至可能是辽、金的遗制。再往东走，乃是李密城，即金村遗址所在地，在那里曾出土了七十多块古空心墓砖，五十年前曾经震撼了一世耳目。那扑扑地向天惊飞的鸿雁，那且嗅且搜索地、威猛而稳慎地前进捕捉什么的猎狗，那执杖前行的老人，那手执竹简而趋的学者，那相遇而揖的两个行人，都将二千多年前的艺术家的现实主义的表现力，活泼泼地重现于我们的眼前。这全部墓砖，现在陈列于加拿大的博物院里。但我们是永远地不会忘记它们的。还有好些绝精绝美的战国时代的金银镶嵌（即金银错）的铜器,特别是那面人兽相搏的古铜镜,成为世界上任何博物院的骄傲。可惜,包括那面古镜在内,绝大多数都不在国内。

除了帝国主义者们长久地在洛阳掠夺出土古物之外，解放后的几年之内，才开始做着科学的考古发掘工作。这是一个“无牛眠之地”的几千年的古墓葬、古遗址的累积地。单是 1953 年到 1955 年，就发现了六千多座墓葬，其中有一千七百三十八座已经加以发掘。古遗址也已发现了两处。所得的古文物，从仰韶时期的彩陶，龙山时期的黑陶，到汉代的大量遗物，成为临时博物馆，周公庙里的辉煌的陈列品，吸引了许多游人的注意与赞叹。

我走在大道上,春风吹拂着,太阳晒得很暖和,就看见工人们在使用“洛阳铲”

钻探古墓。就在那大道上，发现了一个汉代的砖墓和一个较小的土墓，我都跳下去考察一番。在农民们打井挖渠的时候，也出现了不少石墓。在新开辟的金矿公路上，有一个大汉墓，中有壁画，还保存得不坏。我也去看过。在新鲜的春天的气息里，嗅得到古代的泥土的香味。但随地有古墓的事实却引起了从事建设工作的担心。有一个干部宿舍，把两个床陷落到地下的古墓中去了，幸未伤人。新建的水塔，倾斜得很利害。压路机掉落到七米多深的大墓里去。有此种种经验教训，建设部门才知道非清理好地下的古墓葬，便不能在地上进行建设，因之，也便加强了和考古部门、文化部门的合作，因此，便处处出现了“洛阳铲”的钻探队。这是完全必要的。不清理好地下的，便不能建设好地上的。这道理已经是建设部门所“家喻户晓”的了。但有不相信这道理，一意孤行，鲁莽从事的，没有不出乱子。最深刻的教训，就是那些地方工业系统的“打包厂”“砖瓦厂”“纺纱厂”，等等。

在周公庙看到的好东西多极了，也精彩极了，往往是前所未见的。像一面出土于唐墓的嵌螺钿的平托镜，那镜背上的图画，精丽工致的程度，令人心动魄荡。可以说是一幅“夜宴图”。月在天空，树上有凤凰，有鹦鹉，树下有池，池上有一对鸳鸯，相逐而行。还有两位老者，席地而坐，一弹阮弦，一持杯欲饮，一双丫鬟侍立于后。这面古镜远比日本正仓院所藏的同类的唐代物为精美。

二十八日，到龙门去。这是值得在那里停留十月、八月，或一年、两年的时光，应该写出几本乃至几十本的专书来的一个伟大的古代艺术宝库。这里只能简单地说一下。龙门的佛像多被帝国主义者们盗去。但存在于各洞里的大小佛像，仍有二万尊以上。西山区以潜溪洞、新洞、宾阳三洞、双窑南北洞、万佛洞、老龙洞、莲花洞、破窟、奉先寺、药方洞及古阳洞为最著。宾阳洞被剜斫下去，盗运出国的两方著名的浮雕，即北魏时代的皇帝礼佛图和皇后礼佛图，斧凿的遗痕犹在，令人见之，悲愤不已！那些保存下来的石雕刻，表现了从北魏到唐代的各时期的雕刻家们最精心雕斫出来的伟大的精美的艺术品，成为中国美术史上最辉煌的若干篇页。我站在若干大佛像、小佛像的前面，细细地欣赏着，只感到时间太短促了。有人在搭术架，以石膏传摹若干代表作下来。但愿有一个时候，在北京和其他地方也能看到这些最好的中国雕刻的石膏复制的代表作品。

经过一座横跨于伊水上的草桥（这草桥到了水大时就被冲断，东西山的交通也就中断了），到了东山区。以擂鼓台、四方千佛洞为最著。十多尊的罗汉像，神情活泼极了，在国内许多泥塑木雕的罗汉像里，这里所有的，是最古老的，也是最庄严美妙的。东山区的石洞，中多空无所有，破坏最甚。有几个石灰窑，在万佛沟里烧石灰。幸及早予以制止，免于全毁。

东山的高处是香山寺，现已改为某干部疗养院。徒然破坏了这个重要的名胜古迹，而绝对解决不了疗养院的房屋问题。且山高招风，交通时断，实也不适宜于做疗养地。在山上走了一段路，到了诗人白居易的墓地。墓顶还有纸钱在飘扬。清明才过，白氏子孙住在山下者，刚来上过坟（听说他们年年都上山上坟）。黄澄澄的将落的夕阳，照在黄澄澄的墓土上，站在那里，不禁涌起了一缕凄楚的情思。

二十九日，去访问东汉时代的太学遗址。这座太学，在其最盛时代，曾经有六万多学生在那里上学。到今天为止，恐怕世界上还没有比它规模更宏伟的一座大学。但这遗址，知道的人却不多。我们渡洛河，过枣园，沿途打听，将近两小时，才到达朱圪塔村。一路上时见地面有烟雾似的尘气上升，飞扫而过。有人说，这就是庄子所谓“野马也，尘埃也”的“野马”。一位李老者引导我们到遗址去。显著地可看出是一大片较高的地面。许多农民正在辛勤地打井，我问他们：“有发现石经的碎片么？”他们说：“近半年来已不大出了。”他们人人都知道“石经”，发现有一二个字的碎块就可以卖钱。过去男男女女，老老少少，在农闲的时候就去挖地寻“经”。民国十八年（1929 年）时，在黄氏墓地上出土过晋咸宁四年（278 年）的“皇帝重临辟雍碑”。李老者领我们到这坟地上去看。他说，还有石经的碑座散在各村呢。我们在朱圪塔村见到一座，在大郊村见到三座。这些碑座底宽二尺三寸四，长三尺六寸，厚一尺九分。有中缝，深三寸，宽五寸又二分之一。此当是汉三体石经的碑座，应予以保护保管。“辟雍碑”也在大郊村，侧卧于地。我找了村长来，要好好地保护这座碑，并建筑一座草屋于碑上。

下午，到倒塌掉的砖瓦厂去查勘。在这个砖瓦厂的范围里，周、汉、宋墓密布，一受大批的砖瓦的巨大重量的压力，即纷纷下陷，以至停工不用。大洞深陷的大周墓和弄塌的窑穴，互相交错着。见之触目惊心。这是“古”与“今”同受其祸的盲目地动土的活生生的大榜样。

入邙山，登其峰，见处处白纸乱飞，皆是清明时节，子孙们来上坟的余迹。坟上套坟，不知有几许历代的名人杰士，美女才子，埋身于此。有大冢隆起于远处，有如一个大平台，乃是一座汉帝的陵墓。邙山西起潼关，东到郑州，南北阔达四十里，直到黄河边上。山上均是大大小小的古今墓葬。北邙山在洛阳之北，乃是百年来有名的出土陶俑和其他古器物的所在地。大部分精美的古代艺术品都已出国。发掘之惨，旷古未闻。解放后，此风才泯绝。

洛阳市的建设规划，即如何在这个古老的城市里进行新的大规模的建设，不破坏或少破坏古墓葬和古代遗址，并如何好好地保护它们，使在崭新的林立的工厂当中，保存着特出的非保存不可的古墓葬和古代遗址的问题，正在研究讨论中。正像西安市相同，“新”和“老”，“古”和“今”，在洛阳市也一定会结合得十分好的。

龙门石窟，必须坚决地大力地加以保护。有三个大问题，必须尽快地予以解决。一、龙门煤厂，在西山区石窟附近开采，必须立即制止。绝对地要防护龙门石窟的安全和完整。这事，市委会已经注意到，并筹划到了。二、龙门石窟的洞前大车路，要予以改道。否则，各洞里常会有人在内住憩，很难防止其破坏或污损。这条改道的大车路，也已在计划中。又，河水常常要漫涨到这条大车路和下层的石洞里去，为害甚大。应该乘此修路的时机，于河边加筑石坝。三、各洞窟之间，应该开凿道路互相通联。山上并要建筑石墙，以堵住山洪、雨水的流下；奉先寺尤须急速修整，以防大佛像的继续风裂。这些，都需要有关部门共同加紧进行的。东、西山区仅靠草桥交通，也是很不方便的。已毁了的桥梁，应该早日修复。

欧行日记（节选）

六月十四日①

很早的约在六点钟，便到了亚丁。船停在离岸很近的海中，并不靠岸，地面上很清静，并没有几只船停泊着。亚丁给我们的第一个印象便是赤裸的奇形的黄色山。一点儿树木也不见，那山形真是奇异可诧，如刀如剑，如门户，如大屏风地列在这阿剌伯②的海滨，使我们立刻起了一种不习见的诡伟之感。山前是好些土耳其式的房子，那式样也是不习见的。我们以前所见的所经过的地方，不是中国式的，便是半西式的，都不"触眼"，仅科仑布带些印度风味，为我们所少见。如今却触目都是新奇的东西了，我们是到了"神秘的近东"了。亚丁给我们的第二个印象便是海鸥，那灰翼白腹的海鸥；说是在海上旅行了将一月，海鸥还没有一只。如今第一次见到了它们，是如何的高兴呀！那海鸥，灰翼而略镶以白边，白白的肚皮，如钩而可爱的灰色嘴，玲珑而俊健地在海面上飞着。那海鸥，它们并不畏人，尽在船的左右前后飞着，有的很大，如我们那里的大鹰，有的很小，使我们见了会可怜它的纤弱。有时，飞得那么近，几乎我们的手伸出船栏外便可以触到它们。海水是那样的绿，简直是我们的春湖，微风吹着，那水纹真是细呀细呀，细得如绿裙上织的縠纹，细得如小池塘中的小鸭子跳下水时所漾起的圆波。几只，十几只的海鸥停在这柔绿的水面上了。我把葡萄牙水兵的望远镜借来一看，圆圆的一道柔水，上面停着三五只水鸟，那是我们那里所常见的，在春日，在阔宽的河道上，在方方的池塘上，便常停有这么样的几只鸭子。啊，春日的江南；啊，我们的故乡；只可惜没有几株垂杨悬在水面上呀！然而已足够勾动我们的乡思，乡思了！我持了望远镜，望了又望；故乡的景色呀，那忍一望便抛下！

吃了饭后，我们便要到岸上去游历；去的还是我、魏和徐三人。踏到梯边时，上梯来的是一批清早便上岸的同船者。我们即坐了他们来的汽船去。每人

---

① 当年为 1927 年。本文节选的三篇日记，均为 1927 年作者被迫赴欧洲时所记。

② 阿剌伯：今译为阿拉伯。

船费五佛郎[1]，而我们的 Athos[2] 离岸不到二三十丈，船费可谓贵矣！一上陆岸，那太阳光立刻逞尽了它的威风；我们在黄色的马路上走着，直如走到绕着一万吨煤的机关间。脸上头上背上手上立刻都是湿汗。我们要找咖啡店，急切又没有。走了好多路，我们才走进了一家又卖饭，又卖冷食，又卖杂货的小店，吃了三杯柠檬水，真是甜露不啻！走过海边公园，那绿色树木，细瘦憔悴得可怜，枝头与叶尖都垂头丧气地挂下，疏朗朗的树木毫无生气，还不如没有的好。走到一处山岩下，那岩石是如烧残的煤屑凝集而成，又似松碎，又不美伟。要通过一道山洞才是亚丁内地。然我们没有去。我们走回头，买了些照相软片，又吃了三杯柠檬水。看报，知道蒋军已离天津三百五十英里，各国都忙着调兵去。刚刚下楼，半带凉意，半带高兴，而一个黑小孩叫道："船开了！"我们不相信。Athos 明显地停在海面上。几个卖杂货戴红毡帽的阿剌伯人匆匆归去，又叫道："船快开了！"我们方才着忙，匆促无比地走着，心里只怕真的船要开走了。好在这紧张的心，到了码头上便宁定了。依旧花了十五个佛郎，雇了一只小汽船上了 Athos。果然，上船不到二十分，汽笛便呜呜地响了。"啊，好险呀！"我们同声地叫着。假如我们还相信前天的布告，说船下午四点开，而放胆地坐了汽车到内地去游历时，我们便将留在亚丁，留在这苦热而生疏的亚丁了！啊，我们好幸呀！船缓缓地走着，一群海鸥，时而在前，时而在后，追逐着船而飞翔。它们是那样地迅俊伶俐：刚与船并飞，双翼凝定在空中而可与船的速率相等，一瞬眼间而它们又斜斜地转了一个弯，群飞到船尾去了。不久，它们又一只一只地飞过我们而到了船头了。啊，多情的海鸥呀，你们将追送我们这些远客到哪里呢？夜渐渐地黑了，月亮大金盘似的升起于东方，西方是小而精悍的"晚天晓"（星名）。"今夜是十五夜呀。"学昭女士说；啊，这十五夜的圆月！

"抬头见明月，低头思故乡。"

依然是全身浴在月光中，依然是嗡嗡的语声笑声，而又夹以唱声，而离人的情怀是如何的凄楚呀！

"但愿人长久，千里共婵娟。"如今是万里，万里之外啊！虽然甲板上满是人，我只是一个人似的独自躺在椅上，独自沉思着。啊，更有谁如我似的情怀恶劣呀！文雅长身的军官说："我到巴黎车站时，我的妻将来接我。"肥胖的葡萄牙太太说："再隔十五天到李士奔了，Jim 可见他的爹爹了。"学昭女士屈指想道："不

① 佛郎：今译为法郎。

②Athos：阿托士海轮。

知春台是四号走还是十八号走？”翩翩年少的徐先生说：“巴黎有那么多的美女郎；法国军官教了我一个法子，只要呼啸了一声，便可以夹她在臂下同走了。”啊，他们是在归途中！他们是在幸福的甜梦中！我呢？！我呢？！月是分外地圆，满海面都是银白色的光；我又微微地欲入睡了；不如下舱去吧！舱下，夜是黑漆漆的；若有若无的银光又在窗外荡漾着。唉！夜是十五夜，月是一般圆，我准备着一夜的甜梦，而谁知：“和梦也新来不做”。

六月二十八日

今日想开始看看巴黎。

早晨，洗了一个澡后，和冈一同出去吃早餐。厨台前排了一长列的人，有年轻的学生，有白发的老人，有戴礼帽的绅士，都站在那里吃着咖啡面包。我们也挤进了这个长列中。要了一杯咖啡，从盘中取了一条已涂好牛油的面包吃着。一个穿白衫的胖厨子，执了一把尖刀，站在柜台之内，用刀剖开一长条的面包，对剖为两半，在大块的黄黄的牛油上，切下一片来，涂在面包上，随即放在盘中。那手法是又快又伶俐。他还管着收账。吃的人自己报了吃的什么，付了钱即走，而他的空缺，立刻有一个候补者挤了上来。

餐后，独自带了一本地图，到 Lollin 街找季志仁君要问他陈女士的地址。他却不在家。在一家文具店里买了十佛郎的信纸信封回来。正遇陈女士偕了戈公振君来访我。元亦来。戈君请我到万花楼吃饭，饭后，穿过卢森堡公园（Jardin de Luxembourg）而到中法友谊会。

这公园，树木很多，一排一排地列着，一走进去，便有一股清气和树林的香味，扑面而来，好像是走进了深山中的丛林之内，想不到这是在巴黎，一个老人坐在椅上，闲适地在抛面包屑给鸽子吃；两三只鸽子也闲适地在啄食他的礼物。孩子们放小帆船在园子中心的小池上驶着。野鸟和小雀子也时时飞停路旁，一点儿也不畏人。中法友谊会里中国报纸很多，但都是一个月之前的，因为寄来很慢，其是看“旧闻”。管事的人，也太糊涂，本年三月初的《新申报》也还在桌上占了一个地位！

托元到火车站去取我们挂行李票的几只大箱子。等我由友谊会回来时，他也已带了大箱子来。搬运费共六十佛郎。休息一会儿后，又偕他回到国立图书馆，走到那里，才知使馆的介绍信忘记了带来。只好折回，到闻名世界的“大马路”（Grand Boulevard）散步。车如流水，行人如蚁，也不过普通大都市的繁华景象而已。所不同者，沿街“边道”上，咖啡馆摆了好几排的椅子，各种各样的人都坐在那里“看街”，喝咖啡。我们也到“和平咖啡馆”（Café de la Paix）前坐着。这间咖啡馆也是名闻世界的。坐在一张小小的桌子旁边，四周都是桌子，都是人，川流不息的人，也由前面走过。我猜不出坐在这里有什么趣味。

我们坐了不久，便立了起来，向凯旋门（Arc de Triomphe）走去。远远地看见那伟大的凯旋门站在那里，高出于绿林之外，这是我们久已想瞻仰瞻仰的名胜之一，我很高兴今天能够在它下面徘徊着。沿途绿草红花，间杂于林木之中，可说是巴黎最大最美的街道，“大马路”哪里比得上。在远处看，还不晓得凯旋门究竟是如何的雄伟，一到了门下，才知道这以战胜者百万人、战败者千万人的红血和白骨所构成的纪念物，果然够得上说它是“伟大”。我在那里，感到一种压迫，感到自己的渺小。无数的小车，无数的人，在这门前来来往往，都是如细蚁似的、如甲虫似的渺小。门下，有一个无名战士墓，这是一个欧战的无名牺牲者，葬在此地的。鲜花摆在墓前，长放它们的清香，墓洞中的火光，长燃着熊熊的红焰。我心里有一种说不出的感动。

本来可以走上门的上面去看看，因为今天太晚了，已过“上去”的时间，故不能去。由一边叫了一部“搭克赛”到白龙森林（Bois de Boulogne）去打了一个小圈子。森林（Bois）不止一个，都是巴黎近郊的好地方，里面是真大真深，一个人走进去，准保会迷路而不得出。不晓得要费多少年的培植保护才能到了这个地步呢。绿树，绿树，一望无尽的绿树，上面绿荫柔和地覆盖于路上，太阳光一缕缕地由密叶中通过，一点一点地射在地面，如千万个黄色的小金钱撒遍在那里。清新的空气中，杂着由无数的松、杨以及不知名的树木的放出的香味，使人一闻到便感到一种愉快。那么伟大的大森林，在我们中国便在深山中也不容易常常遇到。这林中有人工造成的一条小河，一对对的男女在小舟上密谈着，红顶的大白鹅，闲适地静立于水边。这使“森林”中增加了不少生气。

归时，已傍晚。十一时睡。

七月四日

今天天气大好，阳光满地；到巴黎后，今天是第一次见到这么光亮可爱的黄金色的太阳光。七时起，九时赴国立图书馆。借出《觉世名言》《京本插增王庆田虎忠义水浒传》及《钟伯敬批评水浒传》三书来读。《觉世名言》即为《十二楼》，一阅即放到一边去。《京本水浒传》很使人留恋。上边是图，下边是文字。虽为残本，仅存一卷有半，然极可宝贵。其版式与宋版《列女传》及日本内阁文库所有而新近印出之《三国志平话》格式正同。这可证明《水浒传》在很早就有了很完备的本子了。又可证明，最初的《水浒传》是已有了两种：一种最古的，是没有田虎、王庆之事的；一种即为《京本水浒传》，乃插增有田虎、王庆之事者。这个发现，在文学史上是极有价值、极为重要的。我见到此书，非常高兴。将来当另作一文以记之。钟伯敬批评的《水浒传》，乃百回本，亦为极罕见之书，因中多骂满人的话，故遭禁止，或坊贾畏祸，自毁其版及存书也。此本中无王庆、田虎事，只有征辽及征方腊事。

午餐，在图书馆中的餐店里吃，菜不大好，而价甚廉，长期的主顾，皆为馆中办事人。

下午四时，出馆。到家时，元已来。同坐汽车游 Parc des Buttes Chaumont[①]，又去游 Patc Monceau[②]。前者在十九区，为工人及贫民丛集之地，后者在八区，四周多富人住宅。两者相距颇远，而园中人物亦贫富异态。前者满园皆为女人小孩衣衫多不讲究，或有破烂者。妇女多手执活计在做。此园几成了工人家属的“家园”，游人是很少的。富人们自然更是绝迹了。然风景很好，山虽不高而有致，水虽不深而曲折。且由山上可望见半个巴黎，下望吊桥，流水亦甚有深远之意。过了吊桥，绿水上有几只白鹅戴着红顶，雍容傲慢地浮游着，而几个女郎坐在水边望着它们。虽然园中人很多，而仍觉静穆。后者亦满园皆人，然多为游人，小孩子亦不少，衣衫多极齐整，有白种及黑种的保姆跟着。然全园地势平衍，面积又小，一无可观。游了前者，再到后者，如进了灵隐、理安再到一个又浅又窄的小寺观去。由十九区到八区时，汽车经过孟麦特街（Montmartre），这是巴黎罪恶之丛集地，要到夜间十二时以后才开市呢。沿街皆是咖啡馆、酒店，现在都是静悄悄的。元指道：在上面高处，有一座白色礼拜堂立着，是有名的圣心寺（Sacred Heart）。啊，灵与肉，神圣与罪恶，是永远对峙！圣心高高地立在上面，底下是如虫蚁似的人群，在繁灯之下，絮语着，目挑心招着，谁知道他们将演着什么样的罪恶出来。她将有见欤？无所见欤？

归家已七时。在万花楼吃饭。九时，洗了澡，收拾要拿去洗的衣服，预备明天给他们。这个旅馆是礼拜二收衣服去洗，礼拜六送回。而明天是礼拜二也。十时半睡。

---

①Parc des Buttes Chaumont：伯特休蒙公园，巴黎最浪漫的公园。

②Patc Monceau：蒙梭公园，法国著名印象派画家莫奈曾以该公园为题材作画。

阿剌伯人[①]

阿剌伯人曾给世界——至少是欧洲——的人类以强大的战栗过；那些骑士，跨着阿剌伯种的壮马，执着长枪，出现于无边无际的平原高原上，野风刚劲地吹拂着，黄草垂倒了它们的头，而这些壮士们凛然地向着朝阳立着，威美而且庄严，便连那映在朝阳下的黑影子也显得坚定而且勇毅。啊，那些阿剌伯人，那些人类之鹰的阿剌伯人！

据说，如今长枪虽然换了火枪，他们的国土虽然被掠夺于他人之手，然而他们还不减于前的勇鸷。

船由东而西，快要转折而北了，停泊的地方是亚丁。啊，亚丁，那是阿剌伯人的大本营呀！

上船来的是卖杂物的黑人，那细细的黑发，紧紧地鬈曲在头上，那皮肤黑得如漆，显得那牙齿更白。夹杂在这些黑人之中的是阿剌伯人，有的瘦而微黑，有的肥胖。头上戴的是红毡的高帽子；他们是不异于印度人的，是不异于我们故乡的人的，是不异于日本人的；他们并不可怕。他们将那掮着的毛布、鸵鸟毛扇子，等等，陈列在我们之前，笑嘻嘻地在邀致生意。

那还是执长枪，跨壮马，驰骋于战场之上的阿剌伯人么？

我想起来了，那天在新加坡，为我们赶马车的和慈老头子，他并不断断争价，多给了半个银角，便笑嘻嘻地道谢的，也正是这个样子的人，也正是一个阿剌伯人呀！

啊，好和善可亲的阿剌伯人！

我们上了岸，太阳如一个绝大的火球，投射下无限的热气在我们身上。地上是一片黄土，绝无一株绿草可见，与香港、西贡、新加坡、科仑布的情形绝不相同，那黄色的地土，也反射出无限的热气；在这上下交迫之间，我们步行不到十几步，便浑身是汗了。汗衫是湿透了，而额上的汗水尽由帽缘溜出，流得满脸都是。要用手去揩，而手背已是津津的若刚由水中伸出似的湿了。前面

① 阿剌伯人：今译为阿拉伯人。

是一片小公园，很有布置地植种了许多树木；那树木是可怜地瘦小，那树木的枝叶是可怜地憔悴。左面是一带商店，店后便是奇形可怪的山岩，只草片苔不生的山岩，而店的隙处，便是一条通过山中而至“城内”的道路。

然而我们在寂寂悄悄的海滨大道上走着，除了洒水运货的骆驼车，除了骑在小驴子上的小阿剌伯人，除了兜揽生意的汽车夫之外，一点儿也没遇到什么。我们匆匆地归来，能在“阿托士”离开亚丁之前，赶得上船，还亏得是他们的指导。

那些阿剌伯人，那些和善的阿剌伯人，他们的勇鸷之心，威壮之气，难道已随了时光之飞逝而消磨净尽么？

第二天清晨，“阿托士”又停泊在耶婆地了。照样地上来许多戴红毡帽的阿剌伯人，以及头发鬈曲地黑人，照样地笑嘻嘻地在招揽生意。有好几个阿剌伯人，掮了笨大的布包，黑的白的鸵鸟毛扇子，由三层楼的头等舱甲板，下到我们的甲板上来；梯口已用一个短铁栏阻住了。一位“侍者”坐在梯后。他见这一队阿剌伯商人下梯来，便立起来，用破椅上拆下的木条，猛敲他们几下。有几下是敲在梯级上了，有几下是敲在他们的腿上。他们一个个见了这突如其来的打击，便惶急得惊慌得不得了。一个个都匆急地跨过短栏去。看那惶恐的样子呀，唉，我真有些不忍！然而最猛重的一下却敲在一位瘦长的老头子的手指上。他痛得只是把手来回摇抖，而掮的货物又笨大，一时不易跨过短栏。他心愈惶急，而愈不易跨过。在这时，他身上又着了一两下木条子。我把头回转了不忍看；我望着柔绿的海水，几只海鸥正呱呱若泣地啼着飞过去。我再回头时，他已立在我们的甲板上，不住地抚摩着那一只被猛敲的手，还用口来吻润着。而他的脸上眼中，还依样地和善，一点儿也看不出恨怒的凶光。

我不知怎样的，心上突感着一种难名的苦楚和悲戚。

我面前现出一队的骑士，跨阿剌伯种的壮马，执着长枪，出现于无边无际的平原高原上，野风刚劲地吹拂着，黄草垂倒了他们的头，而这些壮士们凛然地向着朝阳立着，威美而且庄严，便连那映在朝阳下的影子也显得坚定而且勇毅。

啊，啊，这些阿剌伯的商贩们便是他们的苗裔么？

我不能相信，我不忍相信！

同舟者

今天午餐刚毕，便有人叫道："快来看火山，看火山！"

我们知道是经过意大利了，经过那风景秀丽的意大利了；来不及把最后的一口咖啡喝完，便飞快地跑上了甲板。

船在意大利的南端驶来，明显地看得见山上的树木，山旁的房屋。转过了一个弯，便又看见西西利岛的北部了；这个山峡，水是镜般平。有几只小舟驶过，那舟上的摇橹者也可明显地数得出是几个人。到了下午二时，方才过尽了这个山峡。

啊，我们是已经过意大利了，我们是将到马赛了；许多人都欣欣地喜色溢于眉宇，而我们是离家远了，更远了！

啊，我们是将与一月来相依为命的"阿托士"告别了，将与许多我们所喜的所憎的许多同舟者告别了。这个小小的离愁也将使我们难过。真的是，如今船中已是充满了别意了；一个军官走过来说：

"明天可以把椅子抛到海上了。"

一个葡萄牙水兵操着同我们说的一般不纯熟的法语道：

"后天，早上，再会，再会！"

有的人在互抄着个人的通讯地址，有的人在写着要报关的货物及衣服单，有的人在忙着收拾行装。

别了，别了，我们将与这一月来所托命的"阿托士"别了！

在这将离别的当儿，我们很想恰如其真的将我们的几个同舟者写一写，他们有的是曾给我们以许多帮忙，有的是曾使我们起了很激烈的恶感的。然而，谢上帝，我是自知自己的错误了；在我们所最厌恶者之中，竟有好几个是使我们后来改变了厌恶的态度的。愿上帝祝福他们！我是如何的自惭呀！我觉得没有一个人是压根地坏的，我们应该爱人类，爱一切的人类！

第一个使我们想起的是一位葡萄牙太太和她的公子。她是一位真胖的女子，终日喋喋多言。自从香港上船后，一班军官便立刻和她熟悉了，有说有笑的，态度很不稳重。许多正人君子，便很看不起她。在甲板上，在餐厅中，她立刻是一个众目所注的中心人物了。然而，后来我们知道她并不是十分坏的人。在印度洋大风浪中的几天，她都躺在房中没出来。也没人去理会她——饭厅中又已有了一个更可注目的人物了，谁还理会到她。这个后来的人物，我下文也要一写——据说，她晕船了，然而在头晕脚软之际，还勉强地挣扎着为她儿子洗衣服。刚洗不到一半，便又软软地躺在床上轻叹了一口气。她同我们很好。在晕船那几天，每天傍晚，都借了我的藤椅，躺在甲板上休息着。那几天，刚好魏也有病，他的椅子空着，我自然是很乐意地把自己所不必用的椅子借给她。她坐惯了我的椅子，每天都自动地来坐。她坐在那里，说着她的丈夫；说着她的跳舞："别看我身子胖，许多人和我跳舞过的，都很惊诧于我的'身轻如燕'呢！"还说着她女儿时代的事；说着她剖了肚皮把孩子取出的事；说着她儿子的不听话而深为叹息。她还轻声地唱着，唱着。听见三层楼客厅里的音乐声，便双脚在甲板上轻蹬着，随了那隐约的乐声。船过了亚丁，是风平浪静了，许多倒在床上的人都又立起来活动着，魏的病也好了。我于每日午晚二餐后，便有无椅可坐之感，然而我却是不能久立的。于是，踌躇又踌躇，有一天黄昏，只得向她开口了：

"夫人，我坐一会儿椅子可不可以。"

她立刻站起来了，说道："拿去，拿去！"

"十分对不起！"

"不要紧，不要紧。"

我把我的椅子移到西边坐着，我们的几个人都在一处。隔了不久，她又立在我们附近的船栏旁了，且久立着不走。我非常难过，很想站起来让她，然怕自此又成了例，只得踌躇着，踌躇着，这些时候是我在船上所从没有遇到的难过的心境。然而她终于走开了。自此，她有一两天不上甲板。还有一顿饭是房里吃的。后来，即上了甲板，也永远不再坐着我们的椅子。

我一见她的面，我便难过，我只想躲避了她。

她的儿子 Jim 最初也使我们不喜欢。一脸的顽皮相，我们互相说道："这孩子，我们别惹他吧。"真的，我们一个人也不曾理他。他只同些军官们闹闹。隔了好几天，他也并不见怎么爱闹。我开始见出我的错误。到西贡后，船上又来了两个较小的孩子。Jim 带领了他们玩，也不大欺侮他们。我们看不出他的坏处。在他的十岁生日时，我还为他和他的母亲照了一个相。然而他母亲却终于在这日没有一点儿举动，也没有买一点儿礼物给他。在这一路上，没有见他吃过一点儿零食，没有见他哭过一声；对母亲也还顺和。别人上岸去，带了一包一包东西回来，他从来没有闹着要，许多卖杂物的上船来，他也从不向他的母亲要一个两个钱来买。这样的孩子还算是坏吗？我颇难过自己最初对他之有了厌恶心。学昭女士还说——她本是与她们同一个房间的——每天早晨起来时，或每晚就寝时，这个孩子，一定要做一回祷告；这个小小的人儿，穿着睡衣，赤着足儿，跪在地上箱上，或板上，低声合掌地念念有词；念完了，便睁开眼望着他母亲叫了一声"妈！"，这幅画多么动人！

一位白发萧萧的老头儿，在西贡方才上船来；他的饭厅上的座位，恰好可以给我们看得见。我不晓得他有多少年纪，只看他向下垂挂着的白须，迎着由窗口吹进来的风儿，一根根地微飘着；那样的银须呀，至少增加他以十分的庄严，十二分的美貌。他没有一个朋友，镇日坐着走着，精神仿佛很好。过了几天他忽然对我们这几个人很留意。他最先送了一个礼物来，那是由他亲手做成的，一个用线和硬纸板剪缀成的人形，把线一拉手足便会活动着。纸上还用钢笔画了许多眉目口鼻之类。老实说，这人形并不漂亮，然而这老人的皱纹重重的手中做出的礼物，我们却不能不慎重地领受着，慎重地保存着。他很好事，常常到我们桌子上来探探问问。什么在他都是新奇的；照相机也要看看，饼干也要问这是中国的或别国的；还很诧异地看着我们写字；我写着横形的字，这使他更奇怪："是中国字么？中国是直行向下写的。"直到了我们告诉他这是新式的写法，他方才无话；然而"诧异"似还挂在他的眉宇间。有一天，他看见一位穿着牧师的黑衣的西班牙教士来探望我们，他一直注目不已。这位教士刚走出饭厅门口，他便跑来殷殷地查问了："是中国人么？是天主教牧师么？"人家说，老人是像孩子的。这句话真不错。他简直是一位孩子。听说——因为我没有看见——那几天他执了剪刀、硬纸板、针和线，做了不少这些活动的人形分给同饭厅的孩子们。然而没有一个孩子和他亲热。军官们、少年们、太太们，没有一个人理会他。这几天，他是由房里取出一个袋子来，独自坐在椅上，把袋子里的绒线长针都搬出，在那里一针一针地编织着绒线衣衫。他织得真不坏！这绒线衫是做了给谁的呢？我猜不出，我也不想猜。然而我每见了这位白发萧萧而带着童心的孤独的老人，我便不禁有一种无名的感动。

一位瘦瘦的男人和一位瘦瘦的他的妻子，最惹我们讨厌。第一天上船，他们的一个小孩子便啼哭不止，几乎是整夜地哭。徐、袁、魏三位的房门恰对着他的房门。他们谈话的声音略高，那瘦丈夫便跑来干涉，说是怕扰了孩子的睡眠。他们门窗没有放下，那瘦丈夫又跑来说，有女太太在对门不方便。这使他们非常地气愤。那样瘦得只剩皮和骷髅的脸，唇边那撇乌浓的黑胡子，一见面便使人讨厌。后来，他们终于迁居了一个房间。仿佛孩子也从此不哭了。他们夫妻俩似乎也很沉默，不大和人说话，我们也不大理会他。他们那两个孩子可真有趣。大的女孩不过五岁，已经能够做事了；当她母亲晕船的那几天，她每顿饭总要跑好几趟路，又是面包、冷水，又是菜。我见了那小小的人儿，小小的手儿，慎重其事地把大盆子大水杯子捧着，走过我的面前，我几乎要脱口地说道："小小的朋友，让我替你拿去了吧。"当然，这不过是一瞬间的幻想，并没有真的替她拿过。他们的小女孩子，那是更小了，须有人领着，才会在甲板上走。她那双天真的小黑眼，东方人的圆圆的小脸，常常笑着看着人。我不相信，她便是那位曾终夜啼哭过的孩子。

再有，上文说起过的那个胖女人；她也是由西贡上船来的。我不是说过了么，有了她一上船，那位葡萄牙太太便失了为军官们所注意的中心人物么。她胖得真可笑，身重至少比那位葡萄牙的胖太太要加重二分之一。她终日地笑声不绝，和那些军官玩笑得更为下流。我们不由得不疑心她是一个妓女。那些和她开玩笑的军官，都是存心要逗她玩玩的，只要看他们那样的和同伴们挤小眼儿便可见。然而她似乎一点儿也没有觉得到这些。她是真心真意地说着、笑着、唱着、闹着、快乐着，不惜以她自己为全甲板、全饭厅的笑料。没有一个人见了她不摇摇头。她常不穿袜子，裸着半个上身，半个下身，拖着一双睡鞋，就这样的入饭厅，上甲板。啊，那肥胖到褶挂下来的黄色肌肉，走一步颤抖一下的，使我见了几乎要发呕。我躺在藤椅上，一见她走过便连忙闭了眼不敢望她一下。没有一个同舟的人比之她使我更厌恶的。有一次，她忽然和一位兔脸的军官大开玩笑。她收集了好几瓶的未吃的红酒，由这桌到那桌地收集着，尽往兔脸军官那儿送去。兔脸军官立了起来，满怀抱都是酒瓶。他做的那副神情真使人发笑。于是全饭厅的人都拍了掌。从这一天起，她便每天由这桌到那桌地收集了红酒往兔脸军官那儿送去。只有我们这个桌子，她没有来光顾过；她往往望着我们的酒瓶，我们的酒瓶早已空了。有一天，隔壁桌上的军官，故意地把水装满了一瓶放在我们桌上。她来取了，倒还机伶，先倒来一试，说道："水。"又还给我们了。总算我们的桌上，她是始终没有光顾过。后来，船到了波赛，不知什么时候她已上岸了。她的座位上换了一个讨厌的新闻记者，而饭厅里不复闻有笑声。

讲起兔脸军官，我也觉得了自己的错误，有一天，他在 Lavatory[①] 门口对我说了一声“Bonjour[②]”，我勉强地还了一声。然而他除了和胖女人逗趣外，并无别的讨厌的事。在甲板上，他常常带领了几个孩子们玩耍，细心而且体贴。Jim 连连地捏了他的红鼻子，他并不生气，只是笑嘻嘻的，还替两个孩子造了两个小车，放在满甲板上跑。他总是嘻嘻笑的，对了我总是点头。

啊，在这里，人是没有讨厌的，我是自知自己的错误了。

然而那瘦脸的新闻记者，那因偷钱而被贬入四等舱而常到三等舱来的魔术家，我却始终讨厌他们的。

不，上帝原谅我，我并没有和他们深交，作兴他们也有可爱之处而为我们所不知道呢！

还有，许许多多的军官、同伴，帮忙我们不少的，早有别的人写了，我且不重复，姑止于此。

我在此，得了一个大教训，是：人都是好的。

①Lavatory：盥洗室。

②Bonjour：法语“日安”。

不速之客

这是离上海虽然不过一天的路程，但我们却以为上海是远了，很远了；每日不再听见隆隆的机器声，不再有一堆一堆的稿子待阅，不再有一束一束来往的信件。这里有的是白云，是竹林，是青山，如果镇日地靠在红栏杆上，看看山，看看田野，看看书，那么，便可以完全与外面的世界隔绝。偶然地听着鸟声磔格磔格地啭着，或一只两只小鸟，如疾矢似的飞过槛外，或三五丛蝉声曼长地和唱着，却更足以显示出山中的静谧来。

然而我们每天却有两次或三次是要与上海外面世界接触的；一次便是早晨八时左右邮差的降临，那是照例总有几封信及一束日报递来的。如果今天邮差迟一点儿来，或没有信件，我们心里便有些不安逸。

“我有信没有？”一见绿衣人的疾步噔噔噔地上了楼，便这样地问；有时在路上遇见了，那时时间是更早，也便以同样的问题问他。

他跑得满头是汗，从邮袋中取了信件、日报出来，便又匆匆地转身下楼了。我到了山中不到三天，已与这个邮差熟悉。因为每次送这一带地方邮件的总是他。据他说，今天上山的人不到三百。因为熟悉了，在中途向他要信时，他当然不会不给的。

再一次是下午一时左右；那时带了外面的消息来的，又是邮差，且又是同样的那一个邮差，不过这一次是靠不住的，有时来，有时不来。

最后一次是夜间九时左右，那时是上海或杭州的旅客由山下坐了轿子来的时候。因为滴翠轩的一部分是旅馆，所以常常有游客来。我的房间隔壁，有两间空房，后面也有一间，这几个房间的住客是常常更换的。有时是官僚，有时是军人，有时是教育家，有时是学生，——我还曾在茶房扫除房间时，见到一封住客弃掉的诉说大学生生活的苦闷的信——有时是商人；有时是单身，有时是带了女眷。虽然我是不大同他们攀谈的，但见了他们各式各样的脸，各式各样的举动，也颇有趣。不过他们来时，往往我们已经睡了。第二天一清晨，便听见老妈子们纷纷传说来的是什么样的人。有事，坐谈得迟了，便也看见他们的上山。大约每一两夜总有一批人来。一见轿夫挑夫的喧语，呼唤茶房的声音，楼梯上杂乱匆促的足步声，便知山客是又多了几个了。有时，坐在廊前，也看见对山有灯火荧荧的移动。老妈子们便道："又有人上山了。"刘妈道："一个，两个，还有一个。妈妈呀，轿子多着呢！今天来的人真不少啊！"这些人当然不是到滴翠轩来的，因为到滴翠轩是走老路近，而对山却是新路，轿夫们向来不走的。走新路的，都是到岭上各处别墅去的。

第一次、第二次的外面消息，是我们所最盼望的，因为载来的是与我们有关的消息。尤其热忱的来候着的是我。因为，箴没有和我同来，我几次写信去，总催她快些上山来。上海太热，是其一因，还有……

别离，那真不是轻易说的。如果你偶然孤身作客在外，如果你不是怕见你那母夜叉似的妻，如果你没有在外眷恋了别一个女郎，你必定会时时地相思到家中的她，必定会有一种说不出的离情别绪萦挂在心头的，必定会时时地因事，因了极小极小的事，而感到一种思乡或思家之情怀的。那是每个人都是这个样子的，毋庸其讳言。即使你和她向来并不怎么和睦，常常要口角几声，隔了几天，且要大闹一次的，然而到了别离之后，你却在心头翻腾着对于她的好感。别离使你忘了她的坏处。而只想到了她，特别是她的好处。也许你们一见面，仍然再要口角，再要拍桌子、摔东西地大闹，然而这时却有一根极坚固极大的无形的情线把你和她牵住，要使你们互相接近。你到了快归家时，你心里必定是"归心似箭"，你到了有机会时，必定要立刻地接了她出来同住。有几个朋友，在外面当教员的，一到暑假，经过上海回家时，必定是极匆忙地回去，多留一天也不肯。"他是急于要想和他夫人见面呢。"大家都嘲笑似的谈着。那不必笑，换了你，也是要如此的。

这也毋庸讳言，我在这里，当然的，时时要想念到她。我写了好几封信给她，去邀她来。"如果路上没有伴，可叫江妈同来。"但她回了信，都说不能来，我们大约每天总有一封信来往，有时是两封信，然而写了信，读了信，却更引起了离别之感。偶然她有一天没有信来，那当然是要整天地不安逸的。

"铎，你不在，我怎么都不舒服，常常地无端生气，还哭了几次呢。你什么时候才能回来呢？"这是她在我走了第二日写来的信。

凄然的离情，弥漫了全个心头，眼眶中似乎有些潮润，良久，良久，还觉得不大舒适。

听心南先生说，有两位女同事写信告诉她，要到山上来住。那是很好的机会，可以与箴结伴同行。我兴冲冲地写了信去约她。但她们却终于没有成行，当然她也不来了。我每天匆匆地工作着，预备早几天把要做的工做完。她既不能来，还是我早些回去吧。有一次，我写信叫她寄了些我爱吃的东西来。她回信道："明后天有两位你所想不到的人上山来，我当把那些东西托他们带上。"

这两位我所想不到的人是谁呢？执了信沉吟了许久，还猜不出。也许是那两位女同事也要来了吧？也许是别的亲友们吧？我也曾写信去约圣陶、予同他们来游玩几天，也许竟是他们吧？

一天过去了，两天过去了，这两位还没有到，我几乎要淡忘了这事。

第三夜，十点钟的光景，我已经脱了衣，躺在床上看书。倦意渐渐迫上眼睫，正要吹灭了油灯，楼梯上突然有一阵匆促的杂乱的足步声；这足步到了房门口，停止了。是茶房的声音叫道：

"郑先生睡了没有？楼下有两位女客要找你。"

"是找我吗？"

"她说的是要找你。"

我心头扑扑地跳着。女客？那两位女同事竟来了么？匆匆地穿上了睡衣，黑漆漆地摸到楼梯边，却看不出站在门外的是谁。

"铎，你想得到是我来了么？"这是箴的声音，她由轿夫执的灯笼光中先看见了我，"是江妈伴了我来的。"

这真是一位完全想不到的不速之客！

在山中，我的情绪没有比这一时更激动得厉害的了。

秋夜吟

幸亏找到小石。这一年的夏天特别热，整个夏天我以面包和凉开水作为午餐；等太阳下去，才就从那蛰居小楼的蒸烤中溜出来，嘘一口气，兜着圈子，走冷僻的路到他家里，用我们的话，“吃一顿正式的饭”。

小石是一个顽皮的学生，在教室里发问最多，先生们一不小心，就要受窘。但这次在忧患中遇见，他却变得那么沉默寡言了。既不问我为什么不到内地去，也不问我在上海还有什么任务，当然不问我为什么不住在庙弄，绝对不问我如今住在什么地方。

我突然地找到他了，突然每晚到他家里吃饭了，然而这仿佛是平常不过的事，早已如此，一点儿不突然。料理饮食的也是小石一位朋友的老太太，我们共同享用着正正式式的刚煮好的饭，还有汤，——那位老太太在午间从不为自己弄汤菜，那是太奢侈了。——在那里，我有一种安全的感觉。直到有一次我在这“晚宴”上偶然缺席，第二天去时看到他们的脸上是怎样从焦虑中得到解放，才知道他们是如何理解我的不安全。那位老太太手里提着铲刀，迎着我说：“哎呀，郑先生，您下次不来吃饭最好打电话来关照一声啊，我们还当您怎么了呢。”

然而小石连这个也不说。

于是只好轮到我找一点儿话，在吃过晚饭以后，什么版画、元曲、变文、老庄哲学，都拿来乱谈一顿，自己听听很像是在上文学史之类，有点儿可笑。

于是我们就去遛马路。

有时同着二房东的胖女孩，有时拉着后楼的小姐L，大家心里舒舒坦坦地出去“走风凉”，小石是喜欢魏晋风的，就名之谓“行散”。

遛着遛着也成为日课，一直到光脚踏屐的清脆叩声渐渐冷落下来，后门口乘风凉的人们都缩进屋里去了，我们行散的性质依然不减。

秋天的黄昏比夏天的更好，暮霭像轻纱似的一层一层笼罩上来，迷迷糊糊的雾气被凉风吹散。夜了，反觉得亮了些，天蓝得清清静静，撑得高高的，嵌出晶莹皎洁的月亮，真是濯心涤神，非但忘却追捕、躲避、恐怖、愤怒，直要把思维上腾到国家世界以外去。

我们一边走着，一边谈性灵，谈人类的命运，争辩月之美是圆时还是缺时，是微云轻抹还是万里无垠。……

小石的住所朝南朝南再朝南，是徐家汇路，临着一条河，河南大都是空地和田，没有房子遮着，天空更畅得开。我们从打浦桥顺着河沿往下走往下走，把一道土堆算城墙，又一幢黑魃魃的房屋算童话里的堡垒，听听河水是不是在流。

走得微倦，便靠在河边一株横倒的树干上，大家都不谈话。

可是一阵风吹过来，夹着河水污浊的气味，熏得我们站起来。这条河在白天原是不可向迩的。“夜只是遮盖，现实到底是现实，不能化朽腐为神奇！”小石叹了口气。

觉着有点儿凉，我随手取起了放在树干上的外衣，想穿。“嘎！”L叫了起来：“有毛毛虫。”外衣上附着两只毛虫呢，连忙抖拍下去。大家一阵忙，皮肤起着栗，好像有虫在爬。

“不要神经过敏，听，叫哥哥在叫呢。”

“不，那是纺织娘。”

“哪里，那一定是铜管娘。”

“什么铜管娘，昆虫学里没有的名字。”

其实谁也没有研究过昆虫学。热心的争论起来了，把毛毛虫的不快就此抖掉。

“听，那边更多呢。”“那边更多呢。”

一路倾听过去，忽然有一个孩子的声音叫：

“在这里了。”

那是一个穿了睡衣裤的小孩，手里执着小竹笼，一条辫子梢上还系着红线，一条辫子已经散了，大概是睡了听了叫哥哥叫的热闹又爬起来的。

“你不要动，等我捉。”铁丝网那边的丛莽中有一个男人在捉，看样子很是外行，拿了盒火柴，一根根划着。

秋虫的声音到处都是，可是去捉呢，又像在这里，又像在那里，孩子怕铁丝网刺他，又急着捉不到，直叫。

小石也钻进丛莽里去了。

一个骑自行车的人经过，也停了下来，放好了车，取下了车上的电石灯，也加入去捉了。

这人可是个惯家，捉了一会儿，他说：“不行，这样，你拿着灯，我们来捉。”

原来的男人很听话的赶快把灯接过来，很合拍地照亮着。

果然，不一会儿，骑自行车的人就捉到了一只，大家钻出来，孩子喜欢得直跳。

骑自行车的人大大的手里夹着叫哥哥，因为感觉到大家欣赏他的成功而害羞，怯怯地说道："给谁呢？给谁呢？"

原来在捉的男人就推给小石说："先给他吧，他不会捉的。"孩子也说："给你吧，我们还好再捉。"

小石被这亲热的推让和赠予弄得不好意思起来，连忙走开去，说："哪里，哪里，我原不想要，我是帮你们捉的。"想想自己又不会捉，又改说："我不过凑凑热闹。"

我们也说："小妹妹别客气了，把它放在笼子里吧，看跳掉了。"

那个孩子才欢欢喜喜感谢地要了，男人和骑自行车的人又钻进丛莽中去。

小石一边走，一边笑，一边咕噜："我又不是小孩子。推给我做什么。"

L说："人家当你比那个小孩还小啦。这又有什么可脸红的呢。"

于是小石就辩了："月亮光底下看得出脸红脸白么？"

其实我们大家都饫饮这善良的温情而陶然了。

走得很远，回过头去，还看得见丛莽里一闪一闪亮着自行车的摩电灯。

唯一的听众

用父亲和妹妹的话来说，我在音乐方面简直是一个白痴。这是他们在经受了数次“折磨”之后下的结论。在他们听起来，我拉小夜曲就像是在锯床腿。这些话使我感到十分沮丧。我不敢在家里练琴了。我发现了一个练琴的好地方。就在楼区后面的小山上，那儿有一片林子，地上铺满了落叶。

一天早晨，我蹑手蹑脚地走出家门，心里充满了神圣感，仿佛要去干一件非常伟大的事情。林子里静极了。沙沙的足音，听起来像一曲幽幽的小曲。我在一棵树下站好，庄重的架起小提琴，像一个隆重的仪式，拉响了第一支曲子。

但很快我就沮丧了，我似乎又将那把锯子带到了林子里。

当我感觉到身后有人并转过身时，吓了一跳，一位极瘦极瘦的老妇人静静地坐在一张木椅上，她双眼平静地望着我。我的脸顿时烧起来，心想这么难听的声音一定破坏了这林中和谐的美，一定破坏了这老人正独享的幽静。

我抱歉地冲老人笑了笑，准备溜走。老人叫住我，她说：“是我打搅了你了吗？小伙子。不过，我每天早晨都在这儿坐一会儿。”一束阳光透过叶缝照在她的满头银丝上。“我猜想你一定拉得非常好，只可惜我的耳朵聋了。如果不介意我在场的话，请继续吧。”

我指了指琴，摇了摇头，意思是说我拉不好。

“也许我会用心去感受这音乐。我能做你的听众吗？每天早晨？”

我被这位老人诗一般的语言打动了。我羞愧起来，同时暗暗有了几分兴奋。嘿，毕竟有人夸我，尽管她是一个可怜的聋子。我拉了，面对我唯一的听众，一位耳聋的老人。她一直很平静地望着我。我停下来时，她总不忘说上一句：“真不错。我的心已经感受到了。谢谢你，小伙子。”我心里洋溢着一种从未有过的感觉。

很快我就发觉我变了。从我紧闭小门的房间里，常常传出基本练习曲。若在以前，妹妹总会敲敲门，装作一副可怜的样子说：“求求你，饶了我吧！”我现在已经不在乎了。我站得很直，两臂累得又酸又痛，汗水早就湿透了衬衣。

但我不会坐在木椅子上练习，而以前我会的。不知为什么，总使我感到忐忑不安、甚至羞愧难当的是每天清晨我都要面对一个耳聋的老妇人全力以赴地演奏；而我唯一的听众也一定早早地坐在木椅上等我了，并且有一次她竟说我的琴声能给她带来快乐和幸福。更要命的是我常常会忘记了她是个可怜的聋子！

我一直珍藏着这个秘密，直到有一天，我的一曲《月光奏鸣曲》让专修音乐的妹妹感到大吃一惊，从她的表情中我知道她现在的感觉一定不是在欣赏锯床腿了。妹妹逼问我得到了哪位名师的指点。我告诉她："是一位老太太，就住在十二号楼，非常瘦，满头白发，不过——她是一个聋子。""聋子？"妹妹惊叫起来，"聋子！多么荒唐！她是音乐学院最有声望的教授，更重要的，曾是乐团的首席小提琴手，而你竟说她是聋子！"

我一直珍藏着这个秘密。珍藏着一位老人美好的心灵。每天清晨，我总是早早地来到林子里，面对着这位老人，这位耳"聋"的音乐家，我唯一的听众，轻轻调好弦，然后静静拉起一支优美的曲子。我感觉我奏出了真正的音乐，那些美妙的音符从琴弦上缓缓流淌着，充满了整个林子，充满了整个心灵。我们没有交谈过什么，只是在这个美丽的早晨，一个人轻轻地拉，一个人静静地听。

我看着这位老人安详地靠着木椅上，微笑着，手指悄悄打着节奏。我全力以赴地演奏，也许会给老人带来一丝快乐和幸福。她慈祥的眼睛平静地望着我，像深深的潭水在静静地流动着。

后来，我已经能足够熟练地操纵小提琴，它是我永远无法割舍的爱好。在不同的时期，我总会遇到一些大家组织的文艺晚会，我也有了机会面对成百上千的观众演奏小提琴曲。我总是不由得想起那位耳"聋"的老人，那清晨里我唯一的听众……

欢迎太戈尔[1]

我在梦中见到一座城，全地球上的一切其他城市，都不能攻胜他；
我梦见这城是一座新的朋友的城。
没有东西比健全的爱更伟大，它导引着一切。
它无时无刻不在这座城的人民的动作上容貌上，及言语上表现出来。

惠特曼（Whitman）

太戈尔（Rabindranath Tagore）快要东来了。在这本杂志[2]放在读者手中或书桌上时，他也许已经到了中国。

我可以预想得到；当太戈尔穿了他的印度的补质的长袍，由经了远航而疲倦的船上，登到中国的岸上时，我们一定会热烈地崇拜地张开爱恋的两臂，跑去欢迎他；当他由挂满了青翠的松枝的门口，走到铺满了新从枝头撷下的美丽的花的讲坛上，当他振着他沉着而美丽的语声，做恳挚的讲演时，我们一定会狂拍着两掌，坐着，立着，甚至于站到窗台上，或立在窗外，带着热忱与敬意，在那里倾听。心里注满了新的愉快与新的激动。

诚然的，我们应该如此的欢迎他；然而我们的这种欢迎，似乎还不能表达我们对于他的崇敬，恋慕与感激之心的百一。

我们不欢迎残民以逞，以红血白骨筑凯旋门的凯萨，这是应该让愚妄的人去欢迎的；我们不欢迎终日以计算金钱为游戏的富豪，不欢迎食祖先的余赐的帝王或皇子，这是应该让卑鄙的人去欢迎的；我们不欢迎庸碌的乘机会而获享大名的外交家、政治家及其他的人，这是应该让无知的，或狡猾而有作用的人去欢迎的。

我们所欢迎的乃是给爱与光与安慰与幸福于我们的人，乃是我们的亲爱的兄弟，我们的知识上与灵魂上的同路的旅伴。

---

① 太戈尔：今译为泰戈尔，印度著名诗人，代表作有《新月集》《飞鸟集》等。
② 这本杂志：指本文原载的杂志，即 1923 年 9 月 10 日《小说月报》14 卷第 9 期。

世界上使我们值得去欢迎的恐怕还不到几十个人。太戈尔便是这值得欢迎的最少数的人中的最应该使我们带着热烈的心情去欢迎的一个人！

他是给我们以爱与光与安慰与幸福的，是提了灯指导我们在黑暗的旅路中向前走的，是我们一个最友爱的兄弟，一个灵魂上的最密切的同路的伴侣。

他在荆棘丛生的地球上，为我们建筑了一座宏丽而静谧的诗的灵的乐园。这座诗的灵的乐园，是如日光一般，无往而不在的，是容纳一切阶级，一切人类的；只要谁是愿意，他便可以自由地受欢迎地进内。在这座灵的乐园里，有许多白衣的诗的天使在住着。我们愉悦时，他们则和着我们歌唱；我们忧郁时，他们则柔和地安慰着我们；爱者被他的情人所弃，悲泣如不欲生，他们则向他唱道："你弃了我，自己走去了。我想我应该因你而悲伤，把你的孤寂的影像放在我的心上，织在一首金的歌里。但是，唉，我真不幸，时间不幸，时间是太短促了。青春一年一年地消磨了；春天是逃走了；脆弱的花是无谓地凋谢了，聪明的人警告我说，人生不过是荷叶上的一滴露水。难道我不管这一切，而只注视那以她的背向我的人么？那是很鲁笨的，因为时间是短促的。"当他听见这个歌声，他的悲思渐渐地如秋云似的融消了，他抹去了他的眼泪，向新的路走去；母亲失了她的孩子，镇日地坐在那里下泪，她们则向她唱出这样的一个歌来："当清寂的黎明，你在暗中，伸出双臂，要抱你睡在床上的孩子时，我要说道，'孩子不在那里呀！'——母亲，我走了。我要变成一股清风，抚摸着你，我要变成水中的小波，当你浴时把你吻了又吻。大风之夜，当雨点在树叶中淅沥时，你在床上，会听见我的微语，当电光从开着的窗口闪进你的屋里时，我的笑声也偕了他一同闪进了。如果你醒着躺在床上，想着你的孩子到了深夜，我便要从星里向你唱道：'睡呀母亲，睡呀。'我要坐在照彻各处的月光上，偷到你的床上，乘你睡着时，躺在你的胸上。我要变成一个梦儿，从你眼皮的小孔中，钻到你睡眠的深处；当你醒起来吃惊地四顾时，我便如闪耀的萤火，熠熠地向暗中飞去了。当普耶大祭日，邻家的孩子们来屋里游玩时，我便要融化在笛声里，镇日在你心头震荡。亲爱的阿姨带了普耶礼来，问道，'我的孩子在哪里呢，姊姊？'母亲，你要柔声地告诉她道：'他呀，他现在是在我的瞳仁里，他现在是在我的身体里，在我的灵魂里。'"她听了这个歌，她的愁怀便可宽解了许多，如被初日所照的晨雾一样，渐渐地收敛起来了；我们怀疑，伊们便能为我们指示出一条信仰大路来；我们失望，她们便能为我们重燃起希望的火炬来。总之，无论我们怎样地在这世界被损害，被压抑，如一到这诗的灵的乐园里，则无有不受到沁入心底的慰安，无有不从死的灰中再燃着生命的青春的光明来的。

我们对于这个乐园的伟大创造者，应该怎样地致我们的祝福，我们的崇慕，我们的敬爱之诚呢?

现在的世界，正如一个狭小而黑暗的小室。什么人都受物质主义的黑雾笼罩着，什么人都被这“现实”的小室紧紧地幽闭着。这小室里面是可怖的沉闷，干枯与无聊。在里面的人，除了费他的时力，费他的生命在计算着金钱，在筹思着互相剥夺之策，在喧扰地在暗中互相争辩着嘲骂着如盲目者似的以外，便什么东西都不知道，什么生的幸福都没有享到了。太戈尔则如一个最伟大的发现者一样，为这些人类发现了灵的亚美利加①，指示他们以更好的美丽的人的生活；他如一线绚烂而纯白的曙光，从这暗室的天窗里射进来，使他们得互相看见他们自己，看见他们的周围情境，看见一切事物的内在的真相。虽然有许多人，久在暗中生活，见了这光，便不能忍受地紧闭了两眼，甚且诅骂着，然而大多数肯睁了眼四顾的，却已惊喜得欲狂起来。这光把室内四周的美画和宏丽的陈设都照出来，把人类的内在的心都照出来。

“光，我的光，充满世界的光，吻干眼帘的光，悦我心曲的光！

“呵，可爱的光，这光在我生命的中心跳舞；可爱的光，这光击我爱情的弦使鸣，天开朗了，风四远地吹，笑声满于地上了。”

《吉檀迦利》之五十七

他们现在是明白世界，明白人生了。

我们对于这个伟大的发现者，这个能说出世界与人生的真相者，应该怎样地致我们的祝福，我们的崇慕，我们的敬爱之诚呢?

西方乃至全个世界，都被卷在血红的云与嫉妒的旋风里。每个民族，每个国家，每个党派，都以愤怒的眼互视着，都在粗声高唱着报仇的歌，都在发狂似的随了铁的声，枪的声而跳舞着。他们贪婪无厌，如毒龙之张了大嘴，互相吞咬，他们似乎要吞尽了人类，吞尽了世界；许多壮美的人为此而死，许多爱和平的人被其牺牲，许多宏丽的房宇为之崩毁，许多珠玉似的喷泉，为之干竭，许多绿的草染了血而变色，许多荫蔽千亩的森林被枪火烧得枯焦。太戈尔则如

①灵的亚美利加：亚美利加一说为美洲，这里借喻于哥伦布发现美洲新大陆，可以理解为灵魂的新面貌。

一个伟人似的，立在喜马拉雅山之巅，立在阿尔卑斯山之巅，在静谧绚烂的旭光中，以他的迅雷似的语声，为他们宣传和平的福音，爱的福音。他的生命如“一线镇定而纯洁之光，到他们当中去，使他们愉悦而沉默”。他立在他们黑漆漆的心中，把他的“和善的眼光堕在他们上面，如那黄昏的善爱的和平，覆盖着日间的骚扰”。

世界的清晨，已在黑暗的东方之后等待着了。和平之神已将鼓翼飞来了。

他在祈祷，他在赞颂，他在等候。他的歌声虽有时而沉寂，而他的歌却仍将在未来者的活泼泼的心中唱将出来的，他的使命也终将能完成的。

我们对于这个伟大的传道者又应该怎样地致我们的祝福，我们的崇慕，我们的敬爱之诚呢?

他现在是来了，是捧了这满握的美丽的赠品来了！他将把他的诗的灵的乐园带来给我们，他将使我们在黑漆漆的室中，得见一线的光明，得见世界与人生的真相，他将为我们宣传和平的福音。

我们将如何的喜悦，将如何热烈地欢迎他呢?

任我们怎样地欢迎他，似乎都不能表示我们对于他的崇慕与敬爱之心的百一。

> “我醒起来，在清晨得到他的信。
>
> “当夜间渐渐地万籁无声，群星次第出现时，我要把这封信摊放在我的膝上，沉默地坐着。
>
> “萧萧的绿叶会向我高声地读它，潺潺的溪流，会为我吟诵着它，而七个智慧星，也将在天上对我把它歌唱出来。”
>
> 《采果集》之四

这是太戈尔他自己歌咏上帝的诗章之一，而我们现在也似乎有这种感想。我们表面上的热烈的欢迎，所不能表白的愉快与崇拜与恋慕，在这时是可以充分地表白出来。

他的伟大是无所不在的；而他的情思则唯我们在对着熠熠的繁星，潺潺的流水，或偃卧于绿荫上的绿草上，荡舟于群山四围的清溪里，或郁闷地坐在车中，惊骇地中夜静听着窗外奔腾呼号的大风雨时才能完全领会到。

我们应不仅为表面上的热烈的欢迎！

纪念几位今年逝去的友人

当这个“万方多难”的年头，逝去了几位友人，正有如万木森森的树林里，落下了两片三片的黄叶，那又算得什么事！我们该追悼无数为主义而脰折断颈的“烈士”，我们该追悼无数为抵御强权，为维护民族的生存而被大炮枪弹所屠杀的兵士，我们该追悼无数的在国内、国外任人烹割的，无抵抗的民众。我们真无暇纪念到我们自己的几位友人们，当这个“万方多难”的年头！

然而在这个“万方多难”的年头，逝去了的那几位友人，却正是无数的受苦难的民众的缩影。我们为那几位友人而哭，而哀悼，除了为我们的友情之外，也还有些难堪的别的情怀在。我们的勇士实在太少了。我们的诗才也实在太寥落了。当这个年头儿，该是许多勇士，许多诗人，为民众，为生活在这个古老的国土上的人类效力的时候，却正是那些最勇敢的勇士们受最难堪的苦难，而逝去，也正是那些最可珍异的诗才们受无妄之横祸的时候。站在最前面的一批，去了，远了，后继者有谁呢？真难说！这是我们所不得不为我们的逝去的友人们痛心的。我们常是太取巧了，太个人主义了，太自私了。站在任何主义的坚固的阵线上而作战的人们，在这古老的国里，几千年来就不多几个。现在是个大转变的时代，该产生出无数的意志坚定的战士，有为民众，为主义——不管他什么主义——而牺牲而努力。在过去的三五年间也真的产生了不少这样的无名的英雄们。这是我们这个古老的民族的一线新的生机。我们该爱护这新生的根芽，我们该培植这新生的德性。然而不然，最遭苦难的却正是他们！那不全是被“屠杀”，——当然那是最重要的一个原因——也还有无数的别的不可说的法术儿，被用来销铄他们，毁亡他们。总之，要使意志坚定的最好的最有希望的青年们，在全国不见了踪迹。这是我们最可痛心的事。

至少，至少，我们该为国家爱惜有希望的人们，为民族爱惜意志坚定的战士们。这是我忆念到今年逝去的几位友人们便要觉得痛心的，不仅仅是为了个人有的友情而已。

一、胡也频[①]先生

第一个该纪念的友人是胡也频先生，在今年逝去的友人们中。

胡先生的死，离现在已有好几个月了，我老想对他的死说几句话，老是没有机会。他的死是一个战士般的牺牲，是值得任何敌与友的致敬的。

凡是认识也频的人，没有一个曾会想到他的死会是那样的一个英雄的死。他是那样的文弱，那样的和平；他是一位十足的“绅士式”的文人，做着并不激刺的诗与小说的，谁会想得到他竟会遭际到那样的一个英雄的死？

也频的诗与小说，最早是在北平的《晨报》副刊和《现代评论》上发表的。在那个时代，他所写的诗与小说一点儿也没有比当代的一般流行的诗人和小说家们的作品有什么更足以招祸惹殃的所在。他的诗文散文，完全是所谓“绅士式”的文学：圆润，技巧；说的是日常的生活，绅士的故事。一丝半毫的反抗时代的影子，在那里都找不到。他们如百灵鸟在无云的天空，独自地歌啭着，他们如黄莺儿在枝头上跳跃不定的一声两声自得的鸣叫着。他们似还没有尝到任何真实的人间的生活的辛辣味儿。

后来，他到了上海。他的作品便常在《小说月报》上及他和丁玲、沈从文诸位自己所办的《红黑》上发表，他的作风还是一毫也不曾变动。他那时所写的，似以小说为最多。也只是些“绅士式”的小说。

有一天，他和从文同到我们那里来。

“我们组织了一个出版机关，要自己出个文艺杂志。”也频这样说，微笑的。

“要你们大家都帮忙才好呢。”从文说。

过几天，果然有“红黑社”请客的通知来。

那一天在静安寺路华安公司的楼上，举行了一次很盛大的宴会，倒有不少我所不认识的士女。也频和丁玲是那样殷勤地招待着。也频的瘦削的脸上，照耀着喜悦的颜色。他是十足地表现着“绅士式”的文人的气度，——但恐怕这便是最后的一次了。

《红黑》出版了几期，听说《红黑》的出版部，发生了问题。没有别的，只为的是：“红”“黑”两个字太鲜明得碍目。于是不管它的内容如何，便来了一

① 胡也频：杰出的革命作家、“左联五烈士”之一、“龙华二十四烈士”之一，著名女作家丁玲的前夫，著名国学大师季羡林的中学国文老师。1931 年于上海龙华被国民党杀害，年仅 28 岁。他的早期作品倾向小资产阶级情调，牺牲前的作品处于转型期，充满革命热情，代表作有《到莫斯科去》。

次不很愉快的干涉和阻碍。在那个时候，也频定受有很大的刺激与冲动。后来的转变，或已于此时植下很深的根芽。

有半年之久，他所做的仍是那一类“绅士式”的小说。那时他的生活似很艰苦，常常要为了生活而做小说，要为了卖小说而奔走着。在那个时候，他是和“现实的生活”窄路相逢了；他和它面对面的站着。常有被它吞没下去的危险。但他始终是挣扎着，并不退却，也并不转入悲观。

常是为了“没有米了”，“房钱是来催迫过好几趟了”的题目，执持了匆匆完稿的作品去出卖。

逢到“婉辞拒却”的机会是不少的，但也颇始终保持着他的雍容大量的绅士态度，一点儿也不着恼。把他的文字做严刻的讥弹着的也有，但他仍是很虚心的并不表现出不愉快的态度来。

我不曾见过那么好脾气的小说家、诗人。

在那个时候，他和我见面的时候不少。他那生疏的福州话，常使我很感动。我虽生长在外乡，但对于本地的乡谈，打得似乎要比他高明些。他和我是无话不谈的，在那时候。

不知在什么时候，他的作风，他的生活突然地起了一个绝大的转变，这个大转变，使他由“绅士”一跃而成为一个战士，使他由颓唐的文人的生活，一变而成为一位勇敢的时代的先驱。

他的爽直的性格，真纯的意志，充足的生活力，以至他的富有向前进的精神，都足以使他毫不踌躇地实现他的这个转变，使他并不退缩的站到时代的最前线去。

我记得，他有好几个月不来了。在前年的冬天，一个灰暗的下午，他又来了，带了一包的原稿。

“我现在的作风转变了，这是转变后的第一篇小说，中篇的，请你看看，可否有发表的机会。”

那中篇小说的题目是《到莫斯科去》。我匆匆地翻了一遍，颇为他的大胆的记述和言论所震动。

“等我细细拜读一下再说。假如没有什么‘违碍’，发表当然是不成问题的。”我说。

我不好意思立刻便对他说，那题目便是一个最会“触犯时忌”的标识。

像那样坦白的暴露着最会“触犯时忌”的事实的小说，在当时的出版物上，至少在《小说月报》上——是没法可以发表的。所以第二次他来了时，我便真心抱歉地对他说道：

“实在太对不住了，这部中篇，为了有‘违碍’，月报上似乎是不能发表的。”

也频非常明了我的地位，他微笑道：

“没有什么，没有什么。我也知道有些‘不便’。但请你指教这小说里有什么不妥当的所在？”

我坦白地说出了我的意见。他很觉得同意。

以后，他依然常常来。还常常拿稿子来，但不常常是他自己的，有时是丁玲的，有时是从文的。他还不时地说穷，但精神却极为焕发，似乎他的兴会比往常都好。我知道他在“工作”，但我绝不问他什么——我向来是绝对不打听友人们的行动的。在他小说里，我见到他是时时很坦白地在诉说他的“工作”的情形，以及心理上的转变与进展。

在去年下半年的小说里，他似仍在写着他自己的“工作”的事；但在那时，有一件在他生活里比较重要的事发生，那便是丁玲的生孩子。

为了这件事，他奔走筹划了不少时候。他所写的《母亲》和《牺牲》的两个短篇，便可充分地表现出他那时的心理的变化。我以为，在他的许多小说里，那两篇是要归入最好的一边，就技巧而论。

他这件家庭的事，刚刚忙过去不久，不料一个惊人的消息便接着而来，那便是他的被捕。我始终不大明白他被捕的真实原因何在。关于这，有种种的传言。

从他被捕以后，由丁玲、从文那里，时时得到如何设法营救他的消息。

突然地，又有一个惊人的消息传来，那便是他已经是如一个战士般地牺牲了。关于这，又有种种的传言。其中的一个是，在一个死寂的中夜的时候，有人听见一队少年们高唱着《国际歌》，接着“啪啪啪”的一阵枪声，便将这激昂高吭的歌声永远，永远地打断了。

也频便是这样的战士般地死去，据说。

谁知道呢？

但从此以后，便不再听见关于营救他的消息了，也不再听到关于他的任何的消息了。

他是这样地得到一个英雄的死！凡是认识也频的人谁还会想得到呢？！

二、洛生[①]先生

第二个该纪念的友人是洛生先生。

洛生是他的笔名，他的真实的姓名是恽雨棠。

我有好久不知道洛生是何等样人，虽然在《小说月报》上已几次的登载过他的文字，——正如我有好久不知道巴金先生是谁一样。大约是前年的秋天吧，同事的某先生送来了一册文稿，他说："这是一个朋友转交来的，不知《小说月报》上可登否？"

那是题为《苏俄文艺概论》的一册原稿，底下作者的署名是"洛生"二字。

我读了那册原稿，觉得叙述很有条理，在那几万个字里，已将我们所想知道的俄国大革命后的文坛的历史与现状，说得十分地明白，一点儿也不含糊。

我很想知道洛生是谁，但那位同事，他也不明白。他说，只知道洛生是曾经到过俄国的，他的俄文程度很不坏而已。

我不再追问下去。

我很想请洛生多译些小说或论文，但自从刊出《概论》之后，总有半年多没有得到他的消息，也再没有人提起过他。

我不知道他的所在，我不知道他是谁。

有一天，在早晨成堆的送来的邮件里，我得到一封署名为洛生的信，他说，约定在某一天来看我，有事面谈。

我很高兴，我终于能见到这位谜似的洛生。

他依约而来。会客单上写的仍是"洛生"两个字。

他是一位身材高大的人，脸部表现久历风霜的颜色。从他那坚定有威的容颜上便知道他定是一位意志异常的坚定的。在我的许多友人们里，似没有比他更为严肃、坚定的。我们没有谈过一句题外话。他来，是为了稿件的事，谈完了，便告辞。

我一点儿也不曾想到要问他的姓名。

后来，他不时地来，也总是为了文稿的事。我们渐渐地熟悉了。从他的评判和论断上看来，足以见出他是一位很左倾的意志坚定的人物，他的来，常是

① 洛生："龙华二十四烈士"之一，曾任上海市黄包车夫罢工委员会主席、中共南京市委书记。1931 年，由于叛徒的告密，他与夫人均被国民党于上海龙华杀害，年仅 29 岁。他早年在商务印书馆发行所做学徒，被分配到定书柜工作，与后来的新中国开国元勋陈云为师兄弟，后为陈云的入党介绍人之一。

那样的神秘，有时戴了帽檐压在眉前的打鸟帽，有时戴着眼镜。有时更扮以一位穿短衫的工人般的人物。

我不便问他的事。但我很担心他的行动。

有人告诉我，他看见洛生穿着一身敞着前胸的蓝布短衣，在拉着洋车呢！有一天。

他是那样的谜般的行动，正如他的那样的谜般的姓氏一样。

有一次，当四月的繁花怒放的时候，他来了，表示着很严重的神色。正是下午，我坐在沉闷的工作室里，实在有些感着“春”的催睡的威力。他的来，使我如转入另一个气候里。我顿时地清醒了，振作了。

他是来和我谈当时正在流行着的“新兴文艺”的问题的。

他问我对这有什么意见，还有：

“你的杂志的态度，究竟如何？”

虽然我和他不是很生疏，但这一次那么正式的严重性的访问，颇使我觉得窘。

我只得将我的及杂志的地位，详细地使他明了。

他没有再追问下去。他当时那副严重的神色，我还记得很清楚。

方先生从日本回来，我告诉他，有洛生这样的一个人。

“我去打听打听看，高大的个儿，大约是 G 吧？”方说。

“也许是的。”

第二次见到方时，方说：“我已经打听出来了，他不是 G，乃是我们的旧同事——在定书柜上办事的恽雨棠。”

说起恽雨棠，我便记起很早的一位《小悦月报》的投稿者来，恽君是曾在《小说月报》上登过一篇小说的。我记得，他用的是很讲究的毛边纸写的，写的字体很清秀可喜，写的故事，也是一篇富于家庭的趣味的事。我的想象中，始终以他为一个很文雅的瘦弱的如一般文人似的人物。

谁想得到这位洛生，便会和那位恽雨棠是同一个人。

自知道了洛生的真实的姓氏之后，便再也见不到他。

有人传说，洛生在闹着恋爱的问题，到外城去了。

但他不再来。

又有人传说，洛生和他的妻，已一同被捕了。

他的不曾再度出现，大约可证实了这个传说吧。

过了一两个月，又有传说。洛生和他的妻，都已如战士般地同被牺牲了。

在如今的一个大时代里，这种的牺牲不是少见的。

但他不再来！

洛生，谜般地出现，便也这样的谜般地消失了。

但他不再来！永远地不再来！！

三、徐志摩先生

第三个应该纪念的是徐志摩先生。

我万想不到要追悼到志摩！他的印象，他的清臞的略带苍白的面容，他的爽脆可喜的谈笑，还活泼泼地出现在我的眼前。我和他最后一次的见面是在四个礼拜以前，适之先生的家中。他到了北平，便打电话来找我，我在他的房里坐了两三点钟。我们谈的话都是无关紧要的，但也都是无顾忌的。他的态度仍如平常一般地愉快，无思虑。想不到在四个星期之后，我们便永远地再见不到他了！——我们住在乡下的人，消息真是迟钝，便连他南下的消息，也还不曾听到过呢。我还答应过清华的同学，说要找他来讲演。不料这句话刚说得不到几天，我们便再也听不到他的谈吐，他的语声了！

地山告诉我说，他最后见到志摩的一天，是在前门的拥挤的人群里，志摩和梁思成君夫妇同在着。

"地山，我就要回济南去了呢。"志摩说。

"什么时候再回北平来呢？"

志摩悠然仍带着开玩笑似的态度说道："那倒说不上。也许永不再回来了。"

地山复述着最后这句话时，觉得志摩的话颇有些"语谶"。

前天在北海的桥上遇见了铁岩。我们说到了志摩的死。铁岩道：

"事情是有些可怪。志摩的脸色不是很白的么？但我最后一次见到他时，觉得他的脸上仿佛罩上了一层黑光。"

这些都是事后的一种想当然的追忆，未必便是真实的预兆，也许我是太不细心了，这种的预兆，压根儿便不曾在我的心上飘浮过。

其实，志摩的死，也实住太突然了，太意外了，致使我们初闻的时候，都不会真确的相信。我见到报纸后，立即打电话去问胡宅：

"报纸载的徐志摩先生的事靠得住么？"

回复的话是："靠得住的；徐志摩先生确已逝世了。"

"有什么人到济南去料理呢？"

“去的是张慰慈、张奚若几位先生。”

当我第一天见到报纸，载着一架飞机失事了，死了两个机师、一位乘客的失事时，只是慨叹而已。谁想得到，那位乘客便会是志摩！

志摩不死于病，不死于国事，不死于种种的“天灾人祸”之中，而死于空中，死于烈焰腾腾，火星乱迸的当儿，这真是一个不平凡的死，且是一个太无端的死！

也频、洛生的死，是战士般的牺牲；志摩的死，却是何所为的呢？

我们慨叹于一位很有希望的伟大的诗人的逝去，但我们也不忍因此去责备任何人。责备又何所用呢？

志摩是一位最可交的朋友，凡是和他见过面的人，都要这说。他宽容，他包纳一切，他无机心，这使他对于任何方面，都显得可以相融洽。他鼓励，他欣赏，他赞扬任何派别的文学，受他诱掖的文人可真是不少！人家误会他，他并不生气；人家责骂他，他还能宽容他们。诗人、小说家都是度量狭小得令人可怕的，志摩却超出于一切的常例之外，他的度量的渊渊颇令人难测其深处。

他在上海发起笔会。他的主旨，便在使文人们不要耗废时力于因不相谅解而起的争斗之中。他颇想招致任何派别的文学家，使之聚会于一堂，使得消灭一切无谓的误会。他很希望上海的左翼文人们，也加入这个团体。同时，连久已被人唾弃的“礼拜六”派的通俗文士们，他也想招致（我是最反对他要引入那些通俗文士们的意思的）。虽然结果未必能够尽如他意，然他的心力却已费得不少了。

在当代的文坛上像他那样的不具有“派别”的旗帜与偏见的，能够融洽一切，宽容一切的，我还没有见过第二个人。

他是一位很早的文学研究会的会员，但他同别的会社也并不是没有相当的联络，他是一位新月社的最努力的社员，但他对于新月社以外的文学运动，也还不失去其参加的兴趣。

他只知道“文学”，他只知道为“文学”而努力，他的动机和兴趣都是异常的纯一的，所以他绝不会成为一位偏执的人。

许多人对于志摩似乎都有些误会。

有的人误会志摩是一个华贵的“公子哥儿”。他们以为：他的生活是异常地愉快与丰富的，他是不必“待米下锅”的，他是不必顾虑到他的明天乃至明年以后的生计的。在表面上看，这种推测倒未必错。他的外表，他的行动，似是一位十足的“公子哥儿”。可惜他做“公子哥儿”的年代恐怕是未必很久。他的父母的家庭的情况，倒足以允许他做一位无忧无虑的“公子哥儿”。但他却早已脱去了家庭的羁绊而独立维持着他自己的生计。他在最近三五年里我晓得，常是为衣食而奔走于四方。他并不充裕。他常要得到稿费以维护家计。有一个时期，他是靠着中华书局的不多的编辑费做他的主要的生活费。有一个时期，他奔走于上海、南京之间，每星期要往来京沪路一次，身兼中大与光华两校的教席，为的是家计！

有的人误会志摩是一位像春天的蛱蝶般的无忧无虑的人物。他们以为志摩的生活既极华贵、舒适，他的心地更是优游愉快；似没有一丝一抹的忧闷的云影曾飞浮过他的心头。我们见到他，永远见到的是恬静若无忧虑的气度，永远见到的是若庄、若谐的愉快的笑语与风趣盎然的谈吐。其实，在志摩的心头，他是深蕴着“不足与外人道”的苦闷的。他的家庭便够他麻烦的了。他的家庭之间，恐怕未必有很怡愉的生活（请恕我太坦率了地诉说）。有好几年了，他只是将黄连似的苦楚，向腹中强自咽下。他绝不向人前诉过一句。也亏得他的性情本来是乐天的，所以常只是以“幽默”来替换了他的“无可奈何的轻喟”。这在他的近几年的诗里，有隐约的影子存在着。我们都可见得出。

更有的人误会志摩只是一位歌颂人世间的光明的诗人，只是一位像站在阳光斑斑斓斓的从树叶缝中窥射下去的枝头上的鸟儿似的，仅是啭唱着他自己的愉快的清歌，因此，这个误会，我们也可以将志摩自己的许多诗与散文去消释了它。志摩的生活并不比生在这个大时代的任何人愉快得多少；他的对于人世间的事变，其感受性的敏捷，也并不下于感受性最敏捷的人们。他所唱的并不全是欢歌。特别是这几年，他的诗差不多常常是充满了肃杀、消极的气氛，下面是一个例：

阴沉，黑暗，毒蛇似的蜿蜒！
生活逼成了一条甬道：
一度陷入，你只可向前，
手扪索着冷壁的黏潮，
在妖魔的脏腑内挣扎，
头顶不见一线的天光，
这魂魄，在恐怖的压迫下，
除了消灭更有什么愿望？

《猛虎集》九十页以下

这是许多年来的尝够了人世间的“辛苦艰难”发出来的呼号。志摩也许曾尝过人生的软哈哈的甜蜜，但这许多年来，他所尝到的人生，却是苦到比黄连更要苦的，致使那么活泼的乐天多趣的志摩，也不由得不如他自己所说的成了：“一份深刻的忧郁占定了我，这忧郁，我信，竟于渐渐地潜化了我的气质。”（《猛虎集》序五页）

经了这种痛苦与压迫之下，志摩是变了一个人，他的诗也在跟着变。他有成为一位比他现在所成就更为远大、更为伟大的诗人的可能。很可惜的，就在这个转变的时代里，一场不可测的“横祸”竟永远地永远地夺去了志摩的舌与笔！

我不仅为友情而悼我的失去一位最恳挚的朋友，也为这个当前大时代而悼它失去了一位心胸最广，而且最有希望的诗人！

永在的温情

——纪念鲁迅先生

十月十九日下午五点钟，我在一家编译所一位朋友的桌上，偶然拿起了一份刚送来的 Evening Post，被这样的一个标题：“中国的高尔基今晨五时去世”惊骇得一跳。连忙读了下来，这惊骇变成了事实：果然是鲁迅先生去世了！

这消息像闪雷似的，当头打了下来，我呆坐在那里不言不动。

谁想得到这可怕的噩耗竟这样地突然地来呢？

鲁迅先生病得很久了；间歇地发着热，但热度并不甚高。一年以来，始终不曾好好地恢复过；但也从不曾好好的休息过。半年以来，情形尤显得不好。缠绵在病榻上总有三四个月。前一个月，听说他要到日本去。但茅盾告诉我，双十节那一天还遇见他在 Isis 看 Dobrovsky；中国木刻画展览会，他也曾去参观。总以为他是渐渐地复原了，能够出来走走了。谁又想得到这可怕的噩耗竟这样突然地来呢？

刚在前几天，他还有信给我，说起一部书出版的事；还附带地说，想早日看见《十竹斋笺谱》的刻成。我还没有来得及写回信。

谁想得到这可怕的噩耗竟这样地突然地来呢？

我一夜不曾好好地安心地睡。

第二天赶到万国殡仪馆，站在他遗像的面前，久久地走不开。再一看，他的遗体正在像下，在鲜花的包围里，面貌还是那么清癯而带些严肃，但双眼却永远地闭上了。

我要哭出来，大声地哭，但我那时竟流不出眼泪，泪水为悲戚所灼干了。我站在那里，久久走不开。我竟不相信，他竟是那样突然地便离我们而远远地向不可知的所在而去了。

但他的友谊的温情却是永在的，永在我的心上——也永在他的一切友人的心上，我相信。

初和他见面时，总以为他是严肃的冷酷的。他的瘦削的脸上，轻易不见笑容。他的谈吐迟缓而有力，渐渐地谈下去，在那里面你便可以发现其可爱的真挚，热情的鼓励与亲切的友谊。他虽不笑，他的话却能引你笑。和他得兄弟启明先生一样，他是最可谈、最能谈的朋友，你可以在他客厅里、他那间书室（兼卧室）里，坐上半天，不觉得一点儿拘束、一点儿不舒服。什么话都谈，但他的话头却总是那么有力。他的见解往往总是那么正确。你有什么怀疑、不安，由于他的几句话也许便可以解决你的问题，鼓起你的勇气。

失去了这样的一位温情的朋友，就个人讲，将是怎样的一个损失呢？

他最勤于写作，也最鼓励人写作。他会不惮其烦地几天几夜地在替一位不认识的青年，或一位不深交的朋友，改削创作，校正译稿。其仔细和小心远过于一位私塾的教师。

他曾和我谈起一件事：有一位不相识的青年寄一篇稿子来请求他改。他仔仔细细地改了寄回去。那青年却写信来骂他一顿，说被改涂得太多了。第二次又寄一篇稿子来，他又替他改了寄回去。这一次的回信，却责备他改得太少。

“现在做事真难极了！”他慨叹地说道。对于人的不易对付和做事之难，他这几年来时时地深切地感到。

但他并不灰心，仍然在做着吃力不讨好的改削创作、校正译稿的事，挣扎着病躯，深夜里，仔仔细细地为不相识的青年或不深交的朋友在工作。

这样的温情的指导者和朋友，一旦失去了，将怎样地令人感到不可补赎之痛呢！

他所最恨的是那些专说风凉话而不肯切实地做事的人。会批评，但不工作；会讥嘲，但不动手；会傲慢自夸，但永远拿不出东西来。像那样的人物，他是不客气地要摈之门外，永不相往来的。所谓无诗的诗人，不写文章的文人，他都深诛痛恶地在责骂。

他常感到“工作”的来不及做，特别是在最近一两年，凡做一件事，都总要快快地做。

“迟了恐怕要来不及了。”这句话他常在说。

那样的清楚的心境，我们都是同样地深切地感到的。想不到他自己真的便是那么快地便逝去，还留下要做的许多事没有来得及做——但，后死者却要继续他的事业下去的！

我和他第一次的相见是在同爱罗先诃到北平去的时候。

他着了一件黑色的夹外套，戴着黑色呢帽，陪着爱罗先诃到女师大的大礼堂里去。我们匆匆地谈了几句话。因为自己不久便回到南边来，在北平竟不曾再见一次面。

后来，他自己说，他那件黑色的夹外套，到如今还有时着在身上。

我编《小说月报》的时候，曾不时地通信向他要些稿子。除了说起稿子的事，别的话也没有什么。

最早使我笼罩在他温热的友情之下的，是一次讨论到“三言”问题的信。

我在上海研究中国小说，完全像盲人骑瞎马，乱闯乱摸，一点儿凭借都没有，只是节省着日用，以浅浅的薪水购书，而即以所购入之零零落落的破书，作为研究的资源。那时候实在贫乏得、肤浅得可笑，偶尔得到一部原版的《隋唐演义》却以为是了不得的奇遇，至于“三言”之类的书，却是连梦魂里也不曾谈到。

他的《中国小说史略》的出版，减少了许多我在暗中摸索之苦。我有一次写信问他《警世恒言》《警世通言》及《喻世明言》的事，他的回信很快便来了，附来的是他抄录的一张《醒世恒言》的全目——这张目录我至今还保全在我的一部《中国小说史略》里。他说，《喻世》《警世》，他也没有见到。《醒世恒言》他只有半部。但有一位朋友那里藏有全书，所以他便借了来，抄下目录寄给我。

当时，我对于这个有力的帮助，说不出应该怎样地感激才好。这目录供给了我好几次的应用。

后来，我很想看看《西湖二集》（那部书在上海是永远不会见到的），又写信问他有没有。不料随了回信同时递到的却是一包厚厚的包裹。打开了看时，却是半部明末版的《西湖二集》，附有全图。我那时实在眼光小得可怜，几曾见过几部明版附插图的平话集？见了《西湖二集》·为之狂喜！而他的信道，他现在不弄中国小说，这书留在手边无用，送了给我吧。这贵重的礼物，从一个只见一面的不深交的朋友那里来，这感动是至今跃跃在心头的。

我生平从没有意外的获得。我的所藏的书，一部部都是很辛苦地设法购得的；购书的钱，都是中夜灯下疾书的所得或减衣缩食的所余。一部部书都可看出我自己的夏日的汗，冬夜的凄栗，有红丝的睡眼，右手执笔处的指端的硬茧和酸痛的右臂。但只有这一集可宝贵的书，乃是我书库里唯一的友情的赠与。——只有这一部书！

现在这部《西湖二集》也还堆在我最珍爱的几十部明版书的中间，看了它便要泫然泪下。这可爱的直率的真挚的友情，这不意中的难得的帮助，如今是不能再有了！

但我心头的温情是永在的！——这温情也永在他的一切友人的心上，我相信。

“九一八”以后，他到过北平一趟，得到青年人最大的热烈的欢迎。但过了几天，便悄悄地走了。他原是去探望他母亲的病去的。我竟来不及去看他。

但那一年寒假的时候，我回到上海，到他寓所时，他便和我谈起在北平的所获。

“木刻画如今是末路了，但还保存在笺纸上。不过，也难说，保全得不会久。”他深思地说道。

他搬出不少的彩色笺纸来给我看，都是在北平时所购得的。

“要有人把一家家南纸店所出的笺纸，搜罗了一下，用好纸刷印个几十部，作为笺谱，倒是一件好事。”他说道。

过了一会儿，他又道：“这要住在北平的人方能做事。我在这里不能做这事。”

我心里很跃动，正想说：“那么，我来做吧。”而他慢吞吞地续说道：“你倒可以做，要是费些工作，倒可以做。”

我立刻便将这责任担负了下来，但说明搜辑而得的笺纸，由他负选择之责。我相信他的选择要比我高明得多。

以后，我一包一包地将购得的笺样送到上海，经他选择后，再一包一包地寄回。

中间，我曾因事把这工作停顿了两三个月。他来信说：“这事我们得赶快做，否则，要来不及做，或轮不到我们做。”

在他的督促和鼓励之下，那六巨册的美丽的《北平笺谱》方才得以告成。

有一次，我到上海来，带回了亡友王孝慈先生所藏的《十竹斋笺谱》四册，顺便地送到他家里给他看。

这部谱，刻得极精致，是明末版画里最高的收获。但刻成的年月是崇祯十六年的夏天。所以流传得极少。

“这部书似也不妨翻刻一下。”我提议道；那时，我为《北平笺谱》的成功所鼓励，勇气有余。

“好的，好的，不过要赶快做！”他道。

想不到全部要翻刻，工程浩大无比，所耗也不资，几乎不是我们的力量所及。第一册已出版了，第二册也刻好待印；而鲁迅先生却等不及见到第三册以下的刻成了！

对于美好的东西，似乎他都喜爱。我曾经有过一个意思，要集合六朝造像及墓志的花纹刻为一书。但他早已注意及此了。他告诉我说，他所藏的六朝造像的拓本也不少，如今还在陆续地买。

他是最能分别得出美与丑，永远的不朽与急就的草率的。

除了以朽腐为神奇，而沾沾自喜，向青年们施以毒害的宣传之外，他对于古代的遗产，绝不歧视，反而抱着过分的喜爱。

他曾经告诉过我，他并不反对袁中郎；中郎是十分方巾气的，这在他文集里便可见。他所厌弃，所斥责的乃是只见中郎的一面，而恣意鼓吹着的人物。

京平刚从鲁迅先生那里得到最大的鼓励。他感激得几乎哭出来。但想不到鲁迅竟这样地突然地过去了！

第三天，我在万国殡仪馆门口遇见他；他的嘴唇在颤动，眼圈在红。

从万国公墓归来后，他给我一封信道："我心已经分裂。我从到达公墓时，就失去了约束自己的力量，一直到墓石封合了！我竟痛哭失声。先生，这是我平生第一痛苦的事了，他匆匆地瞥了我一眼，就去了——"

但他并没有去。他的温情永在我的心头——也永在他的一切友人的心上，我相信。

悼许地山先生

许地山先生在抗战中逝世于香港。我那时正在上海蛰居，竟不能说什么话哀悼他。——但心里是那么沉痛凄楚着。我没有一天忘记了这位风趣横溢的好友。他是我学生时代的好友之一，真挚而有益的友谊，继续了二十四五年，直到他死为止。

人到中年便哀多而乐少。想起半生以来的许多友人们的遭遇与死亡，往往悲从中来，怅惘不已。有如雪夜山中，孤寺纸窗，卧听狂风大吼，身世之感，油然而生。而最不能忘的，是许地山先生和谢六逸先生，六逸先生也是在抗战中逝去的。记得二十多年前，我住在宝兴西里，他们俩都和我同住着，我那时还没有结婚，过着刻板似的编辑生活，六逸在教书，地山则新从北方来。每到傍晚，便相聚而谈，或外出喝酒。我那时心绪很恶劣，每每借酒浇愁，酒杯到手便干。常常买了一瓶葡萄酒来，去了瓶塞，一口气咕嘟嘟地全都灌下去。有一天，在外面小酒店里喝得大醉归来，他们俩好不容易地把我扶上电车，扶进家门口。一到门口，我见有一张藤的躺椅放在小院子里，便不由自主地躺了下去，沉沉入睡。第二天醒来，却睡在床上。原来他们俩好不容易地又设法把我抬上楼，替我脱了衣服鞋子。我自己是一点儿知觉也没有了。一想起这两位挚友都已辞世，再见不到他们，再也听不到他们的语声，心里便凄楚欲绝。为什么“悲哀”这东西老跟着人跑呢？为什么跑到后来，竟越跟越紧呢？

地山在北平燕京大学念书。他家境不见得好。他的费用是由闽南某一个教会负担的。他曾经在南洋教过几年书。他在我们这一群未经世故人情磨炼的年轻人里，天然是一个老大哥。他对我们说了许多我们从来没有听到过的话。他有好些书，西文的、中文的，满满地排了两个书架。这是我所最为羡慕的。我那时还在省下车钱来买杂志的时代，书是一本也买不起的。我要看书，总是向人借。有一天傍晚，太阳光还晒在西墙，我到地山宿舍里去。在书架上翻出了日本翻版的《太戈尔诗集》，读得很高兴。站在窗边，外面还亮着。窗外是一个水池，池里有些翠绿欲滴的水草，人工的流泉，在淙淙地响着。

“你喜欢太戈尔的诗么？”

我点点头，这名字我是第一次听到，他的诗，也是第一次读到。

他便和我谈起太戈尔的生平和他的诗来。他说道：“我正在译他的《吉檀迦利》呢。”随在抽屉里把他的译稿给我看。他是用古诗译的，很晦涩。

“你喜欢的还是《新月集》吧。”便在书架上拿下一本书来。“这便是《新月集》，”他道，“送给你；你可以选着几首来译。”

我喜悦地带了这本书回家。这是我译太戈尔诗的开始。后来，我虽然把英文本的太戈尔集，陆续地全都买了来，可是得书时的喜悦，却总没有那时候所感到的深切。

我到了上海，他介绍他的二哥敦谷给我。敦谷是在日本学画的，一位孤芳自赏的画家，与人落落寡合，所以，不很得意。我编《儿童世界》时，便请他为我做插图。第一年的《儿童世界》，所有的插图全出于他的手。后来，我不编这周刊了，他便也辞职不干。他受不住别的人的指挥什么的，他只是为了友情而工作着。

地山有五个兄弟，都是真实的君子人。他曾经告诉过我，他的父亲在台湾做官。在那里有很多的地产。当台湾被日本占去时，曾经宣告过，留在台湾的，仍可以保全财产，但离开了的，却要把财产全部没收。他父亲招集了五个兄弟们来，问他们谁愿意留在台湾，承受那些财产，但他们全都不愿意。他们一家便这样地舍弃了全部资产，回到了祖国，因此，他们变得很穷。兄弟们都不得不很早地各谋生计。

他父亲是邱逢甲的好友。一位仁人志士，在台湾独立时代，尽了很多的力量，写着不少慷慨激昂的诗。地山后来在北平印出了一本诗集。他有一次游台湾，带了几十本诗集去，预备送给他的好些父执，但在海关上，被日本人全部没收了。他们不允许这诗集流入台湾。

地山结婚得很早。生有一个女孩子后，他的夫人便亡故。她葬在静安寺的坟场里。地山常常一清早便出去，独自到了那坟地上，在她的坟前，默默地站着，不时地带着鲜花去。过了很久，他方才续弦，又生了几个儿女。

他在燕大毕业后，他们要叫他到美国去留学，但他却到了牛津。他学的是比较宗教学。在牛津毕业后，他便回到燕大教书。他写了不少关于宗教的著作；他写着一部《道教史》，可惜不曾全部完成。他编过一部《大藏经引得》。这些，都是扛鼎之作，别的人不肯费大力从事的。

茅盾和我编《小说月报》的时候，他写了好些小说，像《换巢鸾凤》之类，风格异常地别致。他又写了一本《无从投递的邮件》，那是真实的一部伟大的书，可惜知道的人不多。

最后，他到香港大学教书，在那里住了好几年，直到他死。他在港大，主持中文讲座，地位很高，是在“绅士”之列的。在法律上有什么中文解释上的争执，都要由他来下判断。他在这时期，帮助了很多朋友们。他提倡中文拉丁化运动，他写的好些论文，这些，都是他从前所不曾从事过的。他得到广大的青年们的拥护。他常常参加座谈会，常常出去讲演。他素来有心脏病，但病状并不显著，他自己也并不留意静养。

有一天，他开会后回家，觉得很疲倦，汗出得很多，体力支持不住，便移到山中休养着。便在午夜，病情太坏，没等到天亮，他便死了。正当祖国最需要他的时候，正当他为祖国努力奋斗的时候，病魔却夺了他去。这损失是属于国家民族的，这悲伤是属于全国国民们的。

他在香港，我个人也受过他不少帮助。我为国家买了很多的善本书，为了上海不安全，便寄到香港去；曾经和别的人商量过，他们都不肯负这责任，不肯收受，但和地山一通信，他却立刻答应了下来。所以三千多部的元明本书，抄校本书，都是寄到港大图书馆，由他收下的。这些书，是国家的无价之宝；虽然在日本人陷香港时曾被他们全部取走，而现在又在日本发现，全部要取回来，但那时如果仍放在上海，其命运恐怕要更劣于此。——也许要散失了，被抢得无影无踪了。这种勇敢负责的行为，保存民族文化的功绩，不仅我个人感激他而已！

他名赞堃，写小说的时候，常用落花生的笔名。“不见落花生么？花不美丽，但结的实却用处很大，很有益。”当我问他取这笔名之意时，他答道。

他的一生都是有益于人的；见到他便是一种愉快。他胸中没有城府。他喜欢谈话，他的话都是很有风趣的，很愉快的。老舍和他都是健谈的。他们俩曾站在伦敦的街头，谈个三四个钟头，把别的约会都忘掉。我们聚谈的时候，也往往消磨掉整个黄昏、整个晚上而忘记了时间。

他喜欢做人家所不做的事。他收集了不少小古董，因为他没有多余的钱买珍贵的古物。他在北平时，常常到后门去搜集别人所不注意的东西。他有一尊元朝的木雕像，绝为隽秀，又有元代的壁画碎片几方，古朴有力。他曾经搜罗了不少“压胜钱”，预备做一部压胜钱谱，抗战后，不知这些宝物是否还保存无恙。

他要研究中国服装史，这工作到今日还没有人做。为了要知道“纽扣”的起源，他细心地在查古画像、古雕刻和其他许多有关的资料。他买到了不少摊头上鲜有人过问的“喜神像”，还得到很多片玻璃的画片。这些，都是与这工作有关的。可惜牵于他故，牵于财力、时力，这伟大的工作，竟不能完成。

我写中国版画史的时候，他很鼓励我。可惜这工作只做了一半，也困于财力而未能完工。我终要将这工作完成的。然而地山却永远见不到它的全部了！

他心境似乎一直很愉快，对人总是很高兴的样子。我没有见他疾言厉色过；即遇拂意的事，他似乎也没有生过气。然而当神圣的抗战一开始，他便挺身出来，献身给祖国，为抗战做着应该做的工作。

抗战使这位在研究室中静静的工作着的学者，变为一位勇猛的斗士。

他的死亡，使香港方面的抗战阵容失色了。他没有见到胜利而死，这不幸岂仅是他个人的而已！

他如果还健在，他一定会更勇猛地为和平建国、民主自由而工作着的。

失去了他，不仅是失去了一位真挚而有益的好友，而且是，失去了一位最坚贞、最有见地、最勇敢的同道的人。我的哀悼实在不仅是个人的友情的感伤！

韬奋的最后

韬奋的身体很衰弱，但他的精神却是无比地踔厉。他自香港撤退，尽历了苦辛，方才到了广东东江一带地区。在那里住了一时，还想向内地走。但听到一种不利于他的消息，只好改道到别的地方去。天苍苍，地茫茫，自由的祖国，难道竟摈绝着他这样一位为祖国的自由而奋斗的子孙么?

他在这个时候，开始感觉到耳内作痛，头颅的一边，也在隐隐作痛。但并不以为严重。医生们都看不出这是什么病。

他要写文章，但一提笔思索，便觉头痛欲裂。这时候，他方才着急起来，急于要到一个医诊方便的地方就医。于是间关奔驰，从浙东悄悄地到了上海。为了敌人们对于他是那样地注意，他便不得不十分地谨慎小心。知道他的行踪的人极少。

他改换了一个姓名，买到了市民证，在上海某一个医院里就医。为了安全与秘密，后来又迁徙了一两个医院。

他的病情一天天地坏。整个脑壳都在作痛，痛得要炸裂开来，痛得他终日夜不绝地呻吟着。鼻孔里老淌着脓液。他不能安睡，也不能起坐。

医生断定他患的是脑癌，一个可怕的绝症。在现在的医学上，还没有有效的医治方法。但他自己并不知道。他的夫人跟随在他身边。医生告诉她：他至多不能活到两星期。但他在病苦稍闲的时候，还在计划着以后的工作。他十分焦急地在等候他的病的离体。他觉得祖国还十分的需要着他，还在急迫地呼唤着他。他不能放下他的担子。

有一个短时期，他竟觉得自己仿佛好了些。他能够起坐，能够谈话，甚至能够看报。医生也惊奇起来，觉得这是一个奇迹：在病理上被判定了死刑和死期的人怎么还会继续地活下去，而且仿佛有倾向于痊愈的可能，医生觉得有点儿不可思议。

这时期，他谈了很多话，拟订了很周到的计划。但他也想到，万一死了时，他将怎样指示他的家属们和同伴们。他要他的一位友人写下了他的遗嘱。但他却是绝对地不愿意死。他要活下去，活下去为祖国而工作。他想用现代的医学，使他能够继续地活下去。

他有句很沉痛的话，道：“我刚刚看见了真理，刚刚找到了自己要走的路，难道便这样地死了么？”

没有一个人比他更真实地需要生命，不是为了自己，而是为了真理，而是为了祖国。

他的精神的力量，使他的绝症支持了半年之久。

到了最后，病状蔓延到了喉头。他咽不下任何食物，连流汁的东西也困难。只好天天打葡萄糖针，以延续他的生命。

他不能坐起来。他不断地呻吟着。整个头颅，像在火焰上烤，像用钢锯在解锯，像用斧子在劈，用大棒在敲打，那痛苦是超出于人类所能忍受的。他的话开始有些模糊不清。然而他还想活下去。他还想，他总不至于这样地死去的。

他的夫人自己动手为他打安眠药的针，几乎不断地连续地打。打了针，他才可以睡一会儿。暂时从剧痛中解放出来。刚醒过来的时候，精神比较好，还能够说几句话。但隔了几分钟，一阵阵的剧痛又来袭击着他了。

他的几个朋友觉到最后的时间快要到来，便设法找到我蛰居的地方，要我去看望他。我这时候才第一次知道他在上海和他的病情。

我们到了一条冷僻的街上，一所很清静的小医院，走了进去。静悄悄的一点儿声息都没有。自己可以听见自己呼吸的声音。

我们推开病室的门，他夫人正悄悄地坐在一张椅上，见我们进来，点点头，悄悄地说道：“正打完针，睡着了呢。”

“昨夜的情形怎样？”

“同前两天相差不了多少。”

“今早打过几回针？”

“已经打了三次了。”

这种针本来不能多打，然而他却依靠着这针来减轻他的痛楚。医生们决不肯这样连续地替他打的，所以只好由他夫人自己动手了。

我带着沉重的心，走近病床，从纱帐外望进去，已经不大认识，躺在那里的便是韬奋他自己了。因为好久不剃，胡须已经很长。面容瘦削苍白得可怕。胸部简直一点儿肉都没有，隔着医院特用的白被单，根根肋骨都隆起着。双腿瘦小得像两根小木棒。他闭着双眼，呼吸还相当匀和。

我不敢说一句话，静静地在等候他的醒来。

小桌上的大鹏钟在滴嗒滴嗒地一秒一秒地走着。

窗外是一片灰色的光，一个阴天，没有太阳，也没有雨，也没有风。小麻雀在叽叽地叫着，好像只有它们在享受着生命。

等了很久，我觉得等了很久，韬奋在转侧了，呻吟了，脓水不断地从鼻孔中流出，他夫人用棉花拭干了它。他睁开了眼，眼光还是有神的。他看到了我，微弱地说道："这些时候过得还好吧？"几乎是一个字一个字挣扎出来的。

我说："没有什么，只是躲藏着不出来。"

他大睁了眼睛还要说什么，可是痛楚来了，他咬着牙，一阵阵地痉挛，终于爆出了叫喊。

"你好好地养着病吧，不要多说话了。"我忍住了我要问他的话，那么多要说的话。连忙离开了他的床前，怕增加他的痛楚。

"替我打针吧。"他呻吟地说道。

他夫人只好又替他打了一针。

于是隔了一会儿，他又闭上了眼沉沉睡去。

病房里恢复了沉寂。

我有许多话都倒咽了下去，他也许也有许多话想说而未说。我静静地望着他，在数着他的呼吸，不忍离开。一离开了，谁知道是不是便永别了呢？

"我们走吧。"那位朋友说，我才矍然地从沉思中醒来。我们向他夫人悄悄说声再会，轻轻地掩上了门，退了出来。

"恐怕不会有希望的了。"我道。

"但他是那么样想活下去呢！"那个朋友道。

我恨着现代的医学者为什么至今还不曾发明说一种治癌症的医方，我怨着为什么没有一个医生能够设法治愈了他的这个绝症。

我祷求着，但愿有一个神迹出现，能使这个祖国的斗士转危为安。

隔了十多天没有什么消息。我没有能再去探望他，恐怕由我身上带给他麻烦。

有一天，那位朋友又来了，说道："韬奋昨天晚上已经故世了！今天下午在上海殡仪馆大殓。"

我震动了一下，好几秒钟说不出一句话来。

我低了头，默默地为他致哀。

固然我晓得他要死，然而我感觉他不会死，不应该死。

他为了祖国，用尽了力量，要活下去，然而他那绝症却不容许多活若干时候。

他是那样地不甘心地死去！

我从来没有看见像他那样的和死神搏斗得那么厉害的人。医生们断定了一两星期死去的人，然而他却继续地活了半年。直到最后，他还想活着，还想活着为祖国而工作！

这是何等的勇气，何等的毅力！忍受着半年的为人类所不能忍受的苦，日以继夜地忍受着，呻吟着，只希望赶快愈好，只愿着有一天能够愈好，能够为祖国做事。

然而他斗不过死神！抱着无穷的遗憾而死去！

他仍用他的假名入殓，用他的假名下葬，生怕敌人们的觉察。后来，韬奋死的消息，辗转地从内地传出；却始终只有极少数的人知道他是死在上海的。敌人们努力地追寻着邹韬奋的线索，不问生的或死的，然而他们在这里却失败了！他们的爪牙永远伸不进爱国者们的门缝里去！他们始终迷惘着邹韬奋的生死和所在地的问题。

到了今天，我们可以成群地携着鲜花到韬奋墓地上凭吊了！凭吊着这位至死还不甘就死的爱祖国的斗士！

悼李公朴、闻一多二先生

听到了李公朴先生的被刺，悲愤无已！正想说几句话，刚摊开了纸，提起笔来，要写下去，早报来了，一翻开来，便触目惊心地读到闻一多先生又在昆明被刺身死的消息！言语文字已不能表达我们的愤怒了！这是什么一个世界！“打”风之后，继之以政治暗杀，显见得手段之日益残酷。凡有点儿正义感的人，凡肯说几句公平话的人，凡能替老百姓们传达其痛苦的呼吁的人，恐怕都难免有“危险”。然而“暗杀”能够阻止有正义感的人的发言么？“暗杀能够吓得退从事于民众运动或政治工作的人么？”这正如要用武力来解决中国问题一样，明显的是不可能！

“民不畏死，奈何以死惧之！”凡有坚定的信仰和主张的人，生死早已置之度外。他们不会怕死贪生。对他们，“暗杀”的阴影，只有更增加其决心与愤怒，丝毫不能摇撼其信仰。正如战争，前面的人倒下了，后面的人绝对不会停步退却的，反因战友的死，而更燃起了向前冲去的勇气。

“打”是恶劣的手段，“暗杀”是更进一步的卑鄙的作风。凡是政治家，必须以堂堂正正之师与人相见，有理论，有主张，尽管说出来，与对手方见个高低，而以“暗杀”来沉默对手方的发言，却是最无聊、最无耻的方法。这不是政治家，这是谋杀犯！以这样的手段来做政治活动简直是自杀！

像李公朴、闻一多二先生那样的人是“暗杀”不尽的。可悲可痛的是，他们乃在胜利之后，从背后被人打了几枪而死；他们为呼吁和平而死；他们为不愿意见到兄弟们自相残杀而呼吁不要内战而死；他们手无寸铁，不想拥兵自卫，结果是被“暗杀”，那么，有自卫力量的人，谁还肯放下其自卫的力量呢？

李公朴先生一生致力于民众教育；战前，在上海有过广大的影响。不意，继较场口被打之后，竟以身殉。闻一多先生为一诗人，曾出版过诗集《红烛》和《死水》，在新诗人里是严肃而注重于格律的一位。他从来不问政治。在清华大学教杜诗，教《诗经》，曾经有过不少重要的考证的论文发表。他随学校到了昆明，继续在西南联大教书。教的还是《诗经》等课程。“民主”的呼号把他从恬静的书室里呼唤出来。他曾为呼吁和平，争取民主，尽了很大的力量。不意，继于李公朴先生之后，他也以身殉国了！尤为残酷的是，他的公子闻立鹤也中弹五发，伤势严重；胸部左右，各中一弹，大腿中弹三发，一腿已断，能否出险，尚可不知。闻公子并不参加民主运动，而亦遭此横祸，人的生命尚有丝毫的保障么？

他们两位先生为国牺牲，永垂不朽，上海各界正在筹备举行“人民葬”，将有以谋作永久之纪念之举。他们未睹和平统一、民主的中国的建立而死，实死不瞑目。但他们的血，像火种似的，已经深种在四万万五千万人民的胸中，薪尽火传，他们是不怕没有后继者的；后继者们将更多、更多起来。死一李公朴，将更有千万个李公朴继之而起，杀一闻一多，将更有千万个闻一多继之而起。前仆后继，暗杀者其能将四万万五千万爱好和平，主张民主的人民们尽杀之么？

我们悲愤于李、闻二先生的壮烈殉难，我们敬向二先生的遗属致最恳挚的哀悼之意！

但我们于悲愤、哀悼之余，我们不能不对国民们和政府说几句话。

我们呼吁和平，争取民主，全为中国的前途着想；我们希望看见强盛、民主、和平的中国的实现。我们没有任何政治的欲望，也没有任何党派的背景。我们一介书生，手无寸铁，所有的只是口和笔。如果国家升平，民生安定，我们只愿意在书室里做我们所应做的工作，所想做的工作，绝对地没有任何的好心情，从事于任何政治活动。像闻一多先生，其心情想来也是同样的。然而，在这种的政局之下，凡为一个中国国民，如何能够忍心看得下去呢？！作为一个中国的国民，我们不能不出来说几句话，说我们想说的话，应该说的话。在我们觉得，实在是歉愧之至，因为除了口和笔之外，并没有别的东西可以贡献给国家。然而，即此微薄地呼吁和平而合法的工作，也要遭到横祸，受到暗算，遇到毒手，则实在无话可说了！到了我们不能说话的时候，那么，应该怎样说话，便不问可知了。我们为此危惧！

到底是什么人在做着这种不人道的卑鄙的政治暗杀的事呢？这对于政府是有害无益的。商谈之门，并没有杜绝。打仗的，也还在断断续续地谈着，而呼吁和平，大叫不要打的人们却首先遭到了暗杀，这是什么一种做法呢？主持的人，为何会愚蠢至此呢？为政府计，必须彻底查明主使之人，依法公开审判，依法严加惩办，单是负责治安机关一纸悬赏缉凶的布告是绝对不够的。政府对于昆明负责治安的机关，应该严厉督促其“破案”，务期获到凶手，严查主使之人，并保证以后在任何地方不再有同样的政治暗杀事件发生。同时，对于李、闻二先生的善后，必须负责办理；对于昆明的负责治安者必须加以惩戒；这些，都是“题内文章”，我们不必多说。

我们所悲哀的是，中华民国已经有了三十五年的历史了，政治上，却一点儿进步也没有。舍堂堂正正的政治斗争方式而不用，而还在用武力，用暗杀来杜绝人民们的呼吁的，这岂复有丝毫清明之气存在！“暗杀”是最下流的手段，凡为光明磊落的人或任何党派都绝对的不会使用这个手段的。袁世凯派人暗杀了宋教仁，暗杀了陈英士，然而对于国民党的活动和发展，到底有什么阻碍没有？这两个大暗杀案，只增加了人民们对于袁氏政权的厌恶和憎恨，却丝毫不能削减国民党的力量。这不是明显的前车之鉴么？用暴力来企图削弱或扑灭对方的，一定会自食其果。除了招致了人民们的普遍的不平和厌恨之外，任何效果是不会得到的。相反地，反而暴露了这主持政治的谋杀者的胆怯与无知，惶恐与无力。凡有智慧、有力量、有见解、有主张的任何政党或政治家，在有所主张，有所活动时，都是要以正规的政治活动的方法出之的。如果在英国或美国，有某一个政党，胆敢用这种卑怯的暗杀手段，加之于对手方的，立刻，她的政治生命便会寿终正寝，人民们立刻便会群起而攻之，把她驱逐出政治圈子以外去的。我们希望今日的政治，不要在黑暗之上再加上黑暗；不要在武力之上再加上暴力的卑怯的谋杀。且为国家留些体面，为民族存些正气，为社会惜着有用的人才，为自己保有些生机吧。

凡有前途、有活力的政党，绝对地不应该为自己掘墓坟，应该尽量地改变作风，纯然以堂堂正正之师，出与对手方相周旋。凡是民主国家的政党，都是富有竞技者的精神的；胜固可喜，败亦可鉴。心平气和，一心为国。尊重对手方，也便是尊重自己。这些话都是陈腐之极的老生常谈，然而在今日却还是谈不到的起码条件，岂不可悲可叹乎！

要照这样发展下去，“打”之后继之以“杀”，我们实在要为中国的政局前途哭！难道和平的合法的主张和言论，正义的公平的呼吁，已不可能在中国出现了么？难道主张和平的，争取民主的，以合法方式来从事政治活动的，有正义感的，肯出来替受苦难的人民们说几句话，便都要被视为眼中之钉，不除去不快了么？

虽然这谋杀或暗杀事件发生在昆明，受难者是李、闻二先生，然其影响是极大的，其意义是极深刻的。四万万五千万人是不会允许这种不名誉的政治暗杀事件再度在其他地方发生的。这种不名誉的政治暗杀事件，在国际上将发生怎样的一种反应啊！我们到底是一个野蛮的黑暗的国家呢，还是一个正向民主道路走去的现代的国家？我们在国际的地位上，已经是一天天地向下走了。如何再能自己再加速度地堕落下去呢？“天助自助者”。像这样的胡闹、胡搞下去，即有“助我者”，恐亦将望望然而去之的吧！

李、闻二先生首先为国牺牲了，为争取民主而以身殉之了，我们国民们必须急起直追，不息不懈。为二先生雪恨，而彻底地查究那些凶手们及其指使的主持的人物，与众共弃之；而为了安慰李、闻二先生的在天之灵，我们也将相誓地踏着二先生的血迹前进，决不中途停步。我们相信，民主的、自由的、强盛的中国，早或迟，必定会建立的；在那时候，我们当再以淡酒园蔬，祭告于二先生之灵道：

民主已经争取到了，建国事业正在进行，强盛、自由的中国已在实现了，二先生之目可以瞑矣。

然而，在今日，谁还能息一息肩，松一松前进的脚步呢！我们谨以泪，同时也以汗与血来哀悼壮烈、殉难的李、闻二先生！

哭佩弦

从抗战以来，接连地有好几位少年时候的朋友去世了。哭地山、哭六逸、哭济之，想不到如今又哭佩弦[①]了。在朋友们中，佩弦的身体算是很结实的。矮矮的个子，方而微圆的脸，不怎么肥胖，但也绝不瘦。一眼望过去，便是结结实实的一位学者。说话的声音，徐缓而有力。不多说废话，从不开玩笑；纯然是忠厚而笃实的君子。写信也往往是寥寥的几句，意尽而止。但遇到讨论什么问题的时候，却滔滔不绝。他的文章，也是那么地不蔓不枝，恰到好处，增加不了一句，也删节不掉一句。

他做什么事都负责到底。他的《背影》，就可作为他自己的一个描写。他的家庭负担不轻，但他全力的负担着，不叹一句苦。他教了三十多年的书，在南方各地教，在北平教；在中学里教，在大学里教。他从来不肯马马虎虎地教过去。每上一堂课，在他是一件大事。尽管教得很熟的教材，但他在上课之前，还须仔细地预备着。一边走上课堂，一边还是十分地紧张。记得在清华大学的时候，有一次我在他办公室里坐着，见他紧张地在翻书。我问道：

"下一点钟有课吗？"

"有的，"他说道，"总得要看看。"

像这样负责的教员，恐怕是不多见的。他写文章时，也是以这样的态度来写。写得很慢，改了又改，决不肯草率地拿出去发表。我上半年为《文艺复兴》的"中国文学研究"号向他要稿子，他寄了一篇《好与巧》来；这是一篇结实而用力之作。但过了几天，他又来了一封快信，说，还要修改一下，要我把原稿寄回给他。我寄了回去。不久，修改的稿子来了，增加了不少有力的例证。他就是那么不肯马马虎虎地过下去的！

他的主张，向来是老成持重的。

将近二十年了，我们同在北平。有一天，在燕京大学南大的一位友人处晚餐。我们热烈地辩论着"中国字"是不是艺术的问题。向来总是"书画"同称。

① 佩弦：朱自清字佩弦，1948年于北京病逝，享年50岁。

我却反对这个传统的观念。大家提出了许多意见。有的说，艺术是有个性的；中国字有个性，所以是艺术。又有的说，中国字有组织，有变化，极富于美术的标准。我却极力地反对着他们的主张。我说，中国字有个性，难道别国的字就表现不出个性了吗？要说写得美，那么，梵文和蒙古文写得也是十分匀美的。这样的辩论，当然是不会有结果的。

临走的时候，有一位朋友还说，他要编一部《中国艺术史》，一定要把中国书法的一部门放进去。我说，如果把“书”也和“画”同样地并列在艺术史里，那么，这部艺术史一定不成其为艺术史的。

当时，有十二个人在座。九个人都反对我的意见。只有冯芝生和我意见全同。佩弦一声也不言语。我问道：“佩弦，你的主张怎么样呢？”

他郑重地说道：“我算是半个赞成的吧。说起来，字的确是不应该成为美术。不过，中国的书法，也有它长久的传统的历史。所以，我只赞成一半。”

这场辩论，我至今还鲜明地在眼前。但老成持重，一半和我同调的佩弦却已不在人间，不能再参加那么热烈的争论了。

这样的一位结结实实的人，怎么会刚过五十便去世了呢？——我说“结结实实”，这是我十多年前的印象。在抗战中，我们便没有见过。在抗战中，他从北平随了学校撤退到后方。他跟着学生徒步跑，跑到长沙，又跑到昆明。还照料着学校图书馆里搬出来的几千箱的书籍。这一次的长征，也许使他结结实实的身体开始受了伤。

在昆明联大的时候，他的生活很苦。他的夫人和孩子们都不能在身边，为了经济的拮据，只能让他们住在成都。听说，食米的恶劣，使他开始有了胃病。他是一位有名的衣履不周的教授之一。冬天，没有大衣，把马夫用毡子裹在身上，就作为大衣；而在夜里，这一条毡子便又作为棉被用。

有人来说，佩弦瘦了，头上也有了白发。我没有想象到佩弦瘦到什么样子；我的印象中，他始终是一位结结实实的矮个子。

胜利以后，大家都复员了，应该可以见到。但他为了经济的关系，径从内地到北平去，并没有经过南方。我始终没有见到瘦了后的佩弦。

在北平，他还是过得很苦，他并没有松下一口气来。

暑假后，是他应该休假的一年。我们都盼望他能够到南边来游一趟，谁知道在假期里他便一瞑不视了呢？我永远不会再有机会见到瘦了后的佩弦了！

佩弦虽然在胜利三年后去世，其实他是为抗战而牺牲者之一。那么结结实实的身体，如果不经过抗战的这一个阶段的至窘极苦的生活，他怎么会瘦弱了下去而死了呢？他的致死的病是胃溃疡，与肾脏炎。积年的吃了多米粒与稗子的配给米，是主要的原因；积年的缺乏营养与过度的工作，使他一病便不起。尽管有许多人发了国难财、胜利财，乃至汉奸们也发了财而逍遥法外，许多瘦子都变成了肥头大脸的胖子，但像佩弦那样的文人、学者与教授，却只是天天地瘦下去，以至于病倒而死。就在胜利后，他们过的还是那么苦难的日子，与可悲愤的生活。

在这个悲愤苦难的时代，连老成持重的佩弦，也会是充满了悲愤的。在报纸上，见到有佩弦签名的有意义的宣言不少。他曾经对他的学生们说："给我以时间，我要慢慢地学。"他在走上一条新的路上来了。可惜的是，他正在走着，他的旧伤痕却使他倒了下去。

他花了整整的一年工夫，编成《闻一多全集》。他既担任着这一个工作，他便勤勤恳恳地专心一志地负责到底的做着。《闻一多全集》的能够出版，他的力量是最大的；他所费的时间也最多。我们读到他的《闻一多全集》的序，对于他的"不负死友"的精神，该怎样地感动。

地山刚刚走上一条新的路，便死了；如今佩弦又是这样。过了中年的人要蜕变是不容易的。而过了中年的人经过了这十多年的折磨之后，又是多么脆弱啊！佩弦的死，不仅是朋友们该失声痛哭，哭这位忠厚笃实的好友的损失，而且也是中国的一个重大的损失，损失了那么一位认真而诚恳的教师、学者与文人！

郑振铎诗文集

杂文

我们中国人实在是最爱和平的！“圣主贤明，臣罪当诛。”对暴君而曰贤明，临死刑而叩头谢恩，中国人真是爱和平吓！胥隶肆虐，丘八扬威，他们只是逆来顺受，任其践蹈。哪一个人能说他不是爱和平的？

——《中国人与人道》

郑振铎非常钦佩鲁迅，撰写了数篇关于鲁迅的文章，他热情地赞叹“鲁迅先生精神是不死的”，在他的创作中，也将鲁迅作为一盏指引的明灯。郑振铎的学生、革命功勋周一萍曾评价老师说：“我觉得，郑振铎同志最为可贵的，是在民族存亡的紧要关头所表现出的临危不惧、坚贞不屈、忠于祖国、忠于人民的爱国主义精神。”虽然，郑振铎的杂文不及鲁迅的辛辣犀利，但他的爱国热情绝不逊色。这种可贵的爱国主义思想贯穿于他各个时期的杂文创作中。

相比散文来说，郑振铎的杂文不多，未集结出版，散见于《民主》《新社会》《文汇报》《救亡日报》等报刊杂志中。其中，颇具代表性的有：《中国人与人道》以反讽开篇，如锥尖一样力透纸背，直戳民族劣根性；《六

月一日》《迂缓与麻木》从五卅惨案说开去，在表达愤慨的同时，呼唤人们的爱国意识，贬斥反动者的无耻。

除了爱国杂文，作为一名学者，郑振铎撰写了很多文学杂文，以及讨论当时文坛出现的某些现象的文章。例如，在《绅士和流氓》一文中，他就当时的“海派”现象指出，“那条被号为‘天堑’的长江，是不能够隔断了那些被这大时代所唤醒的具有伟大的心胸与灵魂的文人们的联络的”，在大时代的背景下，文化组织的过度较量不利于新文化运动的发展，这为成长中的中国文坛敲响了警钟。

此外，藏书丰沛、视书如宝的郑振铎，在工作与游历过程中记述、考证了很多古籍，后人辑录了《漫步书林》《西谛书话》两本。由于其专业性过强，本章仅摘得一篇，旨在启迪读者对于阅读的认识和喜爱。

中国人与人道

世界上的人，每称中国人是最人道的，最爱和平的；就是托尔斯泰也如此地称赞我们。不差！我们中国人实在是最爱和平的！“圣主贤明，臣罪当诛。”对暴君而曰贤明，临死刑而叩头谢恩，中国人真是爱和平吓！胥隶肆虐，丘八扬威，他们只是逆来顺受，任其践蹈。哪一个人能说他不是爱和平的？联军入京，顺民旗到处飘扬，日本横行山东，随意杀人打人，占地筑城，他们也只是吞声忍气，置之不见不闻。真爱和平！同德军人比，比人竟以枪自窗棂间袭击，法人自阿尔散斯、罗林二州，为德所并，百年不忘其耻的样子比起来，我们真是胜他们万倍！世界第一爱和平的民族！我们忘“异类”，我们不抵抗。我们真能实行“四海皆同胞”的教义，我们真能宣传和平的福音吓！但是……杀郑汝成的两个刺客的心肝，是生挖炸食的了！安武军、边防军是在安庆、洛阳大发挥其兽态主义来了！强盗撕票、追票的残酷，谁闻之不为酸鼻？斫三刀、打七枪地处死犯人，又谁闻之不为胆战？斩首！剥皮……号令……城门洞上悬着血淋淋的头——湖南城里围杀学生！烧毁学堂，把学生生生地投入烈火中！活活地迫死人命，反大夸特夸地说什么“烈妇……”。军法处的皮条、军棒、夹板……也只没头没脑地向无辜的人打来，强他画供。……这些事又都是谁做的？咳！中国人！汝们是世界上最人道的么？真是能实行“四海皆同胞”的福音的么？咳！我要大笑！我又要大哭，然而他们又为什么那样爱和平？咳！可怜！哪里是爱和平？怯……懦夫……。

六月一日

大雷雨之后，不料又继之以大雷雨。

南京路成了屠兽场。被杀者之血，溅满了好几丈阔，好几丈长的东方最繁华的街道，染得灰色的路变作紫红色。但被几阵的自来水的冲洗，街血也便随了染成红色的水，流到沟中，流到黄浦江中，流到大海中，而不见什么痕迹。街道又回复最繁华的状态。车马与行人，走过屠兽场时，已不见一点儿的屠杀的标记。整洁的灰色路，仍旧是整洁的灰色。然而，在有“人”的心者的眼中、脑中，红红的被屠杀者的血，是永远洗涤不去的。红色的帘，似永远地挂着。他们悲愤、郁怒，至于极点。于是第二天，便是冷静的镇定的商界，也不能不被这大雷雨所震动（虽然是被强迫的），而决议于六月一日罢市了。

六月一日是异常可纪念的一天。清晨，所有的商店都未将昨夜安放上的店门卸下。一条一条的街道，两旁的店门都关闭得紧紧的。正似旧历新年元旦的清晨。门板上贴了无数的大的小的写的印刷的传单。有的是红色的，有的是蓝色、黑色。街上行人极多。南京路屠兽场一带，群众尤较平日为拥挤。学生们以更勇敢的精神，在四处散发着传单。无数的市民帮助着他们，或将传单贴于柱或板上，或代为转播，人人都激动着，在兴奋中带着悲愤，似在战场上的复仇武士。电车中空空的，一个乘客也没有。无知的乘客不是没有，却都被群众所阻止，所拖下。群众聚集得更多了。密密地、黑压压地拥挤于两个“太太们的乐园”之前。显然地，这是一个密云未雨的时期。

如此的经过了几个小时。

屠杀者呢？他们竟忘记了我的群众么？前日的大屠杀，是已餍足了他们的渴欲饮血的贪念么？不然，不然！他们正在预备第二次的大宴呢。隔了不久，大雷雨便又开始了。

在以前的屠兽场之前方，他们又开辟了一座大屠杀场。

在这次大屠杀未开始时，先之以自来水的冲击。他们以最粗的水管，向密集的群众冲着。当其冲的，立刻被击倒了几个人。他们是受伤了。浑身是水的人无数。街道上，全是水流，被滑倒的也不少。然群众未即退尽。勇敢的还未肯带着全身湿淋淋的衣服回家。“愤怒”是在群众的头顶上飞翔。

立刻，屠杀者又施展其“有驱散群众最好的效果”的手段了。一队全武装者向群众跑步而来。指挥者下了一个暗令。于是那些武装的野兽，便擎枪向群众放去。这完全出于我们的群众的意外！他们满以为“血”是不至于再见，水已是现在最够用的驱散群众的工具呢。万不料，屠杀竟又开始！这使一个绝大的霹雷，震得群众心胆俱碎，莫知所措。在后者见前者奔避不遑，则亦努力向后飞逃。而残酷无伦的枪声，即于群众惊扰时，陆续地向他们放射。噼噼啪啪地不断地响着。无辜者的血，飞溅在街道上，又将它染成紫红色。伤者倒在地上呻吟，死者静静地躺着，血如川流似的从伤口涌出。群众已四向奔避得无一人留着。同来的伴侣，谁也不能相顾。伤者不能扶去，更不能一临视死者。屠杀者的伤车，如已预约好似的，即于是时，驶到伤亡遍地的大屠场，从事于收检，死者是一车两车地载去，伤者又是一车两车地载去。于是，又是几阵自来水的冲洗，溅满街道的无辜者之血，又随了染成红色的水，流到沟中，流到黄浦江中，流到大悔中，而不见什么痕迹。整洁的灰色路，仍旧是整洁的灰色，又不见一点儿的屠杀的标记。但这条东方最繁华的街道，却自此荒芜了许久，却自此沉寂如墟墓，许久未回复其最繁华的状态。谁也不忍走过，不敢走过。第二次的大雷雨，证实了屠杀者是以屠杀为游戏的！

无辜者的血，在有“人”的心者的眼中、脑中，永远是红红的洗涤不去。红色的帘似永远地挂着。

迂缓与麻木

自上海大残杀案发生后，我们益可看出我们中国民族的做事是如何地迂缓迟钝，头脑是如何地麻木不灵。我揣想，如此的空前大残杀案一发生，南京路以及各街各路的商店总应该立刻有极严重的表示。然而竟不然！此事发生时，我不知其情形如何；然而当发生后两小时，我到了南京路，却还不见有一丝一毫的大雷雨扫荡后的征象。直到了先施公司之西，行人才渐渐地拥挤，多半伫立而偶语。至于商店呢，一若无事然，仍旧大开着门欢迎顾客。只有当枪弹之冲的七八家商店关上了店门。我不明白，我们民族的举动为什么如此地迂缓迟钝！也许是大家故示镇定，正在商议对付方法吧?！夜间，我再到外面做第二次的观察。一路上毫无什么可注意的现象。各酒楼上，弦歌之声，依然鼎沸。各商店灯火辉煌，人人在欢笑，在嘲谑。我在自疑，上海不是很大的地方，交通也不算不方便，电话、电车、汽车、马车、人力车，全都有，为什么这样重大的消息传播得如此的迂慢？我不敢相信又不能不相信："上海难道竟是一个至治之邦'鸡犬之声相闻，民至老死不相往来'的么？"又到了南京路，各商店仍旧是大开着门欢迎顾客，灯光如白昼的明亮，人众憧憧地进出。依然地，什么大雷雨扫荡的痕迹也没有，什么特异的悲悼的表示也没有！直行至老闸捕房口，才觉得二三丈长的这一段路，灯火是较平常暗淡些，闭了的商店门也未全开。英捕与印捕，乘了高头大马，闯上行人道，用皮鞭驱打行人，被打的人在东西逃避。一个青年，穿着长衫的，被驱而避于一家商店的檐下，英捕还在驱他。他只是微笑地躲避着皮鞭，什么反抗的表示也没有。这给我以至死不忘的印象。我血沸了，我双拳握得紧紧的。他如来驱我呀，……皮鞭如打在我身上呀^但亏得英捕印捕并不来驱逐我。当时如有什么军器在手，我必先动手打死了这些无人道的野兽再说！再走过去，景象一如平日，又是什么大雷雨扫荡的痕迹也没有。我又在自疑：为什么我们还没有什么严重的悲悼的表示呢?！难道商界领袖竟没有在商议这事么？难道在商议而尚未确定办法么？"迟钝，迟钝！"我暗暗地自叫着。回转身，到西藏路，望见宁波同乡会门口有黑压压的一大堆人。

我吃了一惊："又发生了什么事？也许商界在这里会议？群众在这里候大消息的宣布？"匆匆地走近，"失望"立刻抓住了我的心，我的热泪立刻聚挤在眼眶中了。原来是一个什么"南大附中平民学校游艺会"正在那里开会！我自己愤骂道："还开什么游艺会！还不立刻停止么？！"唉，我失望，什么也使我失望！第二天是星期日，我又出去观察一次，还是什么悲悼的表示也没有。"迟钝呀！麻木呀！！"我又在自叫着。下午是某人为他的父母在徐园做双寿，有程艳秋的堂会。我不能不去拜寿，一半因为大家都出去了，什么朋友也找不到，正好趁空到徐园去，一半也要借此探听些消息。但我揣想，堂会是一定没有了，客一定不多，也许"双寿"竟至于改期举行。到了徐园门口，又使我明白我的揣想是完全错了。什么都依旧进行。厅上黑压压地坐着许多骄贵的绅上们，艳装的太太们都在等候着看戏。招呼了几个熟人，谈起了昨天的大残杀，他们也附和着说道："不应该，不应该！"然而显然地，他们的脸上、眼中，没有一丝一毫的同情，没有一丝一毫的悲愤（也许我的观察错了，请他们原谅）！大家说完了话，又静静地等候着看戏。我没有听见再有什么人说起一句关于这个大残杀案的话。"麻木、淡漠、冷酷？！为什么？"我任怎样也揣想不出。

约有四十小时是在如此的平安而镇定中度过去。到了第三天早晨，商店才不复照例开门。听说还是学生们包围强迫的结果，事后，商会的副会长想登报声明，这次议决罢市是被迫的。亏得被较明白的人劝阻住了。

"唉！迂缓、麻木、冷酷！为什么？"我任怎样也揣想不出。

贡献给今日的青年

沈阳的大事变，如警钟似的，惊醒了我们的睡梦，——这梦早就该醒了，因为像这样的钟，敲得也不止一次两次的了。——我们既醒来，便该想：我们应该怎么办？许多人都想，我们在宣传，在呼号，在游行，在抵货，这已尽了我们的责任了。不，并不！我们该仔细想想。在宣传，在抵货的时候，我们早已领略到一般民众的冷漠的态度，于是我们愤慨，我们责骂，我们失望，我们悲泣，我们以为这个民族是无救了。不，并不！我们该仔细想想。我们想：为什么我们是这样地悲愤，这样地在呼号，而一般民众却是那样地漠然，那样地沉寂？第一点，我们都知道，这是因为我们曾读了几年书，我们具有一般的知识，而一般民众则没有享到和我们同样的幸福之故。他们无知，所以他们沉默，无感觉。那么，对于这，我们该有一个决心；我们要设法给“知识”于一般民众，我们要设法使这个社会能给一般民众以充分的知识，如同她之给与我们一样。这是一个根本的要图。第二点，我们该知道，这是因为数千年来，我们的祖先都在“上有皇帝下有官”的畸形社会中生活着，一般民众压根儿便不曾享受过“统治”的权利，他们老是做奴隶，老是“出赋税以事其上”。“做工有份”“出钱有份”，而说话则没有份儿。所以他们的责任心便天天淡了下来，以致绝不自视为“主人翁”！——也不容他们这样的自视着——他们既轮不到来管天下国家大事，他们便索性不管。我们该设法使他们从这个畸形的地位上解放出来，我们该鼓励他们去解放他们自己，使之成为自己的“主人翁”。他们既成为“主人翁”，当然绝不至再漠视“他们自己的事务”了！这又是一个根本的要图。总之，我们要明白：天下国家的大事，要靠几个军阀官僚乃至知识分子去支持，是万万不成的；非全体民众都起来，我们这个民族是没有希望的。数千年来，我们的民众从不曾做过一天主人翁，从不曾活动过一次。如今是该轮到民众做主人翁的时候了。我们既然觉醒过来，我们便该尽我们的力以帮助这个大时代的实现。我们要知道，中国是最有希望的国家，因为有无限量的未可知的力量从来不曾表现过；正如我们的大多数的荒地的黑土一样，从来便不曾垦植过。这一垦植，这一表现，我们相信，其结果一定是最可惊人的。我们的责任是很伟大的，所以，我们不该枉自悲愤，我们不该以为游行、讲演、抵货，便尽了我们的责任。我们该唤起一般民众，和我们一同工作。民众的工作的力量，我们将会见到，那是几十年来把持着“统治大权”的军阀与官僚所决未梦见的。

战争与和平

和平之被蔑视,莫甚于今日。“九一八”的炮声,开始判定了和平的危机。此后,几无一年没有大战争的威胁。战神的身躯巨伟的阴影,似乎不时地徘徊在天空。

卢沟桥的炮声——他们所谓第二“九一八”事件——展开了第二幕的东亚和平——乃至世界和平的威胁。

战事有一触即发之感——笔者草此文的时候，正在和战将决的关头。

如何能够避免战争？如何能够保卫和平?

好战的侵略者在没有遇到重大的回击之前，总是趾高气扬地不会感觉到战争的可怕，像弄火的猫，在没有烫伤了足爪之前，它总以为火是可狎弄的。

只有“打击”才能终止了“打击”!

我们是爱好和平的，但也并不躲避战争。

如果好战的侵略者威胁和平，危害我们国家民族的生存、国土的完整时，我们还能高谈和平么?

侵略者已装上了刺刀，正向我们冲锋过来时，我们还能再三谦让的躲避战争么?

当侵略者以狰狞的面貌，执着上了刺刀的枪而出现时，任何有理的话都不能变更他的决心的。

狼看见一只羔羊，走了近去，说声：“好大胆，你在我草地上吃草!”就要扑过去。小羊乞怜地辩道：“我还吃母亲的奶呢。”狼连忙转口道：“你为何在上流喝水，玷污了我的河流?”小羊道：“我今天刚刚走出来，还没有走到河边呢。”狼道：“那是去年的事了。”小羊辩道：“去年我还没有出生呢。”狼语塞。但仍然扑了过去，攫住小羊吃了。

当胜负之数，了然可知的时候，侵略者的狼是绝不肯轻轻放过弱者的羔羊的——无论你是如何地理直气壮。

但当你不复是一只羔羊而是一只猎犬时，狼的攻击态度便要谨慎得多了——也许便要悄悄地夹尾而遁。

我们是羔羊，还是猎犬？对于那国际“狼”，我们果将如何应付？

正义和真理，都站在我们的一边。但那是不够的。我们还需要“武力”。

如果“正义”和“真理”不和“武力”在一起，那么，我们只是国际上的羔羊而已。谈不到战争，也谈不到和平。战与和的枢纽，都握在侵略者的手里。

有了“武力”，那“真理”与“正义”方能发挥它们的作用，那战争方得防止，那和平方得有真正的保障。

必须握着战与和的枢纽，方才有真正的和平可得。

所以，我们现在只有一条路；在民众拥护的基础上准备充分的武力，足够给侵略者的致命的攻击的武力！

万众一心，万流归一；凡一切努力，凡一切建设，凡一切文化，都应该以武力的蓄养为第一。

我们是爱好和平者，我们不是侵略主义者。但唯其爱好和平，愈不能不为“和平”而准备着足够回击侵略者的充足的武力！

只有与民众结合的“武力”才能防止战争，才能保卫和平。

绅士和流氓

因了“海派”的一个名词，曾引起了很大的一场误会的笔墨的官司。在上海的几家报纸上，且有了很激烈的不满的文章。险些儿不惹动南北文士们的对垒。但这都不过是误会。

地理上的界限，实在是不足以范围作家们。江南多才士，不过是一句话罢了；最伟大的两部小说，《金瓶梅》和《红楼梦》，都不是江以南的人士写的。而张夙翼、沈璟之流的剧曲，虽是出于道地的吴人之手，也未见得便如何地高明。

与其说是“地理”的区分对于作家们有很大的影响，不如说是“时代”的压力，所给予文大士的为尤大。

在这个大时代里，我们有了许多可尊敬的作家们：这些作家们的所在地是并不限定在一个区域的。譬如说吧，在上海的所谓“海派”的中心的地方，有许多作家们正在那里努力地写作，而其写作的成就，却是那样地伟大，值得我们的赞叹与崇敬。但，在北平，却也未尝没有我们所敬仰的作家们在着。即在南京以至于其他地方，也时见到我们的、可尊敬的文士们的踪迹。

那条被号为“天堑”的长江，是不能够隔断了那些被这大时代所唤醒的具有伟大的心胸与灵魂的文人们的联络的。他们在无形里，曾形成了个共同的倾向，一个向前努力的共同的目标，虽然他们不一定真的有什么“同盟”，什么“组织”。

和这些具有伟大的心胸与灵魂的作家们相对峙的，也不仅是所谓“海派”者的一个支派。还有一个更可怕的戴着正人君子的面具的绅士们，也在那里钩心斗角地想陷害、毁坏文坛的前途。如果“海派”的文丐们是可入所谓“流氓”者的一群的话，那么绅士派的“士大夫”们也正是他们的一流；不过心计更阴险，而面目却比较地严峻、冷刻些而已。

说来，绅士和流氓，仿佛是相对峙的两种人物。其实在今日看起来，他们是各相反而实相成的；其坑害、毁坏文坛的程度，也正相类似。举一个有趣的近例：有所谓“艺术流氓”和“艺术绅士”的，曾互相攻讦过一时，而不久，却都得到他们所欲的什么，心满意足而去！虽然所使用的手段有点儿小小的不同。

但所谓“海派”的文氓者，为志小，为心似辣而实疏。从五四运动以来，便久成了新人们的攻击的目标。其活动的领域，也一天天地缩小；虽然不时地有一批批的新的分子加入，然而颓势却终于是不可挽救的。怪可怜的，他们的卑鄙的伎俩；至多只是放冷箭、浮夸、讽刺与冷笑，其秘密容易被拆穿，而谣言，也终于不过是谣言罢了，不会有什么重大的影响的。因为站在传统的被轻视的不利的地位上，根本上便不会有什么听者严重的在听受他们的；而他们，那冷笑与揭发，也便在怪可怜、怪狼狈的情态之下，而红了脸收场。

可怕的却是绅士的一派。那才是道地的“京朝派”。“长安居大不易”而住久了长安的，却表现出“像煞有介事”那样的一副清华高贵的气象出来！如假说文氓们是扮了丑角，向一部分的观众，打自己的嘴巴，而博得戋戋[①]的养生之资的话，则文绅们的觅食之方，确是冠冕堂皇得多了。尽管是“暮夜乞怜”，在白昼，却终是那副骄人的相儿。因了某某种的机缘，他们是爬登上了被包买、被豢养的无形的金丝织就的笼里。也许他们本来是文氓之流，从此，却也不再放刁，反而装出正人君子的样子，道貌俨然的在给人以“师模”。刻薄话，都换上了宽厚的教训的衣衫。其可恶之处就在此。

他们是在教圳，是在说正经话，是在示范于人，老实头的听众们便上了当，以为他们也是热情的，有心肝的，是要领导着人们向前走的，是和他们更尊敬的作家们走上一条路的，虽然说话的口音有些不同——所要走的路也有些两样的。但狡猾的文绅们，却早已声明过，那条路也是可以通到大道上去的。

孔子要诛少正卯，正是此故。如果是优施、优孟之流，便也不必劳动斧钺了。

他们在文坛上所做的破坏的工作，实在是大，一世纪，半世纪所打下的根基，可以破毁于一旦。

故，肃清文坛上的败类，是个紧要的事。

我们不忍看见年轻的有希望的人们，走上了小丑式的文氓的一道，天天以造谣、说谎、自己打嘴巴为职业。同时，更不忍看见一大群的有良心的人们，竟被说服，竟昧了心肝，弃了自己的前途，而群趋于卖身投靠的一途，而更领导别人去投入这火坑！

我说，做一个小工，做一个没齿无闻的田夫或小市民，也比读了几句书，便扮小丑，以打自己的嘴巴为业，或装绅士，烂掉自己的良心，以坑或扫有前途的文坛为事的要强些。

---

① 戋戋：形容非常少。

该明白自己的作用；那支笔实在可怕；从笔尖沙沙地划着白纸的所写出的什么，其影响有非自己所知道的。

昔人有一首题“笔冢”的诗道：

髡友退锋郎，
功成鬓发霜。
冢头封马鬣，
不敢负恩光。

把笔锋写秃了的，曾想到自己使“笔”成就的是什么“功”么？曾想到不曾使那支无罪过的忠心的笔，受到了什么无可控诉的冤抑与不幸么？

抬起头来，看看今日的时代与中国！

有良心的作家们，还忍去欺骗、造谣。扮小丑，装绅士以自欺欺人么？

宁愿不读书，不识字，不执笔，但不愿做毁坏了文坛的尊严与前途的什么“绅”与“氓”！

以此自誓，亦以勉人！

漫步书林[①]

在路上走着，远远地望见一座绿荫沉沉的森林，就是一个喜悦，就会不自禁地走入这座森林里，在那里漫步一会儿，仅仅是一会儿，不管是朝暾初升的时候也好，是老蝉乱鸣的中午也好，是树影、人影都被夕阳映照得长长地拖在地上的当儿也好，都会使我们有清新的感觉。那细碎的鸟声，那软毯子似的落叶，那树荫下的阴凉味儿，那在枝头上游戏够了，又穿过树叶儿斑斑点点的跳落在地上的太阳光，几乎无不像在呼唤着我们要在那里流连一会儿。就是地上的蚂蚁们的如何出猎，如何捕获巨大的俘虏物，如何把巨大的虫拖进小小的蚁穴等等的活动，如果要仔仔细细地玩赏或观察一下的话，也足够消磨你半小时乃至一小时的工夫。

从前的念书人把“目不窥园”当作美德，那就是说，一劲儿关在书房里念书，连后花园也不肯去散步一会儿的意思。如今的学生们不同了。除掉大雪天或下大雨的时候，他们在屋里是关不住的了。三三两两地都带了书本子或笔记本子到校园里、操场上，或者公园里去念。我看了他们，就不自禁有一股子的高兴。我自己在三四十年前就是这样地带了书本子或带了将要出版的书刊的校样到公园里工作的。

可是言归正传。以上所说的只是一个“引子”的“引子”。“书中自有黄金屋”是一句鼓励念书人的老话。当然，我们如今没有人还会想到念书的目的就是去住“黄金屋”。不，我们只明白念通了书，做了各式各样的专家，其目的乃是为人民服务。在念书的过程里，也就是说，在进行研究工作的过程里，在从事这种劳动的当儿，研究工作的本身就会令人感染到无限喜悦的。——当然必须要经过摸索的流汗的辛苦阶段，即所谓“衣带渐宽终不悔，为伊消得人憔悴”的阶段。在书林里漫步一会儿，至少是不会比在绿荫沉沉的森林里漫步一会儿所得为少的。

书林里所能够吸引人的东西，实在太多了，绝不会比森林里少。只怕你不

① 本文为《漫步书林》一书的“引子”。

进去，一进去，准会被它迷住，走不开去。譬如你在书架上抽下一本《水浒传》来，从洪太尉进香念起，直念到王进受屈，私走延安府以至鲁提辖拳打镇关西，林教头风雪山神庙，你舍得放下这本书么？念《红楼梦》念得饭也吃不下去，念到深夜不睡的人是不少的。有一次有好些青年艺术工作者们抢着念《海鸥》，念《勇敢》，直念到第二天清晨三时，还不肯关灯。结果，只好带强迫地在午夜关上了电灯总门。有人说这些是小说书，天然地会吸引人入胜的。比较硬性的东西恐怕就不会这样了。其实不然。情况还是一般。譬如我常常喜欢读些种花种果的书。偶然得到了一部《汝南圃史》，又怎肯不急急把它念完呢。从这部书里知道了王世懋有一部学圃杂疏，遍访未得。忽然有一天在一家古书铺里见到一部《王奉常杂著》，翻了一翻，其中就有学圃杂疏，而且是三卷的足本（宝颜堂秘笈本只有一卷），连忙挟之而归，在灯下就把他读毕，所得不少。有一个朋友喜欢逛旧书铺，一逛就是几个钟头，不管有用没用，临了总是抱了一大包旧书回去。有时买了有插图的西班牙文的《吉呵德先生传》，精致的德文本的《席勒全集》，尽管他看不大懂西班牙文或德文，但他把它们摆在书架上望望，也觉得有说不出的喜悦。有的专家们，收集了几屋子的旧书、旧杂志，未见得每本都念过，但只翻翻目录，也就胸中有数，得益匪浅，有时“踏破铁鞋无觅处”的东西，就在这一翻时“得来全不费工夫”。宋人的词有道：“众里寻他千百度，蓦然回首，那人却在灯火阑珊处。”这样的境界在漫步书林时是经常地会遇到的。

书林是一个最可逛，最应该逛的地方，景色无边，奇妙无穷。不问年轻年老的，不问是不是一个专家，只要他（或她）走进了这一座景色迷人的书林里去，只要他在那里漫步一会儿，准保他会不断地到那儿去的，而每一次的漫步也准保会或多或少地有收获的。

以上只是一个开场白。下面想把我自己在这座书林里漫步的时候的所见所得，择要地“据实道来”。只要大家不怕厌烦，我的话一时完不了。